物其招投标

实务与标书范本

邵小云 孙 龙 等编

化学工业出版社

·北京·

本书详细介绍了物业公司怎样获得标书，现场勘查，投标小组机构设置，送标书，谈判，投标，中标或未中标的处置等内容，并附有实用且参照性很强的标书范本。

本书可供商厦、写字楼、酒店、住宅小区、企业、学校、学术机构、政府机关等物业部门及其经营管理人员参考。

图书在版编目（CIP）数据

物业招投标实务与标书范本/邵小云，孙龙等编．—北京：化学工业出版社，2010.10

ISBN 978-7-122-09351-6

Ⅰ．物…　Ⅱ．①邵…②孙…　Ⅲ．①物业管理-招标②物业管理-投标③物业管理-招标-文件-编制④物业管理-投标-文件-编制　Ⅳ．F293.33

中国版本图书馆 CIP 数据核字（2010）第 164090 号

责任编辑：辛　田　　　　　　　　装帧设计：尹琳琳
责任校对：宋　夏

出版发行：化学工业出版社（北京市东城区青年湖南街 13 号　邮政编码 100011）
印　　装：北京市彩桥印刷有限责任公司
787mm×1092mm　1/16　印张 11½　字数 302 千字　　2011 年 1 月北京第 1 版第 1 次印刷

购书咨询：010-64518888(传真：010-64519686)　　售后服务：010-64518899
网　　址：http://www.cip.com.cn
凡购买本书，如有缺损质量问题，本社销售中心负责调换。

定　　价：38.00 元　　　　　　　　　　　　　　　版权所有　违者必究

前言
PREFACE

近几年来，通过"指腹为婚"的方式来确定物业管理的做法越来越受到诟病，经由招标方式选聘物业公司的理念越来越受到开发商、业主和物业公司的欢迎。

招标在物业管理服务行业尽管有所发展，但对于许多物业公司而言，仍是"新鲜事"，因而不可避免地出现了一些问题，如：

◆ 招投标双方过于看重标书的形式而忽视目标物业的实际情况和投标企业的真正实力，标书表面豪华、策划不切实际、内容虚假、抄袭过多；

◆ 投标单位为获取更大的市场占有规模，盲目抢滩市场，不切合目标物业的实际情况、招标要求，脱离企业自身实力，导致中标后不能全面履行标书承诺，服务质量低下；

◆ 投标企业为获取中标，对招标人提出的不切实际的要求，盲目地做出承诺，不注重对自身企业履约风险的控制，导致企业经营风险。

招标，让物业公司不自觉地进入了市场竞争和优胜劣汰的大舞台，那么物业管理企业如何规避以上问题？如何在激烈的竞争中脱颖而出呢？这就是本书——《物业招投标实务与标书范本》要解决的问题。

《物业招投标实务与标书范本》分四个章节。

第一章，简要介绍招标活动。从中可以了解到物业招标的组织机构、类别、内容、招标的程序及招标文件的内容。

第二章，物业投标前期工作。要打胜仗必须有准备——获取各物业项目信息，有了信息到底投不投标，那就要决策——项目评估与风险防范。

第三章，物业投标过程控制。过程控制得好，胜利就在望。如何做项目投标的准备，如何进行现场答辩，开标后如何处理，这些工作一环扣一环，都需把控好。

第四章，物业投标文件编制。标书是企业实力的写照，评委通过标书可以获得企业的管理水平、服务质量、办事效率等信息。在这里读者可以充分了解投标文件的组成、投标书的编制细节与技巧。

本书在编写过程中，注重物业管理招投标理论，但更加重视实际可操作性——读者在这里可以找到实际操作过程中容易忽略的细节与技巧。同时，本书提供了不同物业类型的物业投标书范本，读者可以在这个基础上进行个性化修改，体现出自身的特色。

本书主要由邵小云、孙龙编写，同时在本书编辑整理过程中，获得了许多朋友和物业管理公司的帮助，其中参与编写和提供资料的有刘创景、刘建伟、谷祥盛、李政、李亮、陈锦红、姜宏峰、杨吉华、严凡高、王能、吴定兵、朱霖、段水华、朱少军、赵永秀、李冰冰、赵建学、江美亮、唐永生。全书由滕宝红、匡仲潇统稿、审核完成。在此对他们一并表示感谢！

书中倘有疏漏和不足之处，恳切希望广大读者批评指正。

编者

目录
CONTENTS

第一章
物业管理招标

一、物业管理招标的组织机构

通常，物业管理招标机构的主要职责是：编制招标章程和招标文件；组织投标、开标、评标和定标；组织与中标者签订合同。招标机构的设立有以下两种途径。

（一）自行设立招标机构

根据物业管理项目招标主体的不同，分为开发商自行招标和小业主自行招标。

1. 开发商自行招标

开发商自行招标是指开发商通过在其所在单位的董事会下，设专门招标委员会或小组进行招标。

2. 小业主自行招标

小业主是指相对于大业主（即开发商）而言的房屋产权人。小业主数量通常很大，不可能是某个业主去开展招标。因此，小业主自行招标往往是由业主委员会来组织招标。

（二）委托招标代理机构招标

1. 招标代理机构的定义

招标代理机构是依法设立、从事招标代理业务并提供相关服务的社会中介组织。

2. 委托招标代理机构的业务范围

其业务范围包括：从事招标代理业务，即接受招标人委托，组织招标活动。

3. 委托招标代理机构的业务活动

具体业务活动包括以下内容。

（1）帮助招标人或受其委托拟定招标文件，依据招标文件的规定，审查投标人的资质，组织评标、定标。

（2）提供与招标代理业务相关的服务，即指提供与招标活动有关的咨询、代书及其他服务性工作。

4. 注意事项

（1）尽管招标代理机构全权代理招标人的招标工作，但招标代理机构并非是招标活动的最高权力机构。

（2）招标代理机构在评标后，向招标人提交评标报告和中标候选人名单，由招标人自行进行最终裁标，招标代理机构无权强制要求招标人接受中标推荐。

（3）完成代理招标工作后，招标代理机构向委托招标人收取一定的服务费或佣金。

二、物业招标的类别

物业管理招标的方式按不同的划分标准有不同的分类，如表1-1所示。

（一）按物业管理服务的范围分类

1. 常规性的物业管理招标

是指以居住型、非收益性物业及所属的设备、设施、周围场地等维修、保养管理等为主

表 1-1　物业招标的类别

序　号	分类方式	类　别
1	按物业管理服务的范围分类	常规性的物业管理招标
		经营性的物业管理招标
2	按物业管理招标项目分类	全方位物业管理招标
		单项目物业管理招标
3	按招标对象的广度分类	公开招标
		邀请招标
		议标
		两段招标
4	按物业管理招标的主体分类	前期物业管理招标
		经常性物业管理招标
		委托咨询型物业管理招标

要内容的物业管理招标活动。这类招标活动着重于常规性管理服务,以便为业主及使用人提供良好的生活和活动环境。

2. 经营性的物业管理招标

是指各类经营性管理服务的招标,如办公楼、商务楼、宾馆、度假村等各类收益性物业。这一类的物业价值比较高,管理服务的标准也比较高。

3. 注意事项

居住型物业除了常规性管理服务项目外,还增加代理经租、代办营销等项目,这些也属于经营性的物业管理招标。经营性物业管理服务招标的内容与范围大于常规性物业管理招标。

(二) 按物业管理招标项目分类

1. 全方位物业管理招标

(1) 定义　也称全项目物业管理招标,包括对建筑物本体及附属的设备、设施的日常维修管理,环境的清扫保洁、绿化、安保服务,及代理经租等综合性物业管理内容为目标的招标活动。

(2) 特点　招标单位可把其中的一项内容委托给某一专业公司,或把所有的项目委托给某一具有较完备的管理服务体系的物业管理公司经管。

2. 单项目物业管理招标

(1) 定义　针对物业综合管理服务中的某一事项,如电梯及水泵的保养、安保、楼宇清扫、绿化等项目,由业主委员会或物业管理公司向社会上招聘专业对口的服务公司担任此项工作的服务和管理。

(2) 特点　其特点是专业化程度高,管理质量好。并且,可以通过规模经营提高效益。

(三) 按招标对象的广度分类

1. 公开招标

(1) 定义　由招标方通过各种媒介,如报刊、广播、电视或专门刊物上刊登招标广告。凡对此有兴趣的物业管理企业,都可以购买资格预审文件,预审合格可购买招标文件进行投标。

(2) 优缺点

① 优点　这种招标方式的优点是有较大的选择范围,可在众多的投标单位之间选择报价合理、服务良好、信誉可靠的物业管理公司,也有助于开展竞争,打破垄断,能促进物业管理企业努力提高管理经营水平。

② 缺点　由于参加竞争的物业管理公司较多，增加了资格预审和评标的工作量。

2. 邀请招标

（1）定义　也称有选择的招标方式，即由招标单位向预先选择的数目有限的物业管理公司发出邀请书，一般邀请不超过十家。

（2）优缺点

① 优点　这种招标方式可以保证投标单位有相关的资质条件和管理经验，信誉可靠。

② 缺点　由于招标范围有一定的局限性，有可能漏掉一些在管理上、报价上有竞争力的公司。

3. 议标

（1）定义　也称非竞争性招标或称指定性招标。招标单位邀请一家或几家物业管理公司分别协商谈判，被邀请的对象一般是具有一定信誉的优胜者。这实际上是一种合同谈判的形式。

（2）优点　其优点是可以节省时间，容易达成协议，迅速开展工作。

（3）适用对象　这种方式一般适用于对邀请方具有一定业务联系和比较熟悉的物业管理公司，或具有特殊管理要求的物业。

4. 两段招标

根据物业管理招标内容不同，可采用不同的招标方式，如：保安、绿化实行公开招标；物业及设备维修养护实行邀请招标或议标等。

（四）按物业管理招标的主体分类

1. 前期物业管理招标

（1）定义　是指物业竣工交付使用起至业主委员会成立前由开发商主持的物业管理招标方式。

（2）注意事项　前期物业管理一般到业主委员会成立。业主委员会成立后如想继续聘用原物业管理公司管理，应签订"续聘委托管理合同"，或重新聘用物业管理公司。这样，物业管理就转入经常性管理阶段。

2. 经常性物业管理招标

（1）定义　是指由前期物业管理转入经常性物业管理，由业主委员会主持的物业管理招标方式。

（2）特点　该方式的特点是：物业管理进入业主自治管理及相对稳定状态，投标单位如想在市场竞争中获胜，必须从长远目标出发，制定"高效优质"的经营方针，参与投标，以获取长远利益。

3. 委托咨询型物业管理招标

（1）定义　无论是开发商还是业主委员会，都可以通过委托专业的咨询中介服务机构代理物业管理招标。

（2）优缺点

① 优点　此种方式能提高物业管理招投标活动的质量，选择那些管理服务优良的物业管理公司及专业公司进行管理。

② 缺点　这种方式增加了物业管理招标的中介服务费用。

三、物业管理招标的内容

物业可分为非经营性物业和经营性物业（见图1-1），不同类型的物业，其管理招标的内容也不一样。

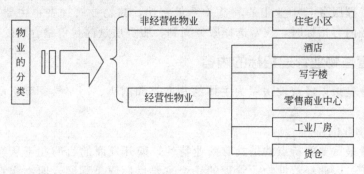

图 1-1　物业的分类

（一）非经营性物业管理招标的内容

非经营性物业是指住宅小区等主要以居住为目的的物业。非经营性物业管理招标的内容包括以下两部分。

1. 前期顾问服务内容

（1）开发设计建设期间提供的管理顾问服务。

由于物业具有不可移动性，一旦建成则很难改变。因此物业的开发设计和施工是至关重要的，在开发设计建设阶段引入物业管理企业的管理顾问服务是十分必要的。其具体的服务内容如下。

① 对投标物业的设计图提供专业意见。

② 对投标物业的设施配备及建筑材料选用提供专业意见。

③ 对投标物业的建筑施工提供专业意见并进行监督。

④ 提出本投标物业的特别管理建议。

（2）物业竣工验收前的管理顾问服务。

① 制定员工培训计划。不同类型的物业小区，物业管理员工如果要做到服务细心、熟练、周到，必须要经过物业管理企业的专门培训。

② 列出财务预算方案。编列财务预算方案的目的在于体现保本微利、量入为出的物业管理原则，另外也为物业管理所需的第一笔启动资金的筹集提供依据。

（3）住户入住及装修期间的管理顾问服务。

① 住户入住办理移交手续的管理服务。

② 住户装修工程及材料运送的管理服务。

③ 迁入与安全管理服务。

前期顾问服务主要是应开发商的要求为其提供的，所需费用也通常向开发商而非小业主收取。

2. 实质管理服务内容

住户入住后的实质管理服务是直接与住户日常生活密切相关的，具体内容包括如下。

（1）物业管理的人力安排。即根据物业管理的工作量安排物业管理人员，以达到既经济、又高效地进行物业管理工作。

（2）保安服务。

（3）清洁服务。

（4）房屋及设施的维修保养服务。

（5）财务管理服务。

（6）绿化园艺管理服务。

（7）其他管理服务。如车辆管理及上门特约服务等。

第一章　物业管理招标

5

由于实质管理服务与小业主的利益关系最密切，其物业管理费也主要向小业主收取。因此这部分服务内容招标时，通常选择服务周到、服务质量高且价格合理的物业管理企业。

（二）经营性物业管理招标的内容

经营性物业是指以经营性房屋为主体的物业，如酒店、写字楼、零售商业中心、工业厂房、货仓等。

1. 经营性物业的特点

经营性物业最重要的特点就是具有商业特性，即开发商的目的在于从经营性物业所获得的利润最大化。因此经营性物业管理的一个主要目标便是利润，即物业管理企业通过有效的经营管理服务，充分合理、最大限度地发挥物业功能，提高物业出租率、出售率及营业收入，促使物业保值增值，提高租金收入，从而满足委托方的盈利目标要求。

2. 经营性物业招标的内容

经营性物业管理招标的内容同样分为前期顾问服务和实质管理服务。

（1）前期顾问服务内容。经营性物业管理的前期顾问服务内容与非经营性物业管理的前期顾问服务大致相同。不过，物业管理企业在经营性物业竣工验收前新增的一项重要服务内容便是代开发商制定物业的租金方案和租赁策略，以及进行广告招租宣传，最大限度地提高该物业出租率，增加租金收入。这正是经营性物业商业性的体现。

（2）实质管理服务内容。在实质管理服务中，经营性和非经营性物业管理的内容也大致相同，如同样有保安、清洁、绿化和房屋设备维护等基本项目。但有所不同的是：

① 经营性物业管理企业除了要经常对物业进行高标准的维护之外，还要经常更新物业的设施和使用功能，以保持物业设施的先进；

② 经营性物业的实质管理服务还应增加租赁管理服务的内容等。

提醒您

无论是非经营性物业，还是经营性物业，其招标的内容都主要为前期顾问服务和实质管理服务。由于这两种服务的性质不同，因此在招标中的规定也不同。前期顾问服务方案的好坏对整个物业的价值至关重要，而顾问服务的工作量又难以进行定编计算，因此在评标时，应该主要侧重于对顾问服务方案的评价。与之相对的实质管理服务，由于服务内容已逐渐标准化，易于定编计算工作量，因此在评标时对于这部分的内容，应将报价作为主要考虑因素。

第二节　物业招标的程序

一、成立招标机构

招标人在招标之前，要成立物业管理项目招标机构，其主要任务如下。

（1）负责招标的整个活动。

（2）编制招标文件。

（3）组织开标、评标、决标和商务谈判。

（4）与中标公司签订物业服务合同。

二、编制招标文件

物业管理招标文件的编制是招标准备中最重要的环节。它不仅是投标者进行投标的依据，而且决定了今后该物业经营、管理水平及品位高低。因此，编制招标文件时，应力求做到系统、完整、准确、明了，即提出要求的目标明确，使投标者一目了然。

三、发布招标消息

（一）发布途径

招标单位可以根据招标方式的不同，采用不同的途径发布招标消息。如召开招标新闻发布会、公布招标公告（平面广告）或函寄招标邀请书等。采取公开招标方式的，应当在公共传媒上公布招标公告。

（二）发布时间安排

为使潜在的投标人对招标项目是否投标进行考虑和有所准备，招标人在刊登招标公告时，在时间安排上应考虑到以下两个因素。

1. 刊登招标公告所需时间

（1）各类刊物从接受广告申请到刊出广告需要一定时间。如果没有充分考虑，招标公告可能会在投标截止日期之后才能刊登出来。

（2）如果要通过几个渠道发布招标公告，要考虑到各类渠道的出版周期（如报刊的出版周期显然要比网络媒体长），以便能让招标公告基本在同一时间刊登出来。

2. 投标人准备投标所需时间

这一时间应从招标公告预计发布日期开始计算。投标人申请投标→得到招标文件→准备投标→递交投标书需要有足够的时间。按照国际惯例，从招标公告发布之日算起，应让投标人至少有 45 天（通常有 60～90 天）来准备投标和递交标书。

四、招标单位的资格预审

（一）发出资格预审通知

1. 邀请物业管理公司参加资格预审

在有关报刊、媒介上发布资格预审广告，邀请愿意参加物业管理投标的单位申请资格审查。

2. 颁发资格预审文件

招标单位颁发资格预审须知，要求投标者填写有关表格和回答有关问题。

公开招标的招标人，可以根据招标文件的规定对投标申请人进行资格预审。但招标人应当在招标公告或投标邀请书中载明资格预审条件和获取资格预审文件的方法。在资格预审合格的投标申请人过多时，可以由招标人从中选择不少于 3 家资格预审合格的投标申请人。

（二）资格预审的主要内容

招标单位对投标者提交的资格预审文件进行评比和审查，资格预审的主要内容通常有如下几点。

(1) 公司营业执照。

(2) 资质等级证书。

(3) 质量认证证书。

(4) 财务状况。

(5) 社会信誉。

(6) 人员结构。

(7) 技术装备。

(8) 有无投标保证书。

(9) 管理规模。

(10) 以往业绩。

(11) 已承担的项目。

(12) 主要负责人的经历和公司背景情况等证明材料。

（三）发出资格预审合格通知书

经资格预审后，公开招标的招标人应当向资格预审合格的投标人发出资格预审合格通知书，并告知获得招标文件的时间、地点和方法。申请人在收到通知后的规定时间内（如四十八小时）回复招标单位，确认收到通知。同时应向资格不合格的投标申请人告知预审结果。以下提供范本作为参考：

前期物业管理招标投标资格预审合格通知书

_____：

（　　　　　　　　　　　　）的资格预审工作已经结束。我方依据本项目《资格预审文件》中载明的资格预审条件及要求，对你方提交的资格预审申请文件以及你单位的有关情况进行了审查、核实。你方资格预审合格，现邀请你方参加投标。

你方可按下述时间、地点、方式，凭本通知书获取物业管理项目招标文件及相关资料。

时间：

地点：

方式：

本通知书我方以_____方式通知你，请你方收到本通知书后以书面方式予以确认。如果你方不准备参加投标，请尽快书面通知我方，____年____月____日____时之前，未收到你方书面确认或不参加投标的书面通知的，我方将认为你方已放弃本项目投标。

　　　　招标单位（盖章）　　　　或者　　　　招标代理机构（盖章）

　　　　　　　　　　　　　　　　　　　　　　　　年　　月　　日

（四）资格预审申请书的表格

1. 内容

资格预审申请者应按统一的格式递交申请书，在资格预审文件中按资格预审的条件编制成统一的表格，由申请者填报。申请书的表格通常包括以下内容。

（1）申请人表。主要有申请者法人单位的名称、地址、电话、电传、传真、成立日期。如果是股份制、联营体，应首先写明牵头的申请者，然后是所有合伙人的名称、地址等。

（2）组织机构表。主要有公司简况、法人代表、股东名单、直属公司名单等。

（3）财务状况表。基本数据有：注册资金、实有资产、流动资产、固定资产，以往物业管理经营赢利或亏损情况，即损益表等。

（4）公司人员表。其中包括管理人员、技术人员、专业服务公司人员及其他人员的数量和从事物业管理经营的年限。

（5）业绩表。是指已接管物业的管理经营状况。包括已接管物业的名称、地址、类型、管理费价格及有何种奖惩经历等。

2. 注意事项

（1）表格可由招标方根据需要设计，力求简单、明了。

（2）注明填表的要求，每张表格都应有授权人的签字和日期。

（3）对要求提供证明附件的，应附在表后。

五、发售招标文件及有关设计图纸、技术资料等

招标人应在招标公告规定的时间内，向符合条件的物业管理投标单位发售标书，并根据实际情况，向他们提供有关设计图纸、技术资料等，以利于投标单位在规定的期限内编制出符合本物业区域管理具体情况的投标书。

六、组织投标单位现场勘察答疑

投标单位在准备投标文件时，可能会向招标单位提出一些问题，要求招标单位给以澄清或解释。招标单位应根据具体情况，尽快安排有关工作人员，在指定的时间和地点召开投标前会议，或安排投标单位实地勘察物业现场，由招标单位负责对投标单位提出的问题给予解答或澄清。

提醒您

解答或澄清必须以书面形式发送给所有的招标文件收受人。招标人对发出的招标文件进行必要的澄清或修改的，应当在招标文件要求提交投标文件截止时间至少 15 日前，澄清或修改文件为招标文件的组成部分。

七、接收和收存投标书

招标人要按招标文件规定的时间（公开招标的物业管理项目，自招标文件发出之日起至投标人提交投标文件截止之日止，最短不得少于 20 日）、地点接受投标单位的投标文件，经审查：

（1）如认为收到的文件各项手续齐全或符合招标文件规定，应向投标人出具标明签收人和签收日期的凭证，并妥善收存投标文件；

（2）对在规定的时间之外送来的投标文件和没有按招标文件中的要求办理的（如没有提交投标保证金），为无效的投标文件，招标人应该拒收，并原封不动地退回投标单位。

八、组织开标

(一) 开标时间

如果投标截止日期之后与开标之前有一段时间间隔，就会给不端行为造成可乘之机。因此，我国招投标法规定如下。

(1) 开标应在招标文件确定的提交投标文件截止时间的同一时间公开进行，并邀请所有的投标人参加。

(2) 开标地点应当为招标文件中预先确定的地点。

(3) 如果有特殊情况，招标人可以推迟开标，但必须事先书面通知各投标人，且一般要求这个通知时间是在招标文件要求提交投标文件截止时间至少 15 日前。

(4) 在招标文件规定的日期、时间和地点，由招标单位（开发商或业主管理委员会）的法人代表或其指定的代理人主持开标仪式。

(5) 届时所有投标人参加，并邀请有关主管部门、经办银行和公证机关代表出席。

(6) 开标会议应请公证部门对开标全过程进行公证。

(二) 开标组织

一般情况下，开标应以召开开标会议的形式进行。开标会议由招标人在有关管理部门的监督下主持。在招标人委托招标代理机构招标时，开标也可由该代理机构主持。主持人按照规定的程序负责开标的全过程，其他开标工作人员办理开标作业及制作记录等事项。

> **提醒您**
>
> 为了体现工程招标的平等竞争原则，使开标做到公开性，让投标人的投标为各投标人及有关方面所共知，应当邀请所有投标人和相关单位的代表作为参加人出席。这样可以：
>
> (1) 使投标人得以了解开标是否依法进行；
>
> (2) 有助于使投标人相信招标人不会任意做出不适当的决定；
>
> (3) 可以使投标人了解其他投标人的投标情况，大体衡量一下自己中标的可能性，对招标人的中标决定也将起到一定的监督作用。

(三) 开标程序

1. 投标人签到

签到记录是投标人是否出席开标会议的证明。

2. 招标人主持开标会议

主持人介绍参加开标会议的单位、人员及物业工程项目的有关情况，宣布开标人员名单、招标文件规定的评标定标办法和标底。

3. 开标

(1) 检验各标书的密封情况。由投标人或其推选的代表检查各标书的密封情况，也可以由公证人员检查并公证。

(2) 唱标。经检验确认各标书的密封无异常情况后，按投递标书的先后顺序，当众拆封投标文件，宣读投标人名称、投标价格和标书的其他主要内容。投标截止时间前收到的所有投标文件，都应当众予以拆封和宣读。

(3) 开标过程记录。开标过程应当做好记录，并存档备查。投标人也应做好记录，收集竞争对手的信息资料。

4. 投标有效期的延长

评标和定标应当在投标有效期结束后 30 个工作日内完成。不能如期完成评标和定标的，招标人应当通知所有投标人延长投标有效期。此时应注意以下事项。

（1）拒绝延长投标有效期的投标人有权收回投标保证金。

（2）同意延长投标有效期的投标人，应当相应延长其投标担保的有效期，但不得修改投标文件的实质性内容。

（3）因延长投标有效期造成投标人损失的，招标人应当给予补偿，但因不可抗力需延长投标有效期的除外。

（4）招标文件应当载明投标有效期。有效期从提交投标文件截止日起计算。投标有效期延长必须书面通知所有投标人。

5. 无效标书

开标时，发现有下列情形之一的投标文件时，应当场宣布其为无效投标文件，不得进入评标。

（1）投标文件未按照招标文件的要求予以密封或逾期送达的。

（2）投标函未加盖投标人的公章及法定代表人印章或委托代理人印章的，或法定代表人的委托代理人没有合法有效的委托书（原件）。

（3）投标文件的关键内容字迹模糊、无法辨认的。

（4）投标人递交两份或多份内容不同的投标文件，或在一份投标文件中对同一投标项目有两个或多个报价，且未声明哪一个有效。按招标文件规定提交备选标方案的除外。

（5）投标人名称或组织机构与资格预审时不一致的。

（6）投标人未按照招标文件的要求提供投标担保或没有参加开标会议的。

（7）组成联合体投标，但投标文件未附联合体各方共同投标协议的。

（8）招标文件要求提交投标保证金、但在开标前没有提交的或投标保证金额、有效期少于招标文件规定的标书。

6. 投标作废

在开标过程中，如发现无效标书，须经有关人员当场确认，并当场宣布。所有被宣布为废标的标书，招标机构应原封退回投标单位，不予评标。

九、答辩与评标会

（一）评标的定义

1. 定义

所谓评标，就是依据招标文件的规定和要求，对投标文件所进行的审查、评审和比较。评标是审查确定中标人的必经程序，是保证投标成功的重要环节。

2. 担任人

评标工作由开标前确定的评标小组或评标委员会担任，召集人一般由招标人或其指定代理人担任。

（二）物业管理答辩、评标会的参加人

（1）目标物业招投标工作领导小组成员。

（2）评标委员会专家成员（评委取五人以上，其中物业管理方面的专家不得少于总数的 2/3）。

（3）当地公证处人员（如需要）。

（4）招标办公室工作人员。

（5）投标物业管理企业代表。

（6）参加评标会的嘉宾。

（7）列席会议的其他物业公司代表、记者。

相关知识：

评标专家的选定要求

评标委员会的专家成员，应当由招标人从房地产行政主管部门建立的专家名册中，采取随机抽取的方式确定。

招标人应于开标前的 3 日内确定评标委员会成员，并在中标结果确定前对评标委员会成员名单予以保密。

评标专家应符合下列条件之一：

（1）从事物业管理及工程管理、建筑管理、财务会计等相关领域工作满五年，具有中级以上技术职称或同等专业水平，熟悉物业管理业务知识并具有较丰富的实践经验；

（2）负责小区管理、担任小区经理（负责人）6 年以上，具有丰富的管理经验。

除上述条件外，评标专家应能客观、公正地履行职责，能确保参与物业管理投标的评审时间。

（三）物业管理评标原则

1. 公平、公正的原则

（1）评标委员会应当根据招标文件规定的评标标准和办法进行评标，对投标文件进行系统的评审和比较。没有在招标文件中规定的评标标准和办法，不得作为评标的依据。招标文件规定的评标标准和办法应当合理，不得含有倾向或排斥潜在投标人的内容，不得妨碍或限制投标人之间的竞争。

（2）评标过程应当保密。有关标书的审查、澄清、评议、比较的有关资料以及授予合同的信息等均不得向无关人员泄露。对投标人的任何施加影响的行为，都应给予取消其投标资格的处罚。

2. 科学、合理的原则

（1）询标。即投标文件的澄清。评标委员会可以以书面形式，要求投标人对投标文件中含义不明确，对同类问题表述不一致，或有明显文字和计算错误的内容，做必要的澄清、说明或补正。

❤❤ 提醒您

投标人的澄清或说明，仅仅是对上述情形的解释和补正，不得有下列行为。

（1）超出投标文件的范围。如投标文件没有规定的内容，澄清时候加以补充；投标文件规定的是某一特定条件作为某一承诺的前提，但是澄清时解释为另一条件等。

（2）改变或提议改变投标文件中的实质性内容。所谓改变实质性内容，是指改变投标文件中的报价、技术规格（参数）、主要合同条款等。这种实质性内容的改变，目的就是为了使不符合要求的投标成为符合要求的投标，或使竞争力较差的投标变成竞争力较强的投标。

（2）响应性投标文件中存在错误的修正。响应性投标中存在的计算或累加错误，由评标委员会按规定予以修正。

① 用数字表示的数额与用文字表示的数额不一致时，以文字数额为准。

② 单价与合价不一致时以单价为准，但当评标委员会认为单价有明显的小数点错位的，则以合价为准。

经修正的投标书必须经投标人同意才具有约束力。如果投标人不同意评标委员会按规定进行的修正，应当视为拒绝投标，投标保证金不予退还。

3. 竞争、择优的原则

（1）评标委员会可以否决全部投标。评标委员会对各投标文件评审后认为所有投标文件都不符合招标文件要求的，可以否决所有投标。

（2）有效的投标书不足 3 个时不予评标。有效投标不足 3 个，使得投标明显缺乏竞争性，失去了招标的意义，达不到招标的目的，则本次招标无效，不予评标。

（3）重新招标。有效投标人少于 3 个或所有投标被评标委员会否决的，招标人应当依法重新招标。

（四）物业管理答辩、评标会的基本程序

（1）明确各投标企业和招标办公室人员到场时间，通过抽签确定答辩顺序。

（2）明确招投标领导成员及评委到场时间。

（3）宣布答辩、评标会开始。招投标工作领导小组成员作为会议主持人，介绍与会领导、各评委和投标单位。

（4）与会有关领导致辞。

（5）投标单位退场。

（6）安排一定时间，请评委根据投标人情况介绍、招标办工作人员进行的现场情况考察、住户意见征询表等资料，评出企业信誉分，并现场统计分数。

（7）安排时间，请评委将标书分评出，现场统计。一般应在答辩、评标会前一天由评委集中审阅标书，掌握各投标企业情况。

（8）在预定时间，各投标企业代表按顺序入场答辩。首先作简要介绍和标书陈述（一般 15～25 分钟），再接受评委提问。应安排部分问题由参与答辩的拟选主任独立回答。评委可即时亮分或答辩结束后再统一评分。中场可安排休息、餐饮。

（9）安排一定时间，请各评委对标书评分。现场工作人员、公证人员统一计算各投标企业总分，并报招投标工作领导小组组长、副组长。

（10）在预定时间，各投标单位代表入场，主持人介绍公证人员或其他领导小组人员宣布评标结果和中标单位。

（11）领导致辞。

（12）答辩、评标会结束。

（五）招标人如何评审投标文件

招标人按照招标文件规定的时间在指定的地点举行开标会议后，由依法组建的评标委员会对所有投标文件进行评审比较。

1. 初步评审

初步评审也称为响应性审查，是以招标文件为依据，检查各投标文件是否响应招标文件的各项要求，确定各投标文件是否有效。初步评审检查的内容主要包括如下。

（1）投标人的资格。

① 如果是公开招标的项目，主要核对是否是通过资格预审的投标单位和项目经理。

② 如果是邀请招标的项目，主要是审查投标单位的资质、业绩、信誉、财务状况以及投标单位近几年是否受到过行业主管部门处罚等情况。

（2）投标担保的有效性。

① 如果招标文件要求投标单位提交投标保证金的，投标时是否已按时提交。

② 如果是要求提交投标保函的，要检查保证金额是否符合招标文件的有关规定。

（3）投标文件是否响应招标文件的实质性要求。如果投标文件没有实质上响应招标文件的要求，评标委员会将予以拒绝，并不得允许投标单位通过修正或撤销其不符合要求的差异，使之成为响应性的投标文件。

（4）报价计算的正确性及资料的完整性。若投标文件存在计算错误，则由评标委员会改正后让投标人签字确认，并检查投标文件提交的资料是否符合招标文件的规定，有无遗漏。

相关知识：

作废标处理的情形

下列情况作废标处理。

（1）投标人以他人的名义投标、串通投标、以行贿手段或者以其他弄虚作假方式谋取中标的投标。

（2）投标人以低于成本报价竞标。投标人的报价明显低于其他投标报价或标底，使其报价有可能低于成本的，应当要求该投标人做出书面说明并提供相关证明材料。投标人未能提供相关证明材料或不能做出合理解释的，按废标处理。

（3）投标人资格条件不符合国家规定或招标文件要求的。

（4）拒不按照要求对投标文件进行澄清、说明或补正的。

---

2. 详细评审

（1）步骤。评标委员会对各投标文件初步评审后，再对初步评审合格的投标文件进行详细评审。详细评审一般有两个步骤：一是对各投标文件进行技术和商务方面的审查，评定其合理性；二是对各投标文件分项进行量化比较，评出先后次序。

（2）内容。具体地说，详细评审主要包括以下三个方面的内容，如表1-2所示。

表1-2　详细评审的重点与内容

序号	评审重点	评审内容
1	技术评审	主要是对投标文件的实施方案进行评定，着重评审各项服务指标是否满足招标文件的要求
2	价格分析	分析物业管理费测算的合理性，并找出报价高低的原因
3	管理与技术能力的评价	着重评审实施物业管理的具体组织机构(管理处)和管理保障措施；管理处主任的人选，同时要考虑主要技术人员在数量和专业方面能否满足物业项目的管理要求；投入本物业项目机具和设备，在类型、型号数量等方面能否满足管理需要；质量保证体系的方案、措施等是否先进、合理和可行

（3）注意事项。在详细评审过程中，评标委员会对投标文件中有不理解的地方，可以书面方式向投标人提出质询，要求投标人以书面方式予以解答。澄清和确认的问题经投标单位代表签字，作为投标文件的组成部分。但澄清的问题不允许改变投标价格和投标文件中的实质性内容。

十、定标

评标委员会完成评标后，通常应向招标人提出书面评标报告，阐明评标委员对各投标文件的评审和比较意见，作为招标人定标的依据。评标报告是评标委员会经过对各投标文件评审后得出的结论性报告，主要应包括如下内容。

（一）评标情况

评标时间和地点、所有投标人名单、投标报价情况、有效标及无效标情况，并具体说明无效标的主要原因。

（二）对各有效标的评价

这部分是评标报告的重点，对各合格投标文件应分别就标价分析、实施能力分析、技术建议分析等方面分别做出评述。详细说明若将合同授予该投标人，在合同履行过程中对招标人有哪些好处和可能存在的风险，供招标人定标时参考。

（三）向招标人推荐中标候选人

在评审比较的基础上，列出投标人的排序，并明确向招标人推荐不超过三名有排序的中标候选人，以便招标人从中选择最符合要求的投标人作为中标人。

 ## 第三节　物业招标文件

一、招标文件的三大部分

物业管理招标文件是物业管理招标人向投标人提供的指导投标工作的规范文件。不同类型的项目其招标文件的内容也繁简各异，然而按照国际惯例，招标文件的内容大致可概括为以下三大部分，如图 1-2 所示。

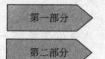

第一部分	投标人为投标所需了解并遵循的规定，具体包括投标邀请书、投标人须知、技术规范及要求
第二部分	（投标人）物业管理企业必须按规定填报的投标书格式，这些格式将组成附件作为招标文件的一部分
第三部分	中标的物业管理企业应签订的合同的条件（包括一般条件和特殊条件）及应办理的文件格式

图 1-2　招标文件的组成

二、招标文件的六大要素

以上所述三大部分的内容具体可归纳为组成招标文件的六大要素，如图 1-3 所示。

（一）投标邀请书

1. 投标邀请书的主要内容
（1）业主名称。
（2）项目名称。
（3）地点。

招标文件的六大要素：
- 投标邀请书
- 技术规范及要求
- 投标人须知
- 合同一般条件
- 合同特殊条件
- 附件（附表、附图、附文等）

图 1-3 招标文件的六大要素

(4) 范围。

(5) 技术规范及要求的简述。

(6) 招标文件的售价。

(7) 投标文件的投报地点。

(8) 投标截止时间。

(9) 开标时间。

(10) 地点等。

2. 投标邀请书的寄发

投标邀请书可以归入招标文件中，也可以单独寄发。

(1) 邀请招标方式招标。如采用邀请招标方式招标，投标邀请书往往作为投标通知书而单独寄发给潜在投标人，因而不属于招标文件的一部分。

(2) 采取公开招标方式招标。如果采取公开招标方式招标，往往是先发布招标公告和资格预审通告，之后发出的投标邀请书是指招标人向预审合格的潜在投标人发出的正式投标邀请，应作为招标文件的一部分。以下提供范本作为参考。

投标邀请函

根据××××花园业主大会的决议，本小区采用公开招标方式，聘请专业物业管理企业提供物业管理服务。有关招标事项如下：

1. 项目名称：××××花园物业管理一体化服务

2. 报名投标时间：业主委员会登报后_____天以内即____年____月____日前

3. 报名提交资料：

(1) 企业简介。

(2) 物业企业营业执照复印件。

(3) 法人代码证复印件。

(4) 物业企业资质证复印件。

(5) 获奖证书复印件。

4. 资格预审时间：____年____月____日，由业主委员会组织成立投标单位资格预审小组，小组由业主委员会成员、主要顾问成员及部分业主代表组成，制定资格预审标准，综合报名单位各方面情况选出其中5～7个单位。通过预审的单位于第二天由招标人电话或书面通知并领取招标文件。

5. 招标文件领取时间：____年____月____日，上午8：30～12：00，下午14：30～17：00，投标人领取招标文件的同时须缴交_____万元投标保证金。

6. 招标文件领取地点：_____业主委员会办公室。

7. 投标时间（截标时间）：____年____月____日下午____时前（逾期或不符合规定的投标文件恕不接受）

8. 交标地点：_____业主委员会办公室。

9. 开标时间：____年____月____日上午____时。

10. 评标、决标时间：____年____月____日。

11. 投标、开标仪式地点：_____办公室。

12. 联系电话：_____ 联系人：×先生 传真：_____

××花园业主委员会

年 月 日

（二）技术规范及要求

这一部分主要是说明业主或开发商对物业管理项目的具体要求，包括服务所应达到的标准等。如对某酒店项目，招标人要求该物业的清洁卫生标准应达到五星级，这些要求就应在"技术规范及要求"部分写明。对若干子项目的不同服务标准和要求，可以编列一张"技术规范一览表"，将其加以综合。

另外，在技术规范部分，应出具对物业情况进行详细说明的物业说明书，以及物业的设计施工图纸。物业说明书和图纸应在附件部分中作详细说明。

（三）投标人须知

投标人须知的目的是为整个招标投标的过程制定规则，是招标文件的重要组成部分，其内容包括六个方面，如图1-4所示。

以下分别予以具体说明。

1. 总则说明

主要对招标文件的适用范围、常用名称的释义、合格的投标人和投标费用进行说明。

2. 招标文件说明

主要是对招标文件的构成、招标文件的澄清、招标文件的修改进行说明。

3. 投标书的编写

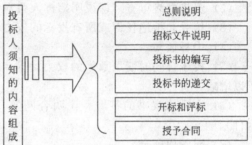

图1-4　投标人须知的内容组成

投标人须知中应详细列出对投标书编写的具体要求。这些要求包括如下。

（1）投标所用的语言文字及计量单位。

（2）投标文件的组成。

（3）投标文件格式。

（4）投标报价。

（5）投标货币。

（6）投标有效期。

（7）投标保证金。

（8）投标文件的份数及签署。

如果由于采取邀请招标或议标方式招标，而没有进行投标资格预审，则在招标文件的投标人须知中还应要求投标人按预定格式和要求递交投标人资格的证明文件。

❤❤ 提醒您

招标文件对投标书编写要求的说明通常有两种：一是文字说明，应归入投标人须知部分；另一种是在招标文件中列出投标文件的一定格式，要求投标人只要按格式要求填入内容。这些格式通常包括：投标书格式、授权书格式、开标一览表、投标价格表、项目简要说明一览表及投标人资格证明书格式等。这些格式统一归入"附件"部分。

---

4. 投标文件的递交

投标文件递交的内容主要是对投标文件的密封和标记、递交投标文件的截止时间、迟交的投标文件、投标文件的修改和撤销的说明。

5. 开标和评标

开标和评标是招标文件体现公平、公正、合理的招标原则的关键，包括以下内容。

（1）对开标规则的说明。

（2）组建评标委员会的要求。

（3）对投标文件响应性的确定。即审查投标文件是否符合招标文件的所有条款、条件和规定且没有重大偏离和保留。

（4）投标文件的澄清。即写明投标人在必要时有权澄清其投标文件内容。

（5）对投标文件的评估和比较（说明评估和比较时所考虑的因素）。

（6）评标原则及方法。

（7）评标过程保密。

6. 授予合同

授予合同的内容通常包括如下。

（1）定标准则。说明定标的准则，包括"业主不约束自己接受最低标价"的申明等。

（2）资格最终审查。即说明招标人会对最低报价的投标人进行履行合同能力的审查。

（3）接受和拒绝任何或所有投标的权力。

（4）中标通知。

（5）授予合同时变更数量的权力。即申明招标人在授予合同时有权对招标项目的规模予以增减。

（6）合同协议书的签署。说明合同签订的时间、地点以及合同协议书的格式（详见附件）。

（7）履约保证金。

（四）合同一般条款

合同的一般条款不是合同的主要内容，通常包括以下条款和内容。

（1）定义。即对合同中的关键名称进行释义。

（2）适用范围。即写明本合同的适用范围。

（3）技术规格和标准。该条款的内容一般与招标文件的第二部分"技术规范及要求"的内容相一致。

（4）合同期限。一般可参照委托管理的期限。

（5）价格。即物业管理费的计取，一般应与中标人的投标报价表相一致。

（6）索赔。索赔条款主要说明在投标人（合同的乙方）发生违约行为时，招标人（合同的甲方）有权按照索赔条款规定提出索赔。其具体内容包括索赔的方案和索赔的程序。

（7）不可抗力。不可抗力条款是指在发生预料不到的人力无法抗拒事件的情况下，合同一方难以或不可能履行合同时，对由此引致的法律后果所作的规定。不可抗力条款一般包括三个部分：不可抗力的内容；遭受不可抗力事件的一方向另一方提出报告和证明文件；遭受不可抗力事件一方的责任范围。

（8）履约保证金。该条款主要是规定中标人在签订合同后，为保证合同履行而需提交的履约保证金的比例，以及提供履约保证金的形式。

（9）争议的解决。该条款主要的内容是预先规定合同双方在合同履行过程中发生争议时的解决途径和方法。如在该条款中规定以仲裁作为解决争议的途径等。

（10）合同终止。该条款的主要内容是说明合同的期限和合同终止的条件（如物业管理企业违约情节严重；业主破产；物业被征用等）。

（11）合同修改。该条款应申明对于合同的未尽事项，需进行修改、补充和完善的，甲乙双方必须就所修改的内容签订书面的合同修改书，作为合同的补充协议。

（12）适用法律。即写明合同适用的法律。

（13）主导语言与计量单位。

（14）合同文件及资料的使用。条款中应写明合同文件及资料的使用范围及事宜，如对保密的规定等。

（15）合同份数。

（16）合同生效。

（五）合同特殊条款

（1）特殊规定。合同的特殊条款是为了适应具体项目的特殊情况和特殊要求做出的特殊规定。如对执行合同过程中更改合同要求而发生偏离合同的情况做出某些特殊规定。

（2）特殊情况的补充。此外合同特殊条款还可以是对合同一般条款未包括的某些特殊情况的补充，如关于延迟开工而赔偿的具体规定，以及有关税务的具体规定等。

（3）注意事项。在合同执行中，如果一般条款和特殊条款不一致而产生矛盾时，应以特殊条款为准。

（六）附件

附件是对招标文件主体部分文字说明的补充，主要包括以下内容。

1. 附表

（1）投标书格式。

（2）授权书格式。

（3）开标一览表。

（4）项目简要说明一览表。

（5）投标人资格的证明文件格式。

（6）投标保函格式。

（7）协议书格式。

（8）履约保证金格式（通常为银行保函）。

2. 附文

物业说明书。

3. 附图

物业的设计和施工图纸。

【范例1】

××物业招标书

第一部分　投标人须知

A　序言

××市××花园业委会受业主的委托对××花园的物业管理服务项目进行公开招标，欢迎对此项目具有服务能力的合格企业前来竞标。

1. 适用范围

投标人应携带物业管理企业资质证、法人资格代表证和法人身份证或法人代表授权书和被授权人身份证、营业执照副本、组织机构代码证、税务登记证（包括国税、地税）、银行开户证明等证件原件在招标管理办公室办理资格审查手续，并具备该招标项目的服务能力，详细内容在本文件的其他部分中说明。

2. 定义

2.1　"招标机构"系指××市××花园业主委员会。

2.2 "投标人"系指向招标机构提交投标文件的企业。

3. 合格的投标人

3.1 是指在招标管理办公室办理了相关资格审查手续，具有履行采购单位所需服务能力的企业法人（注册资金：不低于人民币_____万元）。

3.2 具有物业管理企业_____级以上资质（包括___级）。

3.3 具有中国法人资格和具有独立承担民事责任的能力。

3.4 遵守国家法律、行政法规，具有良好的信誉和诚实的商业道德。

3.5 承诺履行《中华人民共和国政府采购法》有关规定。

3.6 具有履行合同的能力和良好的履行合同的记录。

3.7 没有发生重大经济纠纷及违法记录。

4. 投标费用

4.1 投标人应认真审查谈判文件的全部内容，并自行承担参加本次投标的有关全部费用。

4.2 每份招标文件售价____元，售后不退。

B 招标文件

5. 招标文件的构成

招标文件用以阐明所需服务、招标投标程序和合同条款。招标文件由下述部分组成。

第一章 投标人须知前附表

第二章 投标人须知

第三章 招标项目技术要求及说明

第四章 附件样本

6. 招标文件的澄清

6.1 投标方对招标文件如有疑点，可要求澄清，应在投标截止时间前15天按投标邀请中载明的地址以书面形式（包括信函、电报或传真，下同）通知到招标方。

6.2 招标机构视情况采用适当的方式予以澄清或以书面形式予以答复，并在其认为必要时，将不标明查询来源的书面答复发给已购买招标文件的每一投标方。

7. 招标文件的修改

7.1 在投标截止期15天之前，招标机构可主动地或依据投标方要求澄清的问题，以编号的补遗书的形式对招标文件进行修改。补遗书将寄（送）给所有购买招标文件的每一投标方，对方在收到该补遗书后应立即以电报或传真方式予以确认。

7.2 为使投标方在准备投标文件时有合理的时间来考虑招标文件的修改，招标机构可酌情推迟投标截止时间和开标时间，并以书面形式通知已购买招标文件的每一投标方。

7.3 招标文件的修改书将构成招标文件的一部分，对投标方有约束力。

C 投标文件的编写

8. 要求

投标方应仔细阅读招标文件的所有内容，按招标文件的要求提供投标文件，并保证所提供的全部资料的真实性，以使其投标对招标文件做出实质性的响应。否则，其投标可能被拒绝。

9. 计量单位

除在招标文件的技术规格中另有规定外，计量单位应使用我国法定计量单位。

10. 投标文件的组成

投标文件应包括下列部分。

（1）法定代表人资格证明书［附件一］。

非法人代表参加投标的投标人，应由法人代表授权并完整地填写《法人代表授权书》。

（2）投标函［附件二］（请另备一份，不和其他投标文件一起装订，放入投标文件正本袋中，该表内容须跟投标文件一致）。

（3）物业管理服务费支出测算汇总表［附件三］。

（4）实施管理方案［附件四］。

（5）服务标准一览表［附件五］。

（6）公司简介［附件六］。

（7）资格证明文件［附件七］［包括物业管理企业证（＿＿＿＿级以上，含＿＿＿＿级）、营业执照、税务登记证、组织机构代码证等复印件］。

（8）投标保证金。

（9）本须知规定的应填报的其他资料。

11. 投标报价

11.1 投标方应在招标文件所附的投标报价表（附件二"投标函"）上写明投标报价，投标方对每一个项目只允许有一个报价，招标方不接受有选择的报价。

11.2 投标方应在招标文件所附的物业管理服务费支出测算汇总表（附件三"物业管理服务费支出测算汇总表"）上按实际情况分项填写预算支出。

11.3 报价必须包括物业管理范围及服务等相关工作内的所有费用，并且投标人所报价格在合同执行过程中是固定不变的，不得以任何理由予以变更，招标方不承担价格波动所产生的任何责任。

11.4 投标报价为含税价格，以人民币为结算单位。

11.5 附件二"投标函"和附件三"物业管理服务费支出测算汇总表"的总价金额必须一致。

12. 投标方资格的证明文件

12.1 投标方必须提交证明其有资格进行投标和有能力履行合同的文件，作为投标文件的一部分。

12.2 投标方具有履行合同所需的服务能力。

12.3 投标方应有能力履行招标文件中要求规定的由投标方履行的服务的义务。

13. 投标保证金

13.1 投标保证金为投标文件的组成部分之一。

13.2 投标方应向＿＿＿＿交纳人民币＿＿＿＿投标保证金，方可投标。

13.3 投标保证金用于保护本次招标免受投标人的行为而引起的风险。

13.4 未按规定提交投标保证金的投标，将被视为投标无效。

13.5 未中标的投标方的投标保证金，将当场退还。

13.6 发生以下情况投标保证金将被没收：

（1）开标后投标方在投标有效期内撤回投标；

（2）如果中标方未能做到：按本须知第27条规定签订合同。

13.7 中标方凭《中标通知书》，与招标机构签订合同后，投标保证金即转作履约保证金，合同期满后履约保证金无息退还。

14. 投标文件的签署及规定

14.1 投标方应准备投标文件正本一份和副本＿＿＿＿份。在每一份投标文件上要明确注明"正本"和"副本"的字样。一旦正本和副本有差异，以正本为准。

14.2 投标文件正本和副本须打印，并由经正式授权的投标方代表签字。

14.3 投标文件必须清晰、工整，并按"A4"的纸张尺寸签字盖章后装订成册。

14.4 投标文件不得涂改和增删，若有修改须由签署投标文件的人进行签字。

14.5 电报、电话、传真形式的投标概不接受。

15. 投标文件的密封和标记

15.1　投标方应将投标文件正本和副本分别用信封密封，并标明招标编号、投标项目名称及"正本"或"副本"。

15.2　每一密封信封上注明"于＿＿＿＿之前（指投标邀请中规定的开标日期及时间）不准启封"的字样。

15.3　如投标文件由专人送交，投标方应将投标文件按 15.1-15.2 中规定的密封和标记后，送至开标现场。

16. 递交投标文件的截止时间

16.1　提前递交或不符合规定的投标文件恕不接受。

16.2　所有投标文件都必须按招标机构在"投标人须知前附表"中规定的开标时间当场递交，招标机构将拒绝接受在投标截止时间后递交的投标文件。

17. 投标文件的有效期

17.1　各投标公司应注明投标文件的有效期（投标有效期：＿＿＿＿天）。

17.2　投标截止时间以后不得修改投标文件。

17.3　投标方不得在开标时间起至投标有效期期满前撤销投标文件。否则招标方将按 13.6 款的规定没收其投标保证金。

E　开标和评标

18. 开标

18.1　招标机构在招标公告或投标邀请函规定的时间和地点公开开标。投标方派代表参加（至少派一名负责该项目的项目经理）。

18.2　开标时，查验投标文件的密封情况，确认无误后拆封唱标。

19. 评标委员会

19.1　根据招标项目的特点组建评标委员会，其成员由有关专家、业主委员会的代表组成。评标委员会对招标文件进行审查、质疑、评估和比较。

19.2　评委会将依据招标文件和评标文件的要求对所有投标书进行评审和比较，然后对投标单位的报价、服务方案、综合实力、对招标文件的响应程度等情况进行考核评分。

19.3　评委会根据招标文件的评审记分，确定预中标单位。

19.4　评标期间，投标方应派代表参加询标及答辩。

19.5　评标方法：本次招标采用综合评分法评标。

20. 评标工作的基本原则

20.1　认真贯彻国家有关法律、法规，维护国家利益。

20.2　保护招标方和投标单位的各项合法利益。

20.3　客观、公正地对待所有投标方，对所有投标方的投标评价，均采用相同的程序和标准。

20.4　招标文件是评标的依据。

20.5　在评标过程中及评标结束后，评委会的研究情况和所有投标方的商业秘密都属于保密内容。

21. 对投标文件的审查和响应性的确定

21.1　开标后，招标机构将组织审查投标文件是否完整，要求的保证金是否已提交，文件是否恰当地签署。

（1）如果单价与总价有出入，则以单价为准。

（2）若文字大、小写表示的数据有差别时，则以大写表示的数据为准。

（3）若投标方拒绝接受上述修正，其投标将被拒绝。

21.2 在对投标文件进行详细评估之前，招标机构将依据投标方提供的资格证明文件审查投标方的财务、服务能力、实际业绩、经营状况。如果确定投标方无资格履行合同，其投标将被拒绝。

21.3 招标机构判断投标文件的响应性仅基于投标文件本身而不靠外部证据。

21.4 招标机构将拒绝被确定为非实质性响应的投标，投标方不能通过修正或撤销不符之处而使其投标成为实质性响应的投标。如发现下列情况之一的，其投标将被拒绝：

（1）投标人未提交投标保证金或金额不足，投标保证金形式不符合招标文件的要求的。

（2）超出经营范围投标的。

（3）资格证明文件不全的。

（4）投标文件无法人代表签字或签字无法人代表有效委托书的。

（5）业绩不满足招标文件要求的。

（6）不响应服务内容和要求的。

21.5 招标机构将允许修改投标中不构成重大偏离的微小的、非正规、不一致或不规则的地方。

22. 投标文件的澄清

22.1 为了有助于对投标文件进行审查、评估和比较，招标机构有权向投标方质疑，请投标方澄清其投标内容。投标方有责任按照招标方通知的时间、地点，指派专人进行答疑和澄清。

22.2 重要澄清的答复应是书面的，但不得对投标内容进行实质性修改。

23. 对投标文件的评估和比较

23.1 招标代理机构及其组织的评标委员会，将对实质性响应的投标文件进行评估和比较。

23.2 评标时除考虑投标价和技术服务以外，还将考虑以下因素。

（1）报价。

（2）服务方案。

（3）综合实力。

（4）对招标文件的响应程度。

（5）拟派项目经理现场答疑。

24. 保密

24.1 有关投标文件的审查、澄清和比较及有关授予合同的意向的一切情况，都不得透露给任一投标方或与上述评标工作无关的人员。

24.2 投标方不得干扰招标方的评标活动，否则将废除其投标，并没收其投标保证金。

F 定标

25. 定标准则

25.1 评标委员会将授予投标综合评分得分最高的投标方为预中标单位。采购单位将组成考察小组，对预中标单位进行实地考察。成交单位凭招标机构签发的《中标通知书》与采购单位签订合同。

25.2 不能保证最低报价的投标最终中标。

26. 中标通知

26.1 评标结束确定中标后，招标代理机构将以书面形式发出《中标通知书》。《中标通知书》一经发出，即发生法律效力。

26.2 招标方不向落标方解释落标原因，不退还投标文件。

26.3 《中标通知书》将作为签订合同的依据。

27. 签订合同

27.1 中标方依据《中标通知书》与买方签订合同。

27.2 招标文件、中标方的投标文件及其澄清文件等均为签订经济合同的依据。

27.3 中标人应当按照合同约定履行义务，完成中标项目。中标人不得向他人转让中标项目，也不得将中标项目肢解后分别向他人转让。

28. 付款

签订合同后，由采购单位直接按月平均支付物业管理费用。

第二部分 招标项目技术要求及说明

一、项目名称

略。

二、项目基本情况

略。

三、物业管理的范围和内容

1. 房屋建筑本体、公共部分的维护、管理。

2. 安全护卫服务。

3. 清洁卫生及化粪池的清理。

4. 公共场所绿化的养护和管理。

5. 24 小时保安护卫及公共秩序管理。

6. 公共设施设备的保养、运行管理（包括：电梯、中央空调及监控系统等设备的维护、保养，并负责值班运行）。

7. 保安、消防监控管理。

8. 车辆存放指挥管理。

9. 传达、报纸杂志分发管理。

10. 物业及物业档案资料收集、管理。

11. 办公室内外灯饰管理。

12. 办公大楼的会务服务。

13. 大厅、厅门前、领导办公室盆花的租用、摆放和更换。

14. 办公大楼水电管理。

15. 其他事项。

四、服务的内容和要求

1. 依据合同和物业管理的有关法律、法规进行管理。

2. 物业管理企业应建立、健全各项管理制度，并制定具体的落实措施和考核办法。

3. 物业管理人员应统一着装，佩戴明显标志，以便于识别，专业人员执证上岗。

4. 物业管理企业应采用规范化、现代化管理手段，提高管理效率。

5. 制定具体的房屋本体维修、养护计划及其配套设施大、中修、保养计划。

6. 房屋及配套设施的巡查、保养工作量化分区，分解到人，由专人控制质量，做到日常巡视和定期检查相结合。

7. 根据房屋建筑物的结构特点及配套材料的特性，进行科学的维护、保养。

8. 制定装修登记、验收工作；对施工过程进行控制、跟踪管理；及时纠正任何有可能损坏建筑物结构、危及配套设施安全的行为。

9. 每年由专业技术人员对房屋及配套设施勘察、鉴定一次，根据勘察鉴定结果，制定科学的维护保养方案并组织实施。

10. 建立公开服务电话，实行 24 小时值班服务，受理各类零修、急修申报。

11. 维修人员接到用户的维修电话后 15 分钟内到达现场，零修工程及时完成，急修工程不过夜。并建立回访制度和记录。

12. 根据配套设备、设施特点，储备一定数量的常用备件，以备急用。

13. 保洁区域责任落实到人，进行24小时保洁工作，确保垃圾能及时分类清理。

14. 严格消杀，监督管理，确保区域内无白蚁、蚊蝇、鼠害。

15. 加强环保建设，杜绝乱张贴现象，制止破坏环境卫生的其他行为。

16. 大型及重要机电设备要利用楼宇自控系统的管理功能和设备自身的监测、控制和诊断功能，制定科学的设备运作管理制度和维护保养制度。

17. 配备专业工程技术人员，所有维修人员要求持证上岗，实行24小时专人值班，出现故障应及时排除。

18. 制定各系统的应急处理方案。

19. 路灯及照明设备，要求维修人员、护卫人员两条线日常巡视检查制度，发现问题能及时处理。

20. 根据路灯型号、规格，储备一定数量的备用件。

21. 广场、停车场、道路等公共设施进行日常巡视检修和定期维护保养，对车辆进入和停放进行有效管理，有效控制外来车辆进入地下停车场。

22. 实行24小时安全护卫巡查制度，管理人员24小时值班，接受报警及时调度。

23. 落实安全护卫岗职责，层层防卫，确保人员及公共财产安全。

24. 成立应急小分队，处理紧急事件。

25. 建立施工人员档案，对经营、施工人员，要求挂工作牌，并经查验方可放行。

26. 消防人员全部持证上岗，实行24小时消防值班制度，进行日常巡视，发现隐患能及时处理。

27. 利用现有的消防设备等功能，杜绝火灾事故发生。

28. 专修、动火作业实行严格申报、审批制度，并进行跟踪、巡视管理。

29. 定期做好业主回访工作。

30. 设立24小时投诉电话。

31. 在日常工作中收集业主方的意见，确保业主方对物业管理工作的满意。

32. 实行违章处理跟踪制度，对违章事件进行及时处理，并建立相应的回访记录。

五、有关维修、维护费用的划分

1. 房屋及设备的维修：易损件的更换、维修，材料费单次单件＿＿＿元人民币以下由物业管理单位负责，＿＿＿元人民币以上经业主单位确认后从维修基金中承担费用。

2. 业主方提供物业管理的管理用房和人员的住宿，伙食由物业管理单位自行解决。

六、适用的法规政策目录

1.《中华人民共和国政府采购法》。

2.《物业管理条例》中华人民共和国院令2003年第379号。

3.《物业管理企业资质管理办法》。

4.《国家发展改革委、建设部关于印发物业服务收费管理办法的通知》发改价格〔2003〕1864号。

5.《××市住宅区物业管理条例》。

七、其他事项说明

1. 管理期限：＿＿＿＿年。

2. 合同签订：合同＿＿＿＿年签订一次。

3. 踏勘及答疑：各投标单位必须到招标项目进行现场踏勘，以作为投标方案的依据。招标现场答疑时间及集合地点另行通知。

【范例2】

前期物业管理招标书

第一章　招标项目简介

根据《全国物业管理条例》精神、《××市物业管理招投标暂行办法》，××旅游度假区物业管理招标领导小组（以下简称招标领导小组）审核了××有限公司提交的××度假区（以下简称"本项目"）的招标申请，决定以公开招标方式选聘本项目前期物业管理公司。

一、项目基本情况

略。

二、物业专项资金和物业用房

根据××市的有关规定，按照本项目一期规划，配套下列资金和物业用房。

（一）物业专项资金

项　目	一期金额	一期面积	二期金额（另定）	二期面积（另定）	说　明
初期物业管理费	一期住宅面积____m²，以5元/m²计，其他面积____m²，以____元/m²计				____万元
房屋保修费	____万元	____m²	另定	另定	按政府规定比例
绿化养护费	____万元	____m²	另定	另定	按绿化造价×__%

（二）物业用房

物业用房性质	计算面积	用房面积	配置比例	说　明	用房位置
专业管理用房	____m²	____m²	____%	总面积×配置比例	附平面图
物业管理用房	____m²	____m²	____%		
物业经营用房	____m²	____m²	____%		

以上建筑面积、资金及用房面积以最后综合验收时建筑面积、户数、核实用房及核算资金为准。

三、物业管理内容及要求

按照××市《贯彻全国物业管理条例的实施意见》、《××市物业管理服务基本标准》的规定。

1. 公共场所、公用设施的维修养护和管理。

2. 道路、排水等公用设施的使用管理和维修养护。

3. 绿化养护和管理。

4. 配合公安部门做好治安及公共秩序的维护。

5. 房屋共有部分和公共场所的保洁。

6. 车辆进出及停放的管理。

7. 受托向业主、住用人提供特约服务。

8. 配合社区建设，组织开展社区文化活动。

9. 法律政策及合同规定的其他事项。

10. 其他物业管理事项。

有条件时，接受供电、供水、通讯、有线电视等专业机构的有偿委托，扩充物业管理内容。路灯等公用设施水电费均由综合服务费列支。

四、物业管理收费标准

本项目物业类型为高标准住宅，遵照××市有关物业服务收费的有关规定，招标领导小组会议决定本项目物业管理收费按酬金制执行，具体标准为：

类　别	综合服务费 /[元/(m²·月)]	日常维修费 /[元/(m²·年)]	建筑垃圾清运费 /[元/(m²·次)]	停车费	特约服务费
联排住宅	2.20	2.00	1.50	市物价局【200×】 ×××号文件	市场调节价范围
半地下及车库部分	1.10	1.00	0.75		
经营用房	3.00	3.00	2.00		

沿街经营用房的综合服务费可按标准上浮30％确定。

五、确定投标单位

1. 市内（建设方推荐的除外）取得建设部颁发的一级物业管理资质企业。

2. 到投标截止时间，投标单位少于三个的，经××旅游度假区建设管理局核实，报市建设委员会备案，招标人可采用协议方式选聘相应资质的物业管理企业。

六、前期物业管理相关说明

1. 制作标书时，统一以年月为物业管理公司进驻时间（具体进驻时间由招标方另行通知）。

2. 招标方委托管理的前期物业管理期限为本项目交付使用后两年，合同期满后，由业主大会视中标单位工作业绩决定是否续聘。

3. 物业管理费在前期物业管理阶段未经业主大会同意不再调整；在前期物业管理期限内业主大会成立后，如业主大会对中标物业管理公司的物业管理服务不满意，并经辖区物业管理行政主管部门批准，根据规定另行选聘物业管理公司的，招标方不负违约责任。

4. 除小区标识牌、果壳箱、岗亭、垃圾收集点及入口大门由招标方投资配套的设施外，在中标物业公司投标中提出的需增设的其余设施，被视为投标物业公司承担费用。中标后委托合同签订时可与招标方协商，需在承诺期内予以实施。

5. 标书中具体待定的配套设施，投标单位可提出合理性、可行性建议，视作标书创新内容予以评分。对合理的建议招标单位将予以采纳。

6. 招标方提供的物业管理用房等配套用房达到简装修标准。

7. 招标方为中标单位初期管理提供合理办公场所及必需的条件。具体费用由招、投标单位另行协商。

8. 招标方按照物价局文件规定支付空关（置）房的物业费。

9. 中标单位接到中标通知书后，应在十个工作日内与招标方签订前期物业服务合同。中标单位派出前期相关管理人员入驻小区，参与小区建设的质监监督。

10. 中标单位不得采用转包、转让或其他未经招标单位或物业主管部门同意的方式转移中标结果。

七、奖惩措施

略。

八、其他事项

第二章　投标人须知

一、投标依据

1. 国家、省、市及区的物业管理相关政策、法规。

2.《××旅游度假区前期物业管理招标书》。

3.《××市住宅小区物业管理条例》。

4.《全国住宅小区物业管理考核评分标准》。

5.《关于加快推行物业管理招投标工作的通知》。

二、投标程序

1.____月____日上午8：30到16：00之间，投标单位携投标申请书、营业执照、资质证书、业绩证明到××旅游度假区建设管理局报名。

2.____月____日下午14：00，招标领导小组从投标单位中抽签选择2家物业公司和建设单位推荐物业公司参加竞标，招标办审核投标单位名单后，收取投标保证金____元和投标保证书。

3.____月____日上午9：00，招标预备会（地址：_____
____）：发放招标文件与招标单位召开现场答疑会议。招标单位组织投标单位现场踏勘并答疑。

4.____月____日至____月____日，投标单位制作投标书。

5.____月____日，投标开标会议：投标单位在上午9：00点至11点之间携密封的主、附属投标书到××旅游度假区建设管理局投标，公证人员记录查验。上午，公布标书有效性。

6.____月____日下午14：00评标、决标大会：投标单位的答辩人员在规定时间内完成陈述、答辩，现场公布评标分数，公布中标单位。

7.____月____日，中标单位到××旅游度假区建设管理局交纳风险抵押金____元，在规定期限内与招标单位签订物业管理委托合同，办理移交手续。

第三章　投标文件的编制

本次评标分主标书评议、附属标书评议、公开陈述和答辩评议三个阶段。为显示公正、公平的原则，要求本次投标书分主投标书（标书评审内容）和附属投标书（现场陈述内容）两部分，内容和编制要求如下。

一、主投标书的项目和要求

（一）物业管理服务的整体设想和要求

体现整体管理方案的中心立意；要求表现管理方案的水平、特色及创新点；明确管理措施、服务意识、行为要求的合理定位；体现社区文化、环境文化的物业管理模式。

（二）管理机构设置和规章制度

1.机构设置、组织框图、工作流程及激励机制、监督机制、自我约束机制等。

2.规章制度：公众制度、内部岗位责任制、管理维护运作责任制度及企业内部激励、监督、反馈机制等，小区的近期目标、远期规划。

3.物业用房、设施、配备的利用，办公装备配套，操作人员的妥善安置、设施折旧安排。

（三）管理人员配备、管理

1.管理、操作人员配备、技术人员比例。

2.人员录用和考核、专业培训计划、奖惩淘汰机制。

3.人员上岗仪表、行为、态度的标准规定。

（四）物业企业创优及管理方案

1.争创"物业管理优秀住宅小区"目标及实施方案。

2.房屋设施、设备管理，维修管理实施方案。

3.市政等公共设施管理具体实施方案。

4.环境卫生的具体实施方案。

5.绿化养护管理的具体实施方案。

6.公共秩序的维护及治安配合具体实施方案。

7.各类管理档案的建立与管理。

（五）社区建设

1. 结合小区特点与文明社区创建工作，配合社区活动设想及安排。

2. 支持配合社区居委会工作、协助管委会筹建工作、明确管委会权利义务及配合工作。

（六）初期管理措施

1. 前期管理：人员安排、管理、监督、配合方案。

2. 三大服务（常规性、委托性及特约性）内容及便民服务措施，分列有偿、无偿服务项目和收费标准。

3. 入住管理：入住公约、手续及便民措施等方案。

4. 管理服务收费标准公布上墙及做好宣传工作。

5. 装修管理：依据法规管理装修、违章搭建、房屋外观方案。

6. 安全防范措施：车辆进出、流动人口、噪声控制等。

（七）维修养护计划

1. 房屋共用部位、共用设施设备维修养护计划及措施。

2. 日常养护计划，住户报修、维修回访制度等。

3. 公建配套设施、设备及各类管线的管理措施。

（八）创新措施

1. 智能化系统设备维修养护计划及措施。

2. 新的管理模式、管理思路，且切实可行。

3. 充分发挥高科技在物业管理小区应用。

4. 管理现代化。

（九）成本预算

1. 按招标书项目分列收入、支出项目，编制收支预算书。

2. 分析盈亏情况，分列前期管理三个年度经济预算持平计划和增收节支计划。

3. 建立收支公开、监督制度。

4. 以业养业的计划及提高自身发展后劲的计划和措施。

（十）主投标书的文书要求

1. 投标书总页数要求控制在60页以内，文字说明：仿宋3号字体黑白打印，每页27列×24行字＝648字，十五页为1万字，表格10页，仿宋5号字体。页号设在页脚居中，页眉页脚除页码外不得出现其他文字和符号，标书中应无涂改、无明显记号、无彩色、无黑体字体、无水印等特殊标记。竖向装订成册，装订次序按目录→主标书内容→表格装订方式。采用招标单位统一提供的A4中性纸和封面，以粘贴方式，不得打孔或作明显有违招标书规定的装订方式，一式八份。

2. 主投标书通篇不能出现投标单位名称字样、投标单位的相关示意性提示及标志投标单位的信息。

3. 主投标书装订切割后，外形尺寸为20.5cm×29cm，误差控制在1.5mm之内。

4. 主标书必须有目录，以方便阅读。

二、附属投标书的内容和要求

（一）附属投标书的内容

1. 投标单位名称、地址、资质登记地及发证机关（封面加盖投标法人单位及法定代表人印章，附注开户银行账号）。

2. 投标单位概况、规模、资质、人员结构、运作特点、管理业绩、获奖情况、企业发展方向。

3. 承诺指标达标率（附国家最高达标率）

（1）房屋及配套设备、设施完好率（98%）。

（2）房屋零修、急修及时率（99％）。

（3）维修工程质量合格率（100％）。

（4）绿化完好率（95％）。

（5）保洁率（99％）。

（6）道路完好率（90％）。

（7）住户投诉处理率（100％）。

（8）管理费收取率（98％）。

（9）居民物业管理满意率（95％）。

（10）消防火灾发生率（0.5‰）。

（11）治安事件发生率（0.1％）。

4. 投标单位法定代表人、接管投标小区管理处主任和部门负责人履历表（名字、简介、职称、职务、经历）和专业资格证书（复印件）。

5. 答辩人员的名单、简历。三名中其中一名为法人代表人或委托代理人，一名为招标项目拟定的管理处主任，附上岗证书、学历证书、物业管理简历及经验、曾管理小区（大楼）、业绩证明。已在其他物业招标项目中中标成为管理处主任且初期物业管理合同期未满的，不得在本项目中以拟任管理处主任身份参加答辩。

（二）附属投标书的文书要求

附属投标书除字数控制在 3000 字左右，可以明确投标单位，字体、装订及数量与主标书一致。

三、投标书外包装要求

1. 主投标书和附属投标书要求分开装订，但同时装入一个文件袋内（可以分袋包装）。

2. 每个文件袋封面要求写明投标项目、投标单位名称、地址、邮编、法定代表人及送达日期。

3. 每个文件袋封口要求用薄纸粘贴，在骑缝处加盖投标单位公章和法定代表人图章。

第四章 投标文件处理

一、投标文件有以下情况之一者，为无效投标书

1. 投标文件未按规定密封。

2. 未按招标文件说明的主标书和附属标书的规定制作。

3. 主投标书中未按主标书创作要求制作。

4. 附属投标书未经法定代表人签字或盖章及未盖投标单位公章。

5. 收费测算标准低于招标文件的低限标准。

6. 标书未在规定最后时限前送达指定地点。

7. 投标单位未参加主标会议。

无效投标书将不参加开标、评标程序。

二、投标保证金

1. 投标单位参加招标预备会时，按规定向招标办公室交纳_____元投标保证金。未按要求交纳保证金，不给予投标资格。

2. 投标单位有下列情况，不退回投标保证金。

（1）投标过程中无正当理由撤回投标文件或自动弃权。

（2）中标单位未在规定期限内签署合同。

3. 投标保证金的退还。

（1）未中标单位，在中标通知书发出后三个工作日内退还。

（2）中标单位在签署合同协议后，七天内退还。

三、投标文件处理

中标单位和投标文件将成为物业管理服务合同的有效组成部分。未中标单位的投标文件开标后 2 日内退回，不支付标书制作所需的相关费用。

第五章　评标决标

一、评标组织和评标原则

1. 招标领导小组负责评标工作的指导、主持、监督、解释。

2. 评委由 7 名人员组成，一名为评标大会支持人，一名为镇政府分管领导，一名为开发建设单位代表，其余 4 名由招标领导小组在评委库中随机抽取。

3. 评标分值按主投标书 50 分、附属标书 18 分、现场陈述及答辩 32 分组成。

4. ××市公证处为本次招投标做全程公证。

二、评标程序

1. 每个投标单位可指派 2～3 名答辩代表 [一名法定代表人（确实不能出席可选定委托代理人）和一名拟任本项目管理处主任] 随带身份证、法定代表人证明或其委托代理人手续在评标大会前 30 分钟到达会场，向公证人员递交答辩人员名单、简历，由公证人员审核。

2. 在公证人员监督下，投标单位以抽签方式确定答辩顺序。

3. 各投标单位陈述、答辩时间限时 35 分钟：前 15 分钟为答辩人员介绍、附属标书和主标书重点陈述（企业概况、投标书重点、管理设想、承诺措施）；后 20 分钟为答辩时间，答辩题为五道，由投标单位抽取 5 名提问评委号，评委提问时间不超过半分钟，投标单位答题不超过 3 分钟。

4. 评委在投标单位答辩结束后独立评分，评分表签字后交公证人员，当场统计答辩单位现场分数。

5. 主标书评分表在答辩统计后，由公证人员验证启封，现场唱标，招标办现场统计得分。

6. 确定中标单位，招标单位发中标通知书。

7. 公证人员公证中标结果。

第六章　合同签订

一、风险押金

1. 中标通知书发出后第一个工作日内，中标单位到××旅游度假区建设管理局交纳＿＿＿万元风险押金，风险押金在合同期内起保证作用。

2. 合同到期后招标办视续聘情况，在财务审计后返还。

二、签订合同

1. 中标单位按照招标文件、投标文件、中标通知书、中标承诺书和《××市物业管理前期服务合同示范文本》与招标单位协商在 15 日内完成委托前期物业管理合同的签订。

2. 合同生效后，中标单位根据房屋施工进度派前期管理人员入驻小区。

三、移交工作

1. 在小区竣工交付后，招标单位向中标单位移交物业用房、经营用房、办公设施、设备等。

2. 移交工作中有争议，由××旅游度假区建设管理局进行协调。

第一章　物业管理招标

第二章
物业投标前期工作

第一节 物业项目信息获取

对于投标的物业管理企业，及时获得有关项目的招标信息，可以说是展开项目的第一步。因此，获得项目信息的时间越早，就越能够争取到时间，中标的可能性就越大。

一、招标信息获取途径

（1）招标通告。招标通告是物业招标信息获取最常见的途径。

（2）实地收集新建、在建或已建物业的项目信息。

（3）参观各类房地产交易会。

（4）收集项目在报纸杂志、网络信息及电视、广播等各类媒体上的广告宣传。

（5）物业管理主管部门及政府相关机构的推介。

（6）中介机构及房地产相关行业等各类企业单位的推介。

（7）公私关系的熟人、朋友及已签约发展商的推介。

（8）主动上门联络的发展商。

（9）参加项目的公开招投标或邀请招投标。

（10）其他途径。

二、如何获取投标信息

获取信息是一项基础性工作，是展开项目拓展的第一步。获得项目信息越早，就能够为投标争取到更多的时间。此阶段工作主要包括以下三个方面。

（一）信息的获取

物业管理企业要在市场竞争中立于不败之地，必须密切关注市场的发展状况。物业公司应对市场进行一次全面调查，内容包括如下。

（1）在建项目和已有项目。

（2）住宅、机关、办公、学校、医院等各种类型物业。

（3）周边的消费状况、行业环境。

（4）竞争对手的发展状况进行调查分析。

这样，可形成详细的信息调查报告和信息记录，对项目的面积、地址、建设单位、联系人等进行详细登记。市场调查获取的信息相比而言难度大成本高，犹如大海捞针。但这些信息往往时间比较早，有充分的时间和甲方沟通，便于及早了解对方对物业管理的态度和动向，尽早介入到投标过程中。另外，在市场调查过程中，可充分运用以下所列表单。见表 2-1～表 2-3。

（二）从公共媒体获取招标信息

1. 公共媒体类型

公开招标的项目大多会选择在公共媒体上发布招标信息。常见的媒体有报纸和网站。国内某些专业网站也会刊登一些招标信息。应多注意通过网络的渠道获取有价值的招标信息。若有必要，物业公司可以选择跟网站友好合作。

表 2-1 物业市场情况调查表

一、项目情况

发展商	
座落位置	

占地面积		建筑面积	
开盘时间		入伙时间	
项目荣誉			

发展商在当地的其他项目：

二、当地物业市场情况调查

当地管理费标准	多层		高层	
	写字楼(含空调)			
当地"五类"文件(请协助提供复印件)				
当地其他物业公司概况	本地公司：			
	外来公司：			

表 2-2 物业管理项目调查表

物业名称：

座落位置				
发展商				
物业公司名称		资质等级		成立时间
公司其他情况				
物业类型				
总建筑面积/m²		一期( )m²、二期( )m² 三期( )m²、四期( )m²		
占地面积/m²				
开工时间		开盘时间		
住宅面积/m²		多层( )栋、小高层( )栋、 高层( )栋		
户数				
写字楼	( )m² ( )栋	商业面积/m²		
停车位				
入伙时间		竣工时间		
委托物业管理方式	全权委托 □ 顾问管理 □ 其他 □			

管理期限				
需要常驻的顾问人员	驻场经理 □ 名		机电顾问 □ 名	
	安保顾问 □ 名		不派人员 □	
管理目标:				
对人员培训的要求(针对顾问管理方式): 1. 派骨干人员来我司接受培训 2. 派教员去现场培训				
其他情况				
联系人			联系电话	

敬请您填写此表后,传真至××物业管理有限公司市场部收。

传真号码: 电话号码:

表 2-3 物业项目信息搜集表

日期	开发商	项目名称	地址	联系人	联系电话	结果

2. 网店招标的优缺点

(1) 优点 这种方式获取的招标信息相对容易,成本低。

(2) 缺点 从发布信息到开标的时间往往都比较紧迫,企业既要利用有限的时间勘查现场、论证项目、制作标书,还要加强跟招标人的及时沟通。因此,会因时间紧张而出现投标盲目的状况,企业对投标的把握性差、命中率低。

3. 注意事项

看到招标公告,一定要仔细研读,将相关信息登录出来,其格式如表 2-4 所示。

表 2-4 物业管理项目招标公告信息登记表

项目名称		招标地址	
招标人			
联系人		联系方式	
招标项目基本情况			
管理期限		投标人资质要求	
招投标保证金		招标报名时间	
投标截止时间		开标时间	
开标地点			
招标文件获取要求	时间: 标书购买价: 需携带的资料:		
申请人需具备的条件			
报名时需提供的材料			

（三）客户主动联系

1. 主动邀请企业参加的情况

采取邀标方式选聘物业管理企业的，及委托招标代理机构运作招标的一些项目，会主动邀请企业参加。

2. 所需条件

要能让招标方主动联系自己，物业公司必须有很强的品牌感召力、优质的服务和有效的宣传，需要提高公司在行业内的知名度，提高在业主心目中的知名度。

（四）他人提供

企业要加快发展的步伐，积极地发动员工和朋友献计献策、提供市场信息不失为一种好的选择。这种方式提供的信息，往往更便于跟业主沟通，可以直接了解招标人的招标意图和整体构想。因此投标把握性大、成功率高。

三、如何对投标信息进行甄选

一般来说，物业公司看到招标公告后，可立即派人前往查阅招标文件，不必先购买。应先了解商务及技术方面的要求，对获取的信息要进行仔细论证和甄选，结合自身情况再决定是否参与投标。信息甄选一般参考以下几个方面。

（一）经济效益

盈利是企业生存的自然法则。物业公司应尽可能地把精力重点放在盈利能力强、效益较高的项目中去，如大型高档写字楼、高档小区。

（二）社会价值

有些物业项目社会价值相对较高，如人员流动量大的飞机场、火车站、医院，为这些项目提供物业服务相当于是给公司做免费广告，可扩大物业公司的社会影响力和品牌的知名度。

（三）特殊意义

有些项目面积并不大，经济效益和社会价值也不明显，但有非常强的特殊意义。如某公司在打入某市开发区市场时，首先竞标获得了开发区管委会的办公楼物业管理权。虽然这个项目面积较小、没有多大的经济和社会价值，但有很强的特殊意义，承接管委会就等于抓住了开发区的心脏，也为以后项目的承接打开了局面。

四、如何跟踪投标信息

有些项目在获得信息和发布招标文件之间往往有较长的时间，短的几个月，长的达1年多甚至2年。在实际工作中，往往出现信息跟丢的情况，虽然已经和对方进行了初步的接触，但对方在招标的时并没有邀请参与，因而错过机会，酿成遗憾。导致这一结果的原因是平时信息跟踪工作疏忽，长时间没有和对方进行联系或者对方分管领导工作头绪多、顾不上等。因此，在获得项目信息后，应该积极、及时与招标方建立联系，争取在招标通告前，甚至在项目进行评估和可行性研究的阶段介入，及早了解招标者对物业管理的设想和安排。信息的跟踪要根据项目的进度确定频率定期进行联络，尤其是项目接近收尾濒临招标阶段，更应该增加联络的频率。物业项目跟踪应做好记录，其格式如表 2-5 所示。

表 2-5　物业项目跟踪联系表

物业名称					
开发商					
地址					
联系人		联系电话		传真	
总建筑面积		物业类型		竣工时间	
业务意向		竞争对手		联系时间	
项目进度与跟踪计划：					
备注					

第二节　项目评估与风险防范

在获取招标信息后，投标人应积极收集招标物业的相关资料，并组织经营管理、专业技术和财务等方面的人员对招标物业进行项目评估，预测中标成功的可能性和存在的风险，对投标活动进行策划，制定相应的投标策略和风险控制措施，确保投标的成功或避免企业遭受损失。

一、收集招标物业的相关资料

招标物业的相关资料是物业管理公司进行投标可行性研究必不可少的重要因素。因此，物业管理公司在投标初期应多渠道多方位地全面搜寻第一、第二手资料。这些资料的范围不仅包括招标公司和招标物业的具体情况，还应包括投标竞争对手的情况。

公司可能的资料来源大致有以下几个方面，如表 2-6 所示。

表 2-6　可能的资料来源

序　号	来　源	说　明
1	报纸杂志	报纸或相关杂志历来是各种招标信息公开发布的传统渠道，而且许多物业及物业管理企业的有关情况也会在各种杂志上有介绍，有意识地留意这些，往往会获得意想不到的有用信息
2	网络传输	许多招标投标公司纷纷建起了自己的网站，各种招标信息也开始在网上进行发布，如中国招标投标网就已开通了网上招标投标及投标代理业务
3	同行业公司	当存在物业管理分包时，公司通常可通过同行业的总包人获取招标相关信息；此外，公司还可在与其他公司进行一般业务交流时，得到竞争对手的一些资料

二、对招标物业项目进行评估

通过对招标物业进行项目综合分析、评估，可以为企业参与投标提供决策性的依据。

项目评估一般分为初选阶段、准备和实施阶段两个阶段。初选阶段的评估主要是在调查、研究资料的基础上进行分析、预测和评定，目的是为了确定是否参与投标；准备和实施阶段的评估是在对投标物业进行深入的调查和技术、经济论证，目的是为了确定最佳投标策略和管理方案。具体包括以下几个方面的内容，如图2-1所示。

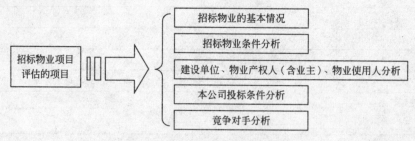

图 2-1 招标物业项目评估的项目

（一）招标物业的基本情况

投标人在分析招标物业项目的基本情况时，要着重了解物业的建筑面积和投资规模、使用周期、建筑设计规划、配套设施设备等具体情况。不同的物业，着重了解的内容是不同的。见表2-7。

表 2-7 物业基本情况分析表

招标物业名称：	招标时间：	
物业性质：	物业类型：	
建筑规模		
投资规格		
使用周期		
建筑设计规划		
配套设施设备		
物业的功能、形象和市场定位		
物业所在地域的人文、经济环境		
新建物业	物业的建设周期和进度：	
	物业现有条件对实施物业管理服务的利弊（现有规划设计及建筑施工中是否存在不符合物业管理要求的问题）：	
已投入使用的物业	历年大中修计划实施情况：	
	配套设施功能改造方案：	
	业主组成情况：	
如属于商业类型物业,则应了解商业物业的使用功能和规模：		
若公用事业类型物业,则还应了解现有规划或已配置的设施中是否具备预防及应对紧急事件的条件等：		

1. 新建物业

（1）若是新建物业，就要了解物业的建设周期和进度，分析物业现有条件对实施物业管理服务的利弊。

（2）如在早期介入和前期物业管理的项目中，要关注现有规划设计及建筑施工中是否存在不符合物业管理要求的问题，以便在方案中提出相应的解决或建议方案。

2. 已投入使用的物业

若是已投入使用的物业，则应收集物业使用过程中的具体资料，如历年大中修计划实施情况、配套设施功能改造方案等。

3. 商业型物业

如果是商业类型物业，则应了解商业物业的使用功能和规模。

4. 公用事业类型物业

如果是公用事业类型物业，除了解物业的基本情况外，还应关注现有规划或已配置的设施中是否具备预防及应对紧急事件的条件等。

（二）招标物业条件分析

1. 物业性质

了解区分招标物业的性质非常重要。因为不同性质的物业所要求的服务内容不同，所需的技术力量不同，物业管理公司的相对优劣势也差异明显。

（1）住宅小区的物业管理。对住宅小区的物业管理，其目的是要为居民提供一个安全、舒适、和谐、优美的生活空间，不仅应有助于人的身心健康，还需对整个城市风貌产生积极影响。因此，在管理上就要求能增强住宅功能，搞好小区设施配套，营造出优美的生活环境。其物业管理具体内容也应围绕这一目标安排。

（2）服务型公寓的物业管理。服务型公寓则更注重一对一的服务特色。它既要为住户提供酒店式服务，又要营造出温馨的家庭气氛。其服务内容也就更加具体化、个性化，除了日常清洁、绿化服务外，还应提供各种商务、医疗服务等。

（3）写字楼的物业管理。对写字楼，其管理重点则放在了"安全、舒适、快捷"上，故其管理内容应侧重于加强闭路监控系统以确保人身安全，增设保安及防盗系统以保证财产安全，开辟商场、酒家、娱乐设施及生活服务设施以方便用户生活，完善通讯系统建设以加强用户同外部联系等方面。

这些不同的管理内容必然对物业管理公司提出不同的服务要求和技术要求，而具有类似物业管理经验的投标公司无疑可凭借其以往接管的物业在投标中占有一定的技术和人力资源优势。

2. 特殊服务要求

有些物业可能会由于其特殊的地理环境和某些特殊功用，需要一些特殊服务。这些特殊服务很可能成为某些投标公司的优势，甚至可能导致竞标过程中的"黑马"出现，物业管理公司必须认真对待，在分析中趋利避害。他们可考虑这些特殊服务的支出费用及自身的技术力量或可寻找的分包伙伴，从而形成优化的投标方案；反之，则应放弃竞标。

3. 物业招标背景

有时招标文件会由于招标者的利益趋向而呈现出某种明显偏向，这对于其他投标公司而言是极为不利的。因此在阅读招标公告时，应特别注意招标公告中的一些特殊要求。这有利于物业公司做出优劣势判断。如：

（1）某个物业招标公告中写明"欢迎××物业管理公司参加投标"，那么很有可能出现当其他公司与××公司的标价和服务质量相同时，招标方会优先选择后者的情况。

（2）招标书上写明必须提供某项服务，而本地又只有一家专业服务公司可提供该项服务，则投标公司应注意招标方与该专业服务公司是否关系密切，以及其他物业管理公司与该专业服务公司是否有合作关系等。

这些细枝末节看似无关紧要，可一旦忽略，则有可能导致投标失败。不仅投标者的大量准备工作徒劳无功，而且还会影响公司声誉。因此，必须注意物业招标条件的分析，如表 2-8 所示。

表 2-8　招标物业条件分析表

招标物业名称：	招标公告发布时间：			
物业性质	□高档住宅　□普通住宅　□高档写字楼　□政府办公楼 □商住综合物业　□厂房　□其他			
特殊服务要求				
物业招标背景				

（三）建设单位、物业产权人（含业主）、物业使用人分析

即要对建设单位、物业产权人（含业主）、物业使用人的背景和基本情况以及是否具有诚意合作并具备履行合同的实力等进行调查，并予以分析（如表 2-9 所示）。

表 2-9　建设单位、物业产权人（含业主）、物业使用人分析表

物业项目名称：招标项目类型：□新建　□重新招聘

新建物业招标项目分析				
物业建设单位情况	资金实力			
	技术力量			
	商业信誉			
	以往所承建物业	物业类型	物业质量	与物业公司的合作情况
	1.			
	2.			
	3.			
	4.			
	结论			
重新招标项目分析				
物业基本情况	分析物业的使用情况、产权人的背景、资金实力和信誉，物业是否存在重大隐患：			
解聘原管理方的原因				
原物业收费情况				
物业产权人是否与原建设单位或管理方存在法律纠纷；若有，是何原因				
结论				

1. 新建物业的招标项目

属于新建物业的，要充分调查、了解开发商的状况。这一层面的分析包括开发商的技术力量、信誉度等。因为物业的质量取决于开发商的设计、施工质量，而有些质量问题只有在物业管理公司接管后才会出现，这必然会增大物业管理公司的维护费用和与开发商交涉的其他支出，甚至还有可能会影响物业管理公司的信誉。因此，物业管理公司通过对开发商以往所承建物业质量的调查，以及有关物业管理公司与之合作的情况，分析判断招标物业开发商的可靠性，并尽量选择信誉较好、易于协调的开发商所开发的物业，尽可能在物业开发的前期介入。这样既可保证物业质量，也便于其日后管理。具体需要详细调查了解的内容如下。

（1）建设单位的资金实力、技术力量和商业信誉等。

（2）建设单位以往所承建物业质量。

（3）建设单位以往所承建物业的物业管理公司与之合作的情况。

通过以上内容的调查、分析来判断招标物业建设单位的可靠性，以尽量选择信誉较好、易于协调的建设单位所开发的物业。

2. 重新招聘物业企业的招标项目

属于重新招聘物业管理企业的招标项目，则要调查了解以下内容。

（1）解聘原管理方的原因。

（2）物业产权人是否与原建设单位或管理方存在法律纠纷。

（3）对于已投入使用一定年限的招标物业，要详细了解物业的使用情况、产权人的背景、资金实力和信誉，物业是否存在重大隐患。

提醒您

如果招标要求投标人参与物业合作经营，则应对该招标项目另作具体的投资可行性分析论证。

（四）本公司投标条件分析

对本公司投标条件进行分析是因为投标需要耗费人力、物力、财力，如果本公司完全不符合投标条件，却盲目投标，不仅不会产生经济效益，而且会影响企业的形象。如招标条件中要求投标的必须是一级物业管理资质企业，而你的物业公司只是三级资质，或者招标要求物业公司须具有大型的智能化写字楼管理经验，而你的物业公司则只专长于小型居住型物业，则中标的可能性微乎其微，若不加分析就去购买标书，投入人力、物力、财务，参与投标工作，结果是得不偿失。

对本公司投标条件的分析一定要从实际出发，具体内容包括如下。

1. 以往类似的物业管理经验

已接管物业往往可使公司具有优于其他物业管理公司的管理或合作经验，这在竞标中极易引起开发商注意。而且从成本角度考虑，以往的类似管理也可在现成的管理人员、设备或固定的业务联系方面节约许多开支。所以，投标者应针对招标物业的情况，分析本公司以往类似经验，确定公司的竞争优势。

2. 人力资源优势

即公司是否在以往接管物业中培训人员、是否具有熟练和经验丰富的管理人员、是否与其他在该物业管理方面有丰富经验的专业服务公司有密切合作关系。

3. 技术优势

即能否利用高新技术提供高品质服务或特殊服务，如智能大厦等先进的信息管理技术、绿色工程以及高科技防盗安全设施等。

4. 财务管理优势

即公司在财务分析方面是否有完善的核算制度和先进的分析方法、是否拥有优秀的财务管理人才资源、是否能多渠道筹集资金并合理开支。

5. 劣势分析

这主要体现在竞争者的优势上，与竞争对手相比，自己有哪些方面竞争不过。

具体在运用时可将需要分析的内容列成表格（如表 2-10 所示），使之一目了然。

表 2-10　本公司××物业项目投标条件分析表

项目名称		位置	
开标时间			
招标基本要求			
本公司投标条件分析			
是否具备投标资格（如是否达到招标的基本资质要求）			
以往类似的物业管理经验			
人力资源优势			
技术优势			
财务管理优势			
劣势分析			
分析结论			
若决定投标,拟采取的投标策略和管理方案			

制表人：　　　　　　　　　　　时间：

（五）竞争对手分析

1. 竞争对手分析的内容

竞争对手的分析评估包括以下内容。

（1）了解竞争对手的规模、数量和企业综合实力。

（2）竞争对手现接管物业的社会影响程度。

（3）竞争对手与招标方是否存在背景联系，在物业招标前双方是否存在关联交易。

（4）竞争对手对招标项目是否具有绝对优势。

（5）竞争对手可能采取的投标策略。

具体可运用表 2-11 来完成。

2. 竞争对手分析的注意事项

企业要做好竞争对手分析的工作，为企业制定战略提供充分的依据，除了掌握一些常用的分析方法以外，还要注意以下事项。

（1）建立竞争情报系统，做好基础数据的收集工作。要对竞争对手进行分析必须有一个基础来做保障，这个基础就是竞争情报的系统和竞争对手的基础数据库。

表 2-11　××物业项目投标竞争对手分析表

项目名称：　　　　　　　　　　　　　　　投标时间：

竞争对手名称 分析内容	A	B	C
规模(注册资金)			
所管物业类型			
所管物业项目数量与规模			
与招标方是否存在背景联系			
物业招标前双方是否存在关联交易			
对招标项目是否具有绝对优势			
常用投标策略			
竞争心理和市场方向			
近期的公司发展方向、关注重点			
本项目上的投标价格和可承受底线			
本项目可能采取的投标策略			

① 竞争情报系统的内容及重要性。竞争情报系统包括：竞争情报工作的组织保障、人员配备以及相应的系统软件支持、竞争情报各方面的内容。只有建立了竞争情报的系统，才会将竞争对手的监测和分析变成一项日常的工作，才可能及时地掌握竞争对手的动态，为企业决策提供及时的信息。

② 竞争对手基础数据库建设的重要性。现代企业的决策强调科学性和准确性，更强调基于事实和数据的决策。只有建立了完善的竞争对手的数据库，对竞争对手的分析才可能落到实处。

（2）建立符合物业行业特点的竞争对手分析模型。不同的行业有不同的特点，比如有的行业关注投资回报率，有的行业更关注市场占有率。同时行业所处的阶段不同，关注的焦点也会不一样。所以物业企业有必要建立符合物业行业特点的竞争对手分析模型，绝对不能照搬照抄。

（3）加强竞争对手分析的针对性。对竞争对手的分析，每一项都应该有其针对性。要明确对竞争对手分析的目的是什么。按照战略管理的观点，对竞争对手进行分析是为了找出本企业与竞争对手相比存在的优势和劣势，以及竞争对手给本企业带来的机遇和威胁，从而为企业制定战略提供依据。

 **提醒您**

有时在竞标中可能会出现某些刚具有物业管理资质的物业管理公司参与竞标的情况。他们可能几乎没有类似成熟的管理经验，但在某一方面（如特殊技术、服务等）却具有绝对或垄断优势。由于他们进入物业管理行业不久，许多情况尚未为人所知，他们虽然默默无闻，容易被人所忽略，却很有可能成为竞标中的"黑马"。对这些陌生的竞争者，投标公司不可掉以轻心，必须认真对待。

第二章　物业投标前期工作

三、物业管理投标风险防范

在物业管理项目招投标活动中，我们经常会遇到这样的情况，前去参加某物业招标，但是一些知道内情的人早就说出中标者是谁，而整个招标的过程都证明了这个消息的正确性。又如某物业招投标，开标之时七八个公司竞争，初选以后剩下两三个公司，决标之前又莫名其妙进来一个公司，然后该公司一路前进中标。事实证明，许多招标项目的委托对象早已内定，或基本已定，招投标仅仅是在走一个添加某种光彩的形式，组织者其实并不想招标，只是想通过招标摸清行情。

在物业投标活动中这样的风险是存在的，为了防范这些风险，避免自己白白浪费人力物力，物业公司有必要了解在投标活动中有哪些风险，该如何去规避。

（一）物业管理投标的风险来源

物业管理投标的主要风险来自于招标人和招标物业、投标人、竞争对手等三个方面，如图 2-2 所示。

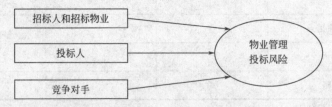

图 2-2　物业管理投标的三大风险来源

1. 招标人和招标物业

因为物业管理投标是对招标的响应，所以，招标活动中招标人和招标物业的风险存在于投标活动中。具体而言，来自于招标人和招标物业的风险主要有以下几个方面。

（1）招标方提出显失公平的特殊条件。

（2）招标方有未告知但会直接影响投标结果的信息。

（3）招标方出现资金等方面的困难，造成项目无法正常进行。

（4）招标方在中标后毁约或无法执行合同条款。

（5）物业延迟交付使用、前期服务期限延长。

（6）招标方与其他投标人存在关联交易等。

2. 投标人

来自于投标人的风险主要有以下几个方面。

（1）未对项目实施必要的可行性分析、评估、论证造成投标决策和投标策略的失误。

（2）盲目做出服务承诺，价格测算失误造成未中标或中标后亏损经营。

（3）项目负责人现场答辩出现失误。

（4）接受资格审查时出现不可预见或可预见，未做相应防范补救措施的失误。

（5）投标资料（如物业管理方案、报价等）泄露。

（6）投标人采取不正当的手段参与竞争，被招标方或评标委员会取消投标资格。

（7）未按要求制作投标文件或送达投标文件造成废标等。

3. 竞争对手

来自于竞争对手的风险主要有以下几个方面。

（1）竞争对手采取打价格战、欺诈、行贿等不正当的竞争手段参与投标活动。

（2）竞争对手具备背景或综合竞争的绝对优势。

（3）竞争对手窃取本企业的投标资料和商业秘密等。

（二）风险的防范与控制的具体措施

对以上所述风险的防范与控制的具体措施有以下几种。

（1）严格按照相关法律法规的要求参与投标活动。

（2）对项目进行科学合理的分析、评估，周密策划、组织、实施投标活动。

（3）完善企业自身的管理。

（4）选择信誉良好的招标方和手续完备赢利优势明显的物业。

（5）充分考虑企业的承受能力，制定可行的物业管理方案，选择经验丰富的项目负责人。

（6）慎重对待合同的附加条款和招标方的特殊要求等。

第三章
物业投标过程控制

第一节 物业管理投标过程概述

一、物业管理投标过程

物业管理投标过程如图 3-1 所示。

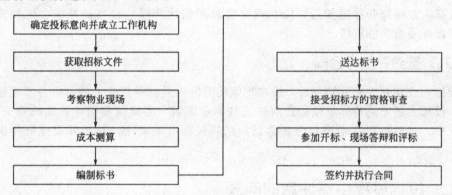

图 3-1 物业管理投标过程图

（一）确定投标意向并成立工作机构

物业管理企业在获得投标信息后，即可按企业的拓展计划，确定投标意向，相应成立投标工作领导组，由公司总经理或有关部门经理及方案编制人员组成，开展可行性研究工作。

（二）获取招标文件

收到招标邀请函通知书后，投标工作小组应迅速组织备齐公司经营资质的有关资料和证件，按招标单位规定送交预审。获取招标文件后，应详细阅读文件内容，熟知各项要求，特别是对招标文件中投标保证书、履约书、奖罚措施等项应仔细分析研讨，并向招标单位确认投标书中不清楚的事项，以便做好准备。

（三）考察物业现场

投标单位应多次组织人员到物业现场进行现场考察，对照图纸、设计说明书及招标文件的有关内容仔细分析，从而为管理方案的构想奠定基础。

（四）成本测算

投标单位应组织富有经验的财会人员和物业管理人员，根据拟承接物业的管理服务范围、类型、档次、标准等进行专题分析，做出较为精确的测算，对国家规定的管理服务单价可不必计算。在确定单价时，要从竞争战略高度和战术要求上去推敲，单价确定后与工作量相乘，便可得出管理服务费的总标价。

（五）编制标书

投标单位在做出投标报价决策后，就应组织编写人员分工合作，按照招标文件中的各项要求编制标书。

（六）送达标书

全部投标文件编制好后，投标人应按招标文件要求进行封装，并按时送达招标单位。

（七）接受招标方的资格审查

投标人应按招标文件规定的要求准备相应资料，接受招标方的资格审查。

（八）参加开标、现场答辩和评标

投标人在接到开标通知后，应在规定的时间到达开标地点参加开标会议和现场答辩，并接受评标委员会的审核。

（九）签约并执行合同

投标人在收到中标通知书后，应在规定的时间内及时与招标人签订物业管理服务合同。同时，投标人还要同招标单位协商解决进驻物业区域、实施前期物业管理的有关问题。投标结束后，要对投标活动进行分析总结，结算投标有关费用，对招标投标资料进行整理、归档。

二、投标过程中需注意的问题

为使投标过程顺利，确保投标成功，必须注意以下问题。

（一）投标报价说明

投标报价说明应注意以下事项。

（1）投标人应根据招标文件中的要求，按投标文件格式规定填写报价表。

（2）投标人在投标文件中的投标报价总表上只允许有一个报价，任何有选择的报价将不予接受。投标价不是固定价的投标文件将作为非响应性投标而予以拒绝。

（3）投标人应详细列明报价明细表。如果单价与总价不符时，以单价为准修正总价。

（4）如合同项目内容没有增减，投标人所报的投标价在合同执行期间是固定不变的，没有招标人同意不得以任何理由予以变更。

（二）评标原则和评标方法

1. 评标基本原则

评标工作通常应依据《中华人民共和国招标投标法》以及国家和地方政府有关政府采购和物业管理招标投标的规定，评标委员会只对确定为实质响应招标文件要求的投标进行评价和比较。

2. 评标方法

目前物业管理投标的评标方法主要有以下几种。

（1）低价评标法。这种方法的前提是在严格地通过了资格预审和其他评标内容都符合要求的前提下适宜采用的。具体做法是将招标者按报价高低依次排队，取其报价接近标底而略低于标底的投标者3～4个，再结合投标文件中有的具体实施措施，综合比较，择优定标。

（2）打分法。具体做法是由评标小组将事先准备的评标内容进行分类，并确定其评分标准，然后由每位评标小组成员无记名打分，打分的依据是以招投标文件规定的管理目标对照各投标单位的标书和报价，最后统计投标者的得分，得分最高者为中标单位。

作为投标方的物业企业，一定要仔细研读招标文件中有关的评标方法。只有知道如何评标、评标的重点，才可以有的放矢地去准备。以下举例作为参考。

×××物业服务招标评分细则

一、采用百分制

1. 商务评分占20％。

2. 技术评分占30％。

3. 信誉评分占10％。

4. 服务方案介绍及答辩评分占20％。

5. 现场考察分占20％。

二、评分标准

（一）商务分（20分）

1. 本小区物业服务为多类别物业，实行按比例评定原则。即根据每一类别物业建筑面积占招标项目总建筑面积的百分比，分别评分。

2. 商务标评定程序应经过：开标、记录报价——→核对报价——→计算出标底价——→计算得分——→得分汇总——→得分复核——→工作人员签字。

3. 报价越接近标底价，得分越高原则。

4. 工作人员计算，评委不参与原则。

5. 评标标底价＝各有效投标报价的平均价。不同类别物业，应计算出分类标底价。

6. 商务标评定方法：商务标的评定，实际是对投标单位商务标得分的客观计算过程，不掺杂任何主观意愿，计算结果应经得起复核。根据报价越接近标底价，得分越高原则，投标单位商务标报价与评标标底价对比后，得分计算公式为：

（报价－标底）÷标底≤5％　　　　　　＋0分（即不加分、不减分）

5％＜（报价－标底）÷标底≤10％　　　－2分（即减分10％）

10％＜（报价－标底）÷标底≤20％　　－5分（即减分25％）

20％＜（报价－标底）÷标底≤30％　　－10分（即减分50％）

30％＜（报价－标底）÷标底　　　　　－20分（即减分100％）

7. 按以上公式先计算出每类物业报价得分，并根据占总面积百分比，计算出每类物业报价实际得分，每类物业报价实际得分之和，为投标单位商务标报价得分。

8. 商务标的评定，与招标项目的开标、评标会同步进行。

（二）技术评分（30分）

1. 对投标项目理解与认识、管理服务到位、服务目标及整体设想（5分，较好为5分，符合为3分，一般为1分）。

2. 各级人员配备、培训、管理职责是否完备，管理规章制度是否健全（5分，较好为5分，符合为3分，一般为1分）。

3. 物业管理服务内容与标准是否应对招标文件的要求（5分，较好为5分，符合为3分，一般为1分）。

4. 物业服务、管理方案是否具备超前性、可操作性和科学性；在服务管理过程中能够充分利用计算机，可以使用网络等现代化设施加强与业主的交流（5分，较好为5分，符合为3分，一般为1分）。

5. 达不到管理服务目标愿意接受的经济惩罚标准，承诺的履约保证措施切实可行（5分，较好为5分，符合为3分，一般为1分）。

6. 物业服务范围内的布局规划科学合理；有切实可行的物业接管方案及过渡阶段各种纠纷解决预案（5分，较好为5分，符合为3分，一般为1分）。

第三章　物业投标过程控制

（三）信誉评分（10分）

1. 管理项目中管理小区面积中有单体30万平方米以上小区得5分，20万平方米以上小区得3分，10万平方米以上小区得2分，其余不得分。

2. 近5年来管理小区项目获得国家级荣誉得5分、省优的各得3分；没有不得分。

（四）服务方案介绍及答辩评分（20分）

1. 参与答辩人员着装整齐，仪表端庄、口齿伶俐。满意得5分，一般得2分，否则不得分。

2. 服务方案介绍时条理、思路清晰，简明扼要，采用PPT介绍。满意得5分，一般得3分，方案介绍不得要领不得分。

3. 每位答辩人员须现场回答对技术的标疑问和针对本项目特点提出的问题，解答能做到条理清晰，答辩准确、简练，符合小区目前实际情况并有可操作性。满意的得10分、基本满意得3~8分，不符合不得分。

（五）现场考察评分（20分）

1. 绿化：苗木修剪整齐，无大面积枯死；水景溪流内无垃圾；绿地内无杂草及废弃物。完全满意的得4分、基本满意得2分，不满意不得分。

2. 卫生保洁：庭院地面清洁无废弃物；垃圾筒内垃圾日产日清，并摆放整齐，外观干净；玻璃、门窗无污迹、裂痕；楼、电梯厅干净、明亮，地面无杂物，无卫生死角。完全满意的得4分、基本满意得2分，不满意不得分。

3. 秩序维护：秩序维护员年轻化，仪表整洁，服务语言、手势规范；对来访人员进行验证、登记，杜绝闲杂人员进入；有巡更人员在小区内巡更；专人负责对车辆进行引导与管理，小区内环境秩序良好，车辆停放有序；各种消防、监控设施、器材保养完好；监控室人员能够熟练掌握并操作设备，监控室干净整洁。完全满意的得8分、满意得2~6分，不满意不得分。

4. 客服接待：客服人员有专人负责客服接待；仪表整洁，服务语言规范；客户资料汇总归档完好。完全满意的得4分、满意得2分，不满意不得分。

三、评标人员组成及最终得分

1. 评标人员由9人组成，详见人员组成办法。

2. 评标人员独立评分，评分完毕后，去掉最高分与最低分，分数相加后计算出平均分为最终得分，按得分高低顺序，确定第一中标人，第二中标人和第三中标人。

3. 招标方发出《中标通知》后，首先与第一中标人签订物业服务合同，招标方与第一中标人因故未能签约的，则按第二、第三中标人次序递进。

×××业委会

第二节　投标准备工作细节

一、积极与用户、项目主管单位建立联系

获得招标信息后，投标的物业管理企业就应该积极与用户、项目主管单位建立联系，争取在招标通告前，甚至在项目进行评估和可行性研究的阶段介入，及早了解招投标单位对物业管理的设想和安排。

（一）及早建立联系的好处

其好处主要体现在以下两个方面。

1. 可以有针对性地做好前期工作

通过这些工作，投标的物业管理企业可以及早了解业主或建设单位制定的物业管理项目的详细要求，包括招投标项目概况、招标对象、招标说明、"标"或"包"的具体划分、采用的技术规范和对工作的特殊要求等。

更重要的是，业主或建设单位在立项、研究和设计等工作的过程中，往往已经形成了一些意向性的想法，包括对物业管理企业的看法等，投标物业管理企业如果在交流中多掌握这些信息，就可以有针对性地做好前期工作，及早开展投标的准备工作。

2. 可以进行充分的技术交流

投标的物业管理企业可以通过与业主或建设单位的接触，进行充分的技术交流。

（1）可以起到介绍和宣传的作用，让业主或建设单位对物业管理企业及其服务有一个感性认识。

（2）可以对业主的要求有更深刻的理解，以便在编制投标文件时准确响应或着重加以说明。如：

① 有时，当业主或建设单位尚未确定招标文件中某一部分的具体内容及指标时，通过技术交流，可能使用户愿意采用投标物业管理企业提供的服务及管理模式；

② 当业主在设计中有不当之处时，通过技术交流帮助业主做出修改，加深业主对投标物业管理企业的信任。

（二）有效联络的方式及联络人

可通过面谈、电话、传真、电子邮件、邮政速递等方式来进行联络。若是新建物业，则应与发展商销售主管、发展商物管事宜主管、发展商决策高层人士联络。若是已使用物业的重新招标，则应与业主委员会主任及成员进行联络。

（三）联络洽谈内容及有效记录

其主要包括以下内容。

（1）了解项目具体情况，索取项目总平面图及其相关图纸、资料。

（2）了解项目发展商的实力背景、以往业绩，发展商对项目物业管理的合作意向等。

（3）向发展商/业主委员会推介公司发展规模、实力背景、管理业绩。

> **提醒您**
>
> 在项目跟踪过程中如发生部门内部工作调整或公司人事变动等情况，原项目负责人及接手的员工必须认真做好项目移交工作（采取书面形式交接），原项目负责人必须提供项目文字资料、完备的有效联络记录等全套资料及发展商有效联络人员的联络方式并和接手人与发展商有效联络一次。

二、投标小组设置与人员配备要合理

（一）投标小组设置

物业管理企业一般采用董事会领导下的经理负责制（如图 3-2 所示），经理对整个企业负责，在经理层以下通常设有办公室、开发部、财务部、业务管理部、工程部、安全部等，根据企业所管理的物业分设各小区或大厦管理处。

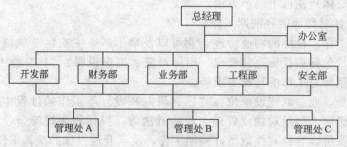

图 3-2　物业企业的组织架构图

基于物业管理投标过程中，大量的信息需要在短时间内进行快速的交流和积聚，因此物业管理项目投标工作通常由投标的物业管理企业内部组织专门部门来全权负责整个投标活动。在物业管理企业中，与物业管理投标活动密切相关的有开发部、财务部、工程部三个部门，其具体职能分述如图 3-3 所示。

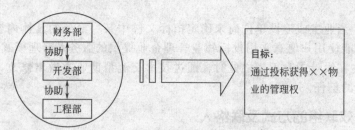

图 3-3　物业投标小组组成

1. 开发部

开发部是在经理领导下专职于物业管理业务开发的部门。其主要职责是确定目标，选择物业，进行投标，参加市场竞争。无疑，开发部是物业管理投标工作的核心。

在物业管理投标过程中，开发部始终担任着主要角色。

其主要工作包括以下内容。

（1）开发部根据本公司的市场定位，选择与之相称的物业管理招标项目进行投标。

（2）由于编写投标书过程中最重要的两个难点是管理方案的设计和标价的计算。因此，在这些关键环节上，开发部通常都会在专门部门的专家协助下进行。

① 在管理方案的设计上，开发部会向工程部咨询设计方案技术上的可行性。

② 在标价的计算方面，开发部也会征求财务部总会计师关于设计方案在财务上的可行性意见。

（3）通常在投标书完成时，应得到总会计师和总工程师的签字认可。最后，开发部完成投标书后，经过企业法人或委托代理人签字，即可代表物业管理企业向招标单位进行投标。

　提醒您

大型物业管理企业的开发部一般都实行项目经理负责制，以项目小组为单位，分管具体项目的投标工作，以及中标后的合同签订工作；中小型的物业管理企业则大多由经理亲自对各项目的投标工作负责。

2. 财务部

财务部是经理领导下的经济管理部门，负责财务、计划、经济核算和各类收费工作。该部门的主管一般都为总会计师，具有资深的项目财务评价能力。

3. 工程部

工程部是经理领导下的技术管理部门，主要负责工程预算；房屋、设备及公共设施的管理、维修和保养；工程技术方面的咨询和研究工作。

（二）从事物业管理招投标人员应具备的素质

物业管理投标是一项专业性和实践性很强的工作，专业跨度很广，需要各类人才。既要有懂经营管理、善于协调各种关系的人才，又要有技术过硬、实践经验丰富的专业技师。

在现阶段，企业经理、部门经理、管理人员必须经过物业管理专业培训并持证上岗，包括特殊工种的操作人员。除了考虑企业的员工是否熟悉业务外，还要看其专业人员的配置，如是否有建筑工程结构类、机电类等专职技术人员。通过物业管理公司是否聘用有专业背景的人士也可检验管理费标价较低的一些投标企业在这方面是否合格。这部分的权重要占 10%～15%。

三、要认真阅读、分析招标文件

物业管理企业要想取得招标文件必须向业主购买。而取得招标文件后，如何阅读成为关系到投标成败的重要环节。

（一）认真阅读，找出错误与遗漏

招标文件可能会由于篇幅较长而出现前后文不一致、某些内容不清晰的情况。因此，投标企业在这一阶段，应本着仔细谨慎的原则，阅读并尽可能找出错误；再按其不同性质与重要性，将这些错误与遗漏划分为"招标前由业主明确答复"和"计入索赔项目"两类。

（二）仔细研究各项规定

在阅读招标文件时，应注意要对招标文件中的各项规定，如开标时间、定标时间、投标保证书等，尤其是图纸、设计说明书和管理服务标准、要求和范围予以足够重视，做出仔细研究。

（三）分析招标要求和过程

1. 招标要求条件的分析内容

对招标方要求的条件进行深入分析，具体内容包括如下。

（1）招标方资格预审的要求、合同的附加条件等，预测中标的可能性。

（2）从招标文件和招标过程中出现的异常要求和情况进行分析判断，调整招标策略，避免因招标方或竞争对手使用违规手段操纵招标活动，使企业蒙受不必要的损失。如有的招标文件会由于招标者的利益趋向而呈现出某种明显偏向，这对其他投标公司是极为不利的。

2. 阅读、分析招标文件的注意事项

阅读、分析招标文件时，应注意以下事项。

（1）在阅读标书时，应特别注意招标公告中的一些特殊要求，以便做出正确判断。

（2）招标方增加的合同特殊条款是否符合《物业管理条例》的规定，企业承担特殊条款是否存在风险。

（3）还有的招标方在选择招标范围和制定评标标准方面是否存在着明显的操纵意向。

（4）在研读时可以设计一份表格（如表3-1所示），将需要注意的内容一一填入。这样既能一目了然，同时，也能提高阅读的有效性和效率。

表3-1　招标文件研读备忘录

招标人		项目名称	
招标地址			
招标项目基本情况			
管理期限			
开标时间		定标时间	
投标保证书			
招标方资格预审的要求			
管理服务标准、要求和范围			
合同的附加条件			
有无特邀某企业竞标			
招标公告中的一些特殊要求			
前后文不一致的地方			
内容不清晰的情况			
招标前须由业主明确答复的问题			

四、参加标书说明会

标书说明会又称标前会，是招标方对招标文件进行说明并给予投标方提供答疑的机会。参与投标的物业企业一定要利用这个机会，弄清楚招标文件的全部内容与含义，请招标方解答自己的疑难问题。在参加标书说明会时，应注意以下技巧。

（1）对招标文件中招标项目的内容、范围、要求不清楚的问题，应提请招标方予以说明。但不要提出任何修改标书的要求。

（2）对招标文件中相互矛盾之处，可请求招标方说明。但不要提出修改技术标准。

（3）对含糊不清的合同重要条款，可请求解释澄清。但不要提出任何修改合同条款的要求。

（4）对招标文件中出现对我方有利的矛盾或含糊不清的条款，不要提请解释与澄清。

（5）要注意提问的方法和语气语调，不要使招标方反感、难堪。

（6）要求招标方对所有问题做出答复并发出书面文件。该文件是招标文件的组成部分，与招标文件具有同等法律效力。

提醒您

要求招标方答疑时，应注意不让竞争对手从己方提问中窥探出我方投标方案的思路与重要信息。

五、物业现场摸底不可掉以轻心

（一）必须重视的原因

通常，开发商或业主委员会将根据需要组织参与投标的物业管理公司统一参观现场，并向他们做出相关的必要介绍。其目的在于帮助投标公司充分了解招标物业情况，以便合理计算标价。在考察过程中，招标人还会就投标公司代表所提出的有关投标的各种疑问做出口头回答，但这种口头答疑并不具备法律效力。只有在投标者以书面形式提出问题并由招标人做出书面答复时，才能产生法律约束力。

　　按照惯例，投标人应对现场条件考察结果自行负责，开发商或业主委员会认为投标者已掌握了现场情况，明确了现场物业与投标报价有关的外在风险条件。投标人不得在接管后对物业外在的质量问题提出异议，申明条件不利而要求索赔（当然，其内在且不能从外部发现的质量问题除外）。因此，投标公司对这一步骤不得掉以轻心，必须安排合适的人员去现场摸底（填写项目考察申请表，协调各个部门），以便能完全地掌握招标物业的情况。若发现某些问题，也能及早提出，以避免日后管理过程中一些纠纷的产生。见表3-2。

表 3-2　项目考察人员申请表

物业项目名称		地点	
考察时间			
部门经理审批：			
相关专业	相关部门负责人选派人员		相关部门负责人签字
管理运作			
土建			
机电			
弱电			
电梯			
安保			
清洁			
绿化			

（二）现场摸底的考察内容

1. 前期介入的考察重点

若物业管理在物业竣工前期介入，则应现场查看工程土建构造、内外安装的合理性。尤其是消防安全设备、自动化设备、安全监控设备、电力交通通信设备等，必要时做好日后养护、维护要点记录及图纸更改要点记录，交与开发商商议。

2. 物业已经竣工的考察重点

若物业已经竣工，则物业管理公司应按以下标准视察项目。

（1）工程项目施工是否符合合同规定与设计图纸要求。

（2）技术经检验达到国家规定的质量标准，能满足使用要求。

（3）竣工工程达到窗明、地净、水通、电通及采暖通风设备运转正常。

（4）设备调试、试运转达到设计要求。

（5）确保外在质量无重大问题。

（6）周围公用设施分布情况。

3. 主要业主的情况

包括收入层次、主要服务要求与所需特殊服务等。这些情况可由投标公司自行安排人员与时间进行调查。

4. 当地的气候、地质、地理条件

同时应对物业项目的实地考察进行记录，如表3-3所示。

表 3-3　物业项目实地考察记录表

招标项目	
座落地址	
招标项目基本情况	
现场考察的情况及问题描述	
土建	
机电	
弱电	
电梯	
安保	
清洁	
绿化	
主要业主的情况：	
当地的气候、地质、地理条件：	

六、投标前的经营管理测算要谨慎

经营管理测算是整个投标方案中最重要的一部分。经营管理测算的合理、正确与否，直接关系到方案是否具有竞争力，是投标成功与否的关键。

（一）经营管理测算的内容

经营管理测算主要包含以下内容。

（1）前期介入服务中发生的费用预算，包括办公设备购置费、工程设备购置费、清洁设备购置费、通讯设备购置费、安保设备购置费、商务设备购置费、绿化设备购置费等。

（2）第一年度物业管理费用预算，包括物业管理人员的工资、福利费、办公费、邮电通讯费、绿化清洁费、维修费、培训费、招待费等。

（3）年度能源费用测算，包括水费、电费、锅炉燃油费等。

（4）物业所具有的各项经营项目的经营收入预算，包括各项收入、利润分配等。

（5）年度经营管理支出费用预算，包括人员费用、办公及业务费、公用事业费、维修消耗费等。

（二）经营管理费用测算的要求

物业管理公司在组织投标过程中，要把较多的精力、人力花在经营管理费用测算上，注意管理费用的合理性。

（1）能源费、修理费、排污费、垃圾清运费等要按实计算。

（2）人工费要与管理水平相一致。

（3）管理者酬金按国内外通行的做法以实际发生的管理费用乘以 10％～15％的比率，过高或过低都将影响投标的成功。

（4）其他一些管理酬金可以确定一个固定数，属经营性的管理可与营业指标挂钩等。

在进行前期介入费用的测算时，还要掌握勤俭节约、最低配置、急用先置的原则。

（三）各项具体费用的测算方法

1. 工资及福利费测算

包括物业管理公司人员的基本工资以及按规定提取的职工福利费、加班费、服装费（不含奖金）。

（1）基本工资（元/月）　基本工资标准应根据当地工资水平以及企业性质、效益、工作岗位等因素确定。

（2）福利费（元/月）　福利费包括：

① 福利基金，按职工工资总额的14%计算；

② 工会经费，按职工工资总额的2%计算；

③ 教育经费，按职工工资总额的1.5%计算；

④ 社会保险费，包括医疗、工伤保险、养老保险、待（失）业保险、住房基金等，其中待（失）业保险按工资总额的1%计算，其他各项按地方规定由物业管理公司自行确定。

（3）加班费（元/月）　通常按人均月加班2天，乘以日平均工资（月平均工资除以22天），每月按22个工作日计算。

（4）服装费（元/月）　按每人每年两套测算，将年服装费总额除以12个月，测算出每月服装费。根据以上测算，求出每月每平方米建筑面积的工资及福利费。

$$每平方米建筑面积工资及福利费 = \frac{工资 + 福利费 + 加班费 + 服装费}{总建筑面积}$$

2. 公共设施、设备日常运行、维修及保养费的测算

公共设施、设备的日常运行、维修及保养是指住宅小区的公共部位如过道、门厅、楼梯及区间道路等土建零修费，以及室外上下水管道、电气、燃气部分的日常运行维修及保养费，楼宇公共照明费等。该项费用的测算，既可以根据公司从事物业管理的经验确定，也可以按以下方法测算。

普通多层住宅公共设施、设备的建造成本按房屋建筑成本的15%提取，其折旧费按25年计算，公共设施设备的维修保养费按月折旧费的40%提取。测算步骤为：

（1）测算出公共设施、设备的建造成本。

公共设施、设备的建造成本＝房屋每平方米建筑成本×15%

（2）测算出公共设施、设备的月折旧费。

$$月折旧费 = \frac{建造成本}{25年 \times 12个月/年}$$

（3）测算出公共设施、设备的维修保养费。

维修保养费＝月折旧费×40%

3. 绿化费的测算

绿化费包括绿化工具费、劳保用品费、绿化用水费、农药化肥费、杂草清运费、景观再造费及其他费。可按实际面积测算出每项费用的年总支出，再分摊到每月每平方米建筑面积中。

每月每平方米建筑面积分摊的绿化费＝

$$\frac{年绿化工具费 + 年劳保费 + 年绿化用水费 + 年农药化肥费 + 年杂草清运费 + 年景观再造费 + 年其他费}{12个月 \times 总建筑面积}$$

4. 清洁卫生费的测算

小区清洁卫生费包括清洁工具购置费、劳保用品费、卫生防疫消杀费、化粪池清理费、

垃圾外运费和其他费。各项费用的测算根据本公司已往的经验或参照同行业的测算标准确定。

每月每平方米建筑面积分摊的清洁卫生费＝

$$\frac{年工具购置费＋年劳保用品费＋年消杀费＋化粪池清理费＋年垃圾外运费＋其他费}{12个月×总建筑面积}$$

5. 保安费的测算

保安费是指封闭小区公共秩序的维护费。它包括装备费、保安人员人身保险费、保安用房及人员住房租金等。各项费用根据已往的经验或参照同行业的测算标准确定。

每月每平方米建筑面积分摊的保安费＝

$$\frac{年装备费＋年人身保险费＋年保安用房及住房租金}{12个月×总建筑面积}$$

6. 办公费的测算

办公费主要包括：交通费（车辆的耗油、维修保养、保险养路费用）、通讯费（含电话、电传、手机、电报等）、易耗品费（含纸张、笔墨、打印费等）、书报费、广告宣传费、社区文化活动费、办公用房租金、办公水电费、节日装点费、审计费等。各项费用根据已往的经验综合测算得出。

$$每月每平方米建筑面积分摊的办公费 = \frac{各项办公费用之和}{12个月×总建筑面积}$$

7. 固定资产折旧费的测算

固定资产折旧费是指物业管理公司所拥有的交通工具、通讯设备、办公设备、工程维修设备、绿化消防设备及其他设备所提取的折旧费，计算公式：

$$固定资产月折旧额 = \frac{固定资产原值}{12个月×预计使用年限}$$

$$每月每平方米建筑面积分摊的折旧费 = \frac{固定资产月折旧额}{总建筑面积}$$

8. 法定税收的测算

物业管理公司应缴纳的税费主要是两税一费，分别如下。

（1）营业税。营业税是按公司经营总收入的5%征收。按照"以区养区、略有节余"的原则，测算时可按前几项之和为基数，再乘以5%即可得出每月每平方米建筑面积应分摊的数额。

（2）城市维护建设税。通常按营业税的7%测算。

（3）教育费附加。按营业税的3%测算。

（四）物业经营管理费测算必须要财会人员参与

投标测算过程中必须有财会人员的参与，同时要加强财务部门与当地税务部门的沟通。

××物业服务公司有这样一个高档居住物业项目，2006年入驻管理以来一直处于亏损之中。查阅该项目的投标策划书，确认当时投标测算的价格中包含了10%的利润，那么，又为什么会亏损呢？进一步分析后发现亏损的主要因素是"供气损耗"。该楼盘有一项新的配套设施——向业主提供蒸汽热水，对××物业来说是前所未有的。项目投标时，相关人员根本没有意识到其中的玄机，也没进行深入细致的调研，想当然地套用测算水电的方法。结果，差之毫厘，谬之千里。该设施本身供汽的损耗就非常大，加之房地产调控大环境下物业空置率高造成用户使用率很低，损耗就更大。据测算，每月单供汽损耗一项就收支倒挂10万元左右，而该项目满打满算每月的物业服务费收入只有20万元。雪上加霜的是，该楼盘所在地税务部门对其核定，采用"代征所得税"的纳税办法，这样物业服务费的税费负担在流转环节就达到9.3%。

通常的印象似乎承接新项目只是销售部门的事，与财务部门毫不相干。然而，看了这一案例，就可知财务部门在其中有多重要了。我们先来看看承接新项目的步骤，以及每一步所包含的内容，进而就可以清楚其中的财务管理项目了。

（1）了解开发商的资信情况以及历史产品的质量等。

（2）了解新项目在项目所在地物业项目中的层次和地位。

（3）了解新项目所在地同类物业的物业服务费标准以及物业服务费的收缴率情况。

（4）了解新项目所在地的地方性物业管理政策法规。

（5）了解新项目所在地的地方性财税政策。

（6）了解新项目所在地的地方性劳动用工政策、相关的劳动力价格水平及与工资有关的其他人事费用项目及其标准。

（7）了解新项目所在地的公共事业费结算处理方法等其他物业服务相关的环境因素。

上述第（1）、（2）、（3）、（7）项调查内容主要用以评估目标项目的经营风险，第（4）、（5）、（6）项内容主要用以对管理成本的测算，第（3）项内容同时作为制定物业服务费投标价格的参照。其中第（1）、（4）、（5）、（6）项调查工作都需要财务部门参与把关、控制。

在对开发商资信情况调查时，富有经验的财务人员可以更加专业地做出相关评价。在对当地地方性物业管理政策法规的调查中，财务人员主要负责如下。

（1）了解当地物业服务过程中有哪些收费项目，这些收费的财务性质（即是收入性质，还是代收代付性质的，或是物业服务企业与有关方共享性质的），及相应文件的收集。

（2）了解可能的经营项目，即相关的政策规定。

（3）在对地方性财税政策的调查中，财务人员主要应了解以下内容。

① 对应各项收费的地方特定的税费收缴标准。

② 企业所得税征收办法、所得税税率。

③ 地方性优惠政策及相关文件。

④ 其他财税方面的政策。

（4）在对地方性劳动用工政策、相关的劳动力价格水平及与用工有关的其他人事费用项目及其标准调查过程中，财务人员应协同人事部门了解以下内容。

① 当地的劳动用工管理规定、有哪些用工种类及其特点。

② 各岗位用工的劳动力价格水平。

③ 有哪些与用工有关的各种人事费用项目，如社保费用等，它们的费用标准及费用由谁承担、谁管理、何时缴纳等相关事项的文件规定。

④ 其他劳动用工方面需要了解的信息。

（五）经营管理费测算实用表格

投标企业在实际操作过程中可根据企业的实际制定一些规范化的费用测算表格（如表3-4～表3-7所示）。

表3-4　前期开办费使用明细表　　　　　　　　　　　单位/元

序　号	名　　称	数量	单价	总计
1	办公桌			
2	电脑桌			
3	文件柜			
4	保险柜			
5	办公椅			
6	电脑			
7	一体机			
8	电话机			
9	办公文具(批)			

序 号	名 称	数量	单价	总计
10	分体空调			
11	电风扇			
12	饮水机			
13	《业主公约》、《房屋质量保证书》等印刷费			
14	管理人员、保安、保洁春秋服装			
15	对讲机			
16	橡皮警棍			
17	照明工具			
18	手枪钻			
19	管道试压机			
20	室外管道疏通器			
21	万用表			
22	电流表			
23	兆欧表			
24	常用维修工具			
25	低压绝缘器械			
26	高压绝缘器械			
27	小区内垃圾清运车			
28	拖把			
29	扫把			
30	大竹扫把			
31	保洁水管(米)			
32	保洁手套			
	小 计			

表 3-5 人工费用测算表

岗 位	人数	工资标准	月份	年工资总额	年员工社保(17%)	年福利费(10%)	年工会经费(0%)	年教育培训费(0%)	年加班费	月总额含所有人工成本	年总额含所有人工成本
管理处经理											
客户主管											
出纳兼接待											
工程主管											
维修工											
强电工											
安保主管											
安保领班											
安保员											
清洁领班											
保洁工											
合 计											

表 3-6　物业管理费月总支出预算表

序　号	项目	数量	金额	合计	富盈承担比例
一、人工费用（工资类＋福利类）					
工资类：					
管理人员					
1. 经理					
2. 助理					
客户服务人员					
3. 客服专员					
内部管理人员					
4. 会计					
5. 出纳					
6. 人事管理员					
7. 食堂人员					
机电管理人员					
8. 机电主管					
9. 工程师					
10. 技术员					
安全管理人员					
11. 安全主管					
12. 安全班长					
13. 安全员					
环境管理人员					
14. 环境主管					
15. 绿化员					
16. 保洁员					
总人数					
福利类：					
17. 保险					
18. 过节费					
19. 年终奖金					
20. 加班费（十天法定假日,加班费为300%）					
二、行政费用					
21. 办公费用					
22. 通讯费（含上网费）					
23. 人员招聘费					
24. 服装费					
25. 业务招待费					
26. 交通费					
27. 管理用房水电费					
三、清洁费用					
28. 其中:楼层走道清洁、除污用工具、清洁用剂					
29. 垃圾清运费					

序　号	项目	数量	金额	合计	富盈承担比例
四、绿化费用					
30. 草坪草皮养护、养护定期更换					
五、保安费用					
31. 其中：保安器材维护					
32. 保安活动费					
六、设备设施维护费					
33. 高低压配电	（含三箱及母线）				
34. 发电机	（含试验柴油）				
35. 消防及监控	委保				
	材料				
36. 空调	水处理				
	主机系统　（含水泵）				
37. 电梯	委保、年检费				
	材料				
38. 给排水	清洗水池				
	水泵房				
	下水道、化粪池				
39. 可视对讲、门禁					
40. 维修耗材					
七、社区文化					
41. 其中：节日装饰(春节、五一、十一、元旦)					
42. 社区活动(元宵、端午、中秋、重阳)					
八、物业保险					
43. 公共责任险					
44. 设备险					
九、不可预测费用(一至八项合计×2%)					
十、合计(一至九项合计)					
十一、管理者佣金					
十二、税金					
十三、总计					

表 3-7　物业总管理成本测算表

序　号	成本细项	月计划	年计划	计算依据
一	人工费用			
1	工资			
2	加班费			
3	福利费			按国家规定提取
4	工会经费			按国家规定提取
5	教育培训费			按国家规定提取
6	员工社保费			按国家规定提取
7	制服费			
8	劳动保护费			
9	其他			

序　号	成本细项	月计划	年计划	计算依据
二	公共设施日常维保费			
1	机电设施(备)维保费			
2	电梯维保费			
3	电梯年检费			
4	电梯电费			
5	房屋维护费			
6	户外公用设施维护费			
7	消防设备维护费			
8	公用电费			
9	生活水泵电费/维修			
10	公用水费			
11	发电机柴油			
12	其他			
三	美化绿化费用			
1	绿化维护费			
2	绿化更新改造费			
3	其他			
四	清洁服务费用			
1	清洁用品			
2	水池清洗			
3	化粪池清淤			
4	消杀费			
5	垃圾清运费			
6	其他			
五	安全防范费用			
1	人工成本			
2	安防器械			
3	安防设施维护费			
六	员工宿舍			
1	水费			
2	电费			
3	其他			
七	办公费用			
1	差旅费			
2	交际应酬费			
3	交通运输费			
4	办公用品			
5	低值易耗品			
6	邮电通讯费			
7	手机通讯补助费			
8	水电费			
9	其他			
八	物资装备折旧费			
九	其他管理费用			
1	审计费			
2	财产保险费			
十	社区文化			
1	节日布置			
2	文化活动			

第三章　物业投标过程控制

序　号	成本细项	月计划	年计划	计算依据
十一	法定税费			
十二	管理酬金			
十三	其他(不可预见)			
	合　计			

七、报价要合理、讲技巧

一般来讲，在公开招标的情况下，有些项目标的是取平均价作标杆的，报价越接近者得分越高。可以说，在评委打分项中，报价得分是客观的，即不需评委打分，而由工作人员算分。费用报价是物业管理投标的第一门槛，高于市场的报价难以被接受，低于成本报价将被作为废标，诸多有实力的企业往往因为报价偏离太多（过低或过高）而被直接淘汰，或者即使中标也无利可图。因此，应当充分理解招标文件对报价的要求，在对现场进行充分详尽勘察的基础上，制定合理且有竞争性的报价策略。确定投标价格时要注意的问题如下。

(一) 合理报价，公平竞争

在确定报价时，应与业主或建设单位采取双方坦诚相待的原则。很多物业管理企业参加公开招标的经验不足，往往存在侥幸心理，或者希望在价格上留一手，赚取高额利润，或者企图以不合理的低价抢标，有些物业管理企业参与竞争只是为了扩大公司的对外影响，并不在乎企业效益问题，所以亏损也在所不惜。这些行为都是不正当的。投标物业管理企业应确定合理的利润比例，经过努力即使最终未能中标，也不会留有遗憾。

提醒您

物业管理是以服务为本，但物业管理公司是自负盈亏的企业，企业要生存，必须有利润。在物业管理投标竞争中，特别要注意：有些单位为了中标，过分降低利润甚至亏损报价，这实际上是不利于整个物业管理市场良性发展的。同时，即使因此中标了，亏损的报价对该公司的长期发展不利。结果，物业管理也成了无源之水，导致管理质量得不到经济保障而使广大业主受害。当然，利润不能太高，按目前国内的通行做法，利润率是实际发生的管理费用的 5%～15% 之间。

(二) 知己知彼，百战不殆

报价要注意分析竞争对手的情况。一般来说，每个投标企业在作价时，都有自己的原则和规律。因此，在每次投标前，都要尽量摸清其他参与投标的对手的名单，搜寻以往在类似项目中该投标物业管理企业的投标价格，结合当时与现在其他因素的变化，分析测算对手在此次投标中的可能报价范围，从而为自己的最终报价提供参考。

提醒您

正确估算竞争对手的报价意义也是重大的。除了通过人员流动获得信息外，考察对方在管项目的组织架构、人员编制、作业方法，是判断对手投标报价的有效途径。

（三）因地制宜，有理有据

对比是人类传统思维的一种思考模式，因此，我们确定报价时要参考当地同类物业的费用水平，多考察他们的服务与收费之间的性价关系，考察当地的物价、工资、消费水平，从而为投标报价提供一个参考性的依据。

物业公司不能想当然照搬自己的测算模式，应因地制宜进行费用测算，同时也要结合自身的品牌价值、服务特色，以能为业主提供更优质的服务目的，有理有据制定合理的费用报价。

同时在确定报价时，还要考虑可能影响中标后项目收益的一些因素：如原材料价格、人工费用、管理费用等，以确定最终的报价。

相关知识：

政府采购物业管理项目如何科学报价？

政府采购物管项目的报价大多数不接受"每月每平方米××元"的报价方式，而是采取详细报出各项服务的成本，总价评分的报价方式。因此报价要让业主看得明白，算得清楚，科学合理。在计算报价时要充分考虑人工成本中的员工社会保险、工程运行中的各种检测费用等，以便在日后的服务工作中规范经营、管理。由于政府采购物业管理的管理费用还受到国家机关事务管理局、财政部、市财政局等单位的监管，因此报价不宜过高，过高不易获得批准。在计算报价时经常会因为调整用工人数、专项费用变更而影响到社保、福利、利润、税金等相关报价，编制一个专门用于报价的简易程序，利用这一程序就可以使调整费用变得比较简单，有时用几分钟就可做出一个新方案。报价时一般按一年报价或三年报价。按一年报价时注意，大多数设备还在保修期内，因此维保费、检测费很低，但要注明第二年、第三年会增加费用。另外，还需要明确哪些不含在报价中，由业主自购的用品，如工位垃圾桶、分类垃圾桶、会议用茶杯、厨具、餐具等。

八、及时办理投标保函

（一）何谓投标保函

投标保函是指在投标中，招标人为防止中标者不签订合同而使其遭受损失，要求投标人提供的银行保函，以保证投标人履行招标文件所规定的义务。

（1）在标书规定的期限内，投标人投标后，不得修改原报价、不得中途撤标。

（2）投标人中标后，必须与招标人签订合同并在规定的时间内提供银行的履约保函。若投标人未履行上述义务，则担保银行在受益人提出索赔时，须按保函规定履行赔款义务。

（二）投标保函的出具单位

投标保函通常由投标单位开户银行或其主管部门出具。

（三）办理保函的程序

通常办理投标保函应经过以下程序。

（1）向银行提交标书中的有关资料，包括投标人须知、保函条款、格式及法律条款等。

（2）填写要求开具保函的申请书及其他申请所要求填写的表格，按银行提供的格式一式三份。

（3）提交详细材料，说明物业管理服务量及预定合同期限。

（四）投标保函的内容

投标保函的主要内容包括：担保人、被担保人、受益人、担保事由、担保金额、担保货币、担保责任、索偿条件等。以下提供范本作为参考。

【范例1】

投标保函范本

编号：（工　字）第　号

（招标人）：_____

鉴于　　　　　　　　　　　（以下简称投标人）参加　　　　　　　　项目投标，应投标人申请，根据招标文件，我方愿就投标人履行招标文件约定的义务以保证的方式向贵方提供如下担保：

一、保证的范围及保证金额

我方在投标人发生以下情形时承担保证责任：

1. 投标人在招标文件规定的投标有效期内即_____年_____月_____日后至_____年_____月_____日内未经贵方许可撤回投标文件。

2. 投标人中标后因自身原因未在招标文件规定的时间内与贵方签订《前期物业管理合同》。

3. 投标人中标后不能按照招标文件的规定提供履约保证。

4. 招标文件规定的投标人应支付投标保证金的其他情形。

我方保证的金额为人民币_____元（大写：_____）。

二、保证的方式及保证期间

我方保证的方式为：连带责任保证。

我方的保证期间为：自本保函生效之日起至招标文件规定的投标有效期届满后_____日，即至_____年_____月_____日止。

投标有效期延长的，经我方书面同意后，本保函的保证期间做相应调整。

三、承担保证责任的形式

我方按照贵方的要求以下列方式之一承担保证责任：

（1）代投标人向贵方支付投标保证金为人民币_____元。

（2）如果贵方选择重新招标，我方向贵方支付重新招标的费用，但支付金额不超过本保证函第一条约定的保证金额，即不超过人民币_____元。

四、代偿的安排贵方要求

我方承担保证责任的，应向我方发出书面索赔通知。索赔通知应写明要求索赔的金额，支付款项应到达的账号，并附有说明投标人违约造成贵方损失情况的证明材料。

我方收到贵方的书面索赔通知及相应证明材料后，在_____工作日内进行核定后按照本保函的承诺承担保证责任。

五、保证责任的解除

1. 保证期间届满贵方未向我方书面主张保证责任的，自保证期间届满次日起，我方解除保证责任。

2. 我方按照本保函向贵方履行了保证责任后，自我方向贵方支付（支付款项从我方账户划出）之日起，保证责任即解除。

3. 按照法律法规的规定或出现应解除我方保证责任的其他情形的，我方在本保函项下的保证责任亦解除。

我方解除保证责任后，贵方应按上述约定，自我方保证责任解除之日起____个工作日内，将本保函原件返还我方。

六、免责条款

1.因贵方违约致使投标人不能履行义务的，我方不承担保证责任。

2.依照法律规定或贵方与投标人的另行约定，免除投标人部分或全部义务的，我方亦免除其相应的保证责任。

3.因不可抗力造成投标人不能履行义务的，我方不承担保证责任。

七、争议的解决

因本保函发生的纠纷，由贵我双方协商解决；协商不成的，通过诉讼程序解决，诉讼管辖地法院为_____法院。

八、保函的生效

本保函自我方法定代表人（或其授权代理人）签字或加盖公章并交付贵方之日起生效。

本条所称交付是指：_____

保证人：_____

法定代表人（或授权代理人）：____

年　　月　　日

（五）办理投标保函应避免的问题

1.投标保函有效期不足

对投标保函有效期，招标文件一般有如下规定："担保人在此确认本担保书责任在招标通告中规定的投标截止期后或在这段时间延长的截止期后 30 天内保持有效。延长投标有效期无须通知担保人。"

许多投标人在向银行申请开具保函时，对投标保函有效期不够重视，往往会与投标文件有效期混为一谈，出现保函有效期少 30 天的现象。

> **提醒您**
>
> 保函的有效期限通常在投标人须知中有规定，超过保函规定的有效期限，或在有效期内招标人因故宣布本次招标作废，投标保函自动失效。有效期满后，投标人应将投标保函退还银行注销。

2.投标保函金额不足

对投标保函的金额，一般在招标文件中明确规定为投标报价的 2%或以上，或有具体的金额。

投标人向银行申请开具保函时，应严格按照招标文件规定的数额申请开列，在评标实践中，评标委员对那些投标保函金额不足的，哪怕只差一分，也会予以废标。

3.投标保函格式不符合招标文件要求

对投标保函格式，主要是指投标保函的担保条件，即：如果投保人在投标书规定的投标有效期内撤回其投标，或如果投保人在投标有效期内收到招标方的中标通知后：

（1）不能或拒绝按投标须知的要求（如果要求的话）签署合同协议；

（2）不能或拒绝按投标须知的规定提交履约保证金。

招标方指明了产生上述情况的条件，则银行在接到招标方的第一次书面要求就支付上述数额之内的任何金额，并不需要招标方申述和证实其要求。

对上述投标保函格式，投标人在向银行申请开列时，不得更改。任何更改都将导致废标。

（六）保证金

除办理投标保函外，投标方还可以保证金的形式提供违约担保。此时，投标方保证金将作为投标文件的组成部分之一。应注意以下事项。

（1）投标方应将保证金于投标截止之日前交至招标机构指定处。投标保证金可以银行支票或现金形式提交，保证金额依据招标文件的规定确定。

（2）未按规定提交投标保证金的投标，将被视为无效投标。

（3）中标的投标方的保证金，在中标方签订合同并履约后 5 日内予以退还。

（4）未中标的投标方的保证金，在定标后 5 日内予以退还，均不用支付利息。

九、标书、保函要在截止日前封送

（一）标书、保函送达时间

所有投标文件都必须按招标人在投标邀请书中规定的投标截止时间之前送至招标人处。投标文件从投标截止之时起，有效期为 30 天。招标人将拒绝在投标截止时间后收到的投标文件。

> ♥♥ **提醒您**
>
> 递标不宜太早。即使投标单位对投标文件的编制已相当满意，但在整个投标期间，有些情况会发生变化。另外，投标单位可能会获得有关招标物业的新情况。这样，就可在标函送出前做必要的修改，使标函更趋合理、完整。一般在招标文件规定的截止日期前一两天内密封送交指定地点。

（二）送达方式

投标文件全部编制好以后，投标人就可派专人或通过邮寄将标书投送给招标人。

（三）封送标书的要求

封送标书的一般惯例如下。

（1）投标人应将所有投标文件按照招标文件的要求，准备正本和副本（通常正本 1 份，副本 2 份）。

（2）标书的正本及每一份副本应分别包装，而且都必须用内外两层封套分别包装与密封。

（3）密封后打上"正本"或"副本"的印记（一旦正本和副本有差异，以正本为准）。

（4）两层封套上均应按投标邀请书的规定写明投递地址及收件人，并注明投标文件的编号、物业名称、"在某日某时（指开标日期）之前不要启封"等。

（5）内层封套是用于原封退还投标文件的，应写明投标人的地址和名称。

> ♥♥ **提醒您**
>
> 若是外层信封上未按上述规定密封及做标记，则招标方的工作人员等对于把投标文件放错地方或过早启封概不负责。由于上述原因被过早启封的标书，招标人将予拒绝并退还投标人。

第三节　物业投标现场答辩

一、物业招投标答辩会有何规定

根据《中华人民共和国招标投标法》第三十九条，规定如下。

（1）评标委员会可组织一次答辩会，由评标委员会对投标文件中感兴趣、有疑问或其他需投标物业管理公司做出说明的问题，在答辩会上向投标物业管理公司代表提问，如向投标物业管理公司代表当面提问一些有关企业情况、中标后的打算和采取的措施等，也可以要求投标人回答或澄清某些含糊不清的问题，但不能要求投标者调整报价。

（2）答辩会应给予所有投标物业管理公司相同的答辩时间，答辩只可作为投标文件的补充，不得改变投标文件中的实质性内容，若有差异，应以投标文件的表述为准。

（3）由于评标委员会和投标物业管理公司在答辩会不可避免会面，应当尽量缩短答辩会与确定中标结果之间的时间，以保证贯彻第三十七条中"评标委员会成员名单在中标结果确定前应当保密"的条款。

（4）如业主委员会希望调整价格，只能在评选出中标者后，在签订合同前，通过双方协商，适当调整最后的合同价。

二、物业投标答辩中常遇的问题及回答要领

（一）常遇问题

投标现场是展示投标企业自身实力，从众多投标人中脱颖而出的关键环节。因此，投标代表的现场感染力和现场把握能力，决定了招投标双方是否产生共鸣、达成合作意向。一般来说，评委质询包括如下。

（1）投标文件中所涉及的法律问题。

（2）投标文件中所涉及的技术问题。

（3）投标文件中某些数据的来源。

（4）投标文件中某些概念的解释。

（二）回答要领

针对以上一些问题，回答的要领如下。

（1）引用数据。

（2）用法规政策说话。

（3）运用过往成功的经历和方法。

因此，在答辩中，答辩人应对投标书的内容做到了如指掌，对投标书中涉及的相关法律、行政法规、地方政策、行业标准等都有明确的认知；同时，应对标书中所包含的作业常识、技术性指标、测算依据等有一个清醒的思路。

三、物业投标现场答辩技巧

（一）运用先进工具把标书特色和管理方法全面展现

有些企业在投标过程中，前期做了大量的准备，精心策划，但是在正式投标时，在介

绍时不能把标书的特色介绍出来。招标对答辩往往都规定了时间，因此在短短的时间内投标者应尽可能采用先进的宣传工具（DVD、多媒体、投影等），把自己标书的特色和管理这个特定行业的特别做法、精华之处全面展现。

（二）把握评委的心理

其具体内容如下。

（1）由于时间限制，评委不可能对标的和标书非常了解。因而在向投标人提问时，评委一般都是问自己擅长的问题。如评委在工作时对社区文化有研究，关于社区文化的内容就会问得多。作为答辩人一定要以谦虚的姿态认真回答，而不要争辩，因为这个提问是评委的强项。

（2）评委在听取答辩时，更看重听取投标人对这个物业的管理有哪些独特的做法和具体措施。作为投标者，对评委的这一心理也要有把握。

（三）保持仪表，形象制胜

发言时，着装和姿势尤为重要。发言者的着装应舒适而且适合答辩会的场合，并充分考虑到与会者可能的穿着。站立笔直，两脚有力，双肩稍向后。这种姿势能够表现自信和自尊的气质。

（四）利用身体位置和动作

1. 身体位置

发言者站在哪里很重要。许多专业人士认为，发言者的最佳位置是站在视觉材料（屏幕）的右边。这样，听众的视线在转移到视觉材料之前会集中在发言者身上。如果你在发言的过程中需要走动，记住要站在不会挡住屏幕的位置上。

2. 目光接触

发言者和听众保持目光接触非常重要。

（1）发言前　在你开始发言前，你要花一点时间从一边到另一边看看各位评委与业主代表。这样使听众意识到你很放松，做好了准备。

（2）发言过程中　在发言过程中，你应该小心保证你是在与听众进行目光交流，使每一位听众感到你在与他保持接触。目光接触的技巧如下。

① 在答辩过程中，即使他（她）说完话之后，你的眼神不要马上移开。如果必须移开，也要做得慢一点。

② 不论讲话的人是谁，一直盯着你的目标就对。你的眼神看着说话的人，不过每当说话人讲到一个段落，你的眼神要顺势转到目标对象上。这样让目标对象感觉到你对他的注意，紧绷的感觉就可以稍微舒缓一点。

3. 手势和举止

手势和举止要自然。发言者的手部动作应该与你和人进行一对一交谈时所用的手势差不多，而且你也应该相信自己能做到。你也可用手势来强调重点内容。

（五）控制声音

发音清晰，不要出现语言含混不清或把句子的末尾词语吞掉的情况，恰当地调整或改变音调，可以增加讲演的变化性和趣味性。足够大的音量，让在场的每位听众都能听到你的讲话。

（六）把握时间是制胜的钥匙

任何一场答辩会都有时间限制。因此如何把握时间，在你所拥有的时间内完成对你工作最有意义的事情显得尤为重要。应明智地选择哪些内容该讲、哪些内容不该讲。

 # 第四节　物业投标事后工作

一、中标后的合同签订与履行

经过评标与定标后，招标方将及时发函通知中标公司。中标公司则可自接到通知之时做好准备，进入合同的签订阶段。

（一）合同签订

通常，物业委托管理合同的签订需经过签订前谈判、签订谅解备忘录、签订合同协议书几个步骤。由于在合同签订前双方还将就具体问题进行谈判，中标公司应在准备期间对自己的优劣势、技术资源条件以及业主状况进行充分分析，并尽量熟悉合同条款，以便在谈判过程中把握主动，避免在合同签订过程中利益受损。

物业管理合同应当载明下列主要内容。

（1）合同双方当事人的名称、住所。

（2）物业管理区域的范围和管理项目。

（3）物业管理服务的事项。

（4）物业管理服务的要求和标准。

（5）物业管理服务的费用。

（6）物业管理服务的期限。

（7）违约责任。

（8）合同终止和解除的约定。

（9）当事人双方约定的其他事项。

（二）合同的执行

在准备签订合同的同时，物业管理公司还应着手组建物业管理专案小组，制定工作规划，以便合同签订后及时进驻物业。

物业委托管理合同自签订之日起生效，业主与物业管理公司均应依照合同规定行使权利、履行义务。以下提供范例作为参考。

【范例2】

物业管理服务合同

鉴于甲方的_____办公楼、项目销售样板区域和销售展示中心招标，通过____年____月____日的中标通知书接受了乙方为本项目物业管理的投标，双方达成如下协议。

（一）本协议中所有术语的含义与下文提到的合同条件中相应术语的含义相同。

（二）下列文件应作为本协议的组成部分

1. 双方协商同意的变更纪要、协议。

2. 本合同协议书。

3. 合同协议条款。

4. 合同专项条款。

5. 中标通知书。

6. 投标书。

7. 招标文件及招标文件补遗。

8. 其他有关文件。

（三）上述文件应互为补充和解释，如有不清或互相矛盾之处，以上面所列顺序在前的为准。

（四）考虑到甲方及业主将按下条规定付款给乙方，乙方在此与甲方立约，保证全面按合同规定完成物业管理服务工作。

（五）考虑到乙方将进行本项目物业管理服务工作，甲方在此立约，保证按合同规定的方式和时间付款给乙方。

甲方（公章）　　　　　　　　乙方（公章）

地址：　　　　　　　　　　　地址：

法定代表人：　　　　　　　　法定代表人：

合同协议条款

第一条　物业基本情况略。

第二条　服务内容在物业管理区域内，乙方提供的物业管理服务包括以下内容。

（一）招标人办公楼、项目销售样板区域和销售展示中心的物业管理服务。

（二）销售样板区域和销售展示中心出入口形象门岗警卫。

（三）销售样板区域和销售展示中心的迎宾、营销配合、接待服务。

（四）招标人办公楼、销售样板区域和销售展示中心区域公共秩序维护。

（五）销售样板区域和销售展示中心临时停车场车辆的进出、行驶和停放管理。

（六）招标人办公楼、项目销售样板区域和销售展示中心的清洁卫生。

（七）销售样板区域和销售展示中心绿化的管理和养护。

（八）招标人办公楼、销售样板区域和销售展示中心的垃圾清运。

（九）招标人办公楼、销售样板区域和销售展示中心的消防管理。

（十）招标人办公楼、销售样板区域和销售展示中心的设施设备的维护保养。

（十一）接受招标人对前期物业管理服务有关事项的咨询。

第三条　服务质量约定

（一）乙方提供的物业管理服务在合同期内应达到约定的质量标准（物业管理服务质量标准详见附件1）。

（二）甲方可委托乙方对其物业提供维修等服务，服务内容和费用由双方另行商定。

第四条　物业管理服务费用的约定及付款方式的约定

（一）甲方支付费用

1. 本物业管理区域甲方支付物业服务收费选择酬金制。

物业服务费用由甲方按乙方人员的人工成本和管理费交纳，具体标准如下。

服务接待员：1650.00元/月·1人。

保安员：1565.00元/月·1人。

保洁员：1250.00元/月·1人。

维修人员：2150.00元/月·1人。

主管：3800.00元/月·1人。

管理费：按总人工成本的15%。

税费：按费用总额的5.2%。

2. 人工成本和管理费用主要用于以下开支。

（1）管理服务人员的工资、社会保险和按规定提取的福利费等。

（2）法定税费。

（3）办公费用。

（4）乙方的利润。

3. 以下费用由乙方按达到服务标准所需物品配置及日常消耗向甲方提出；甲方负责审核并委托乙方购买（租赁）并由乙方向甲方实报实销。

（1）物业管理区域清洁卫生日常消耗费用。

（2）物业管理区域绿化养护日常消耗费用。

（3）物业管理区域秩序维护日常消耗费用。

（4）物业共用部位、共用设施设备维护保养消耗费用。

（5）物业管理区域服务接待日常消耗费用。

（6）涉及物业管理区域使用的其他费用。

4. 因甲方原因需乙方人员配合加班的加班费用由乙方按月向甲方结算。

（二）乙方按照上述标准收取服务费用，并按本合同约定的服务内容和质量标准提供服务，盈余或亏损由乙方享有或承担。

（三）服务费用按____月（年/季/月）交纳，甲方应在____月15日前履行交纳义务。

（四）乙方应在进行服务前一个月向甲方提供人员配置方案，由甲方进行审核批准后执行。

第五条　合同价款调整

（一）合同价款除以下一种情况外，不予调整：甲方委托乙方进行的物业管理服务范围以外的工作内容。

（二）费用调整的确认

1. 由甲方直接委托引起的费用调整，乙方必须在费用事项发生前报甲方审核确认。甲方未予确认的费用事项，结算时不予计取费用。

2. 由甲方直接委托引起费用事项必须与委托事项进度同步，乙方应将实施完毕的费用事项每月5日前进行汇总，报甲方进行费用审核确认，甲方确认的费用在结算时调整；除此之外，合同价款不做调整。

（三）费用调整的确定

1. 调整费用事项如在合同价中有相同或类似项目时，执行相同或类似项目的单价。

2. 调整费用事项如为合同价以外的项目，甲乙双方以市场低价原则计取。

第六条　关于乙方人力资源的约定

（一）要求乙方派驻本项目负责人为投标书中所确定的负责人。根据投标时提交负责人的姓名、性别、年龄、身份证复印件、照片、学历、职称等有关资料，进行核查。

（二）乙方驻本项目的负责人均须在乙方公司相同岗位工作一年以上，特别优秀者可不受此限制（但须提供足以证明其特别优秀的材料）。

（三）乙方在本项目的负责人从服务开始半年内必须在职在岗，负责人员以投标书的人员为准。如因提升、离职、调动等原因造成负责人后续变动的，新的负责人需经过甲方资格认可。

（四）乙方在本项目中涉及销售展示中心和样板区域的保安人员1/3以上必须在乙方公司相同岗位工作半年以上工作人员。

（五）乙方如因项目管理质量、安全等责任将导致项目人员被甲方驱逐。

（六）乙方人员被甲方驱逐的界定

1. 无证上岗者。

2. 无法胜任工作者。

3. 现场实际人员与投标时所报名册不符者。

4. 不能积极配合甲方管理人员者。

5. 破坏甲方声誉者。

6. 其他甲方认定应予驱逐的情形。

7. 乙方同意随时接受甲方组织的管理人员答辩及操作人员应知应会考试。

第七条　物业的承接验收

（一）乙方承接物业时，甲方应配合乙方对物业部位、设施设备进行查验。

（二）甲乙双方确认查验过的物业部位、设施设备存在问题，则由双方划定维修责任，各自承担应负的维修义务。

第八条　物业的使用与维护

（一）本合同签订后7个工作日内，乙方应配合甲方制定本物业管理区域内物业共用部位和共用设施设备的使用、公共秩序和环境卫生的维护等方面甲方或客户应遵守的规章制度。

（二）乙方根据规章制度提供管理服务时，甲方、业主和物业使用人应给予必要配合。乙方可采取规劝必要措施，制止甲方违反物业管理区域内物业管理规章制度的行为。

（三）乙方应及时向甲方通告本物业管理区域内有关物业管理的重大事项，及时处理客户的投诉，接受甲方的监督。

（四）因维修和改造物业需要，甲方确需临时占用、挖掘本物业管理区域内道路、场地的，应事先告知乙方，乙方应予以配合；乙方确需临时占用、挖掘本物业管理区域内道路、场地的，应征得相关甲方的同意。

（五）临时占用、挖掘本物业管理区域内道路、场地的，应在约定期限内恢复原状。

第九条　违约责任

（一）除前条规定情况外，乙方的管理服务达不到本合同第二条、第三条约定的服务内容和质量标准，应按＿＿＿％的标准向甲方支付违约金。

（二）甲方、业主或物业使用人违反本合同第四条的约定，未能按时足额交纳物业服务费用（物业服务资金）的，应按＿＿＿％的标准向乙方支付违约金。

（三）以下情况乙方不承担责任

1. 因不可抗力导致物业管理服务中断的。

2. 乙方已履行本合同约定义务，但因物业本身固有瑕疵造成损失的。

3. 因维修养护物业共用部位、共用设施设备需要且事先已告知业主和物业使用人，暂时停水、停电、停止共用设施设备使用等造成损失的。

4. 因非乙方责任出现供水、供电、供气、供热、通讯、有线电视及其他共用设施设备运行障碍造成损失的。

第十条　考核

（一）乙方同意甲方将需支付的管理费中按照管理费总额的 100% 作为考核金；考核系数为 0.5~1.5；管理费用的总额×考核系数＝当月实际管理费用（考核表详见附件 2）。

（二）如由于甲方过错致使本合同不能履行，由甲方赔偿乙方经济损失_____元。

（三）如由于乙方过错致使合同不能履行，乙方应赔偿甲方经济损失_____元。

第十一条　奖罚措施

（一）如果甲方不完成应负的合同责任，由此而影响乙方的承包管理目标和经济指标，或给乙方造成直接经济损失，甲方应当给予补偿或承担相应责任。

（二）乙方在合同期间受到媒体表扬，甲方视乙方表现，在事实确凿的情况下，给予_____～_____不等的奖励；乙方在项目管理期间内被媒体不利曝光的，并证明投诉情况事实存在的，甲方视乙方实际情况，从管理费中扣除_____～_____元不等的处罚款。

第十二条　争议

（一）如果在甲方和乙方之间因履行合同而发生争端，包括对甲方代表的观点、指示、决定等产生争议时，乙方首先以书面形式提交甲方代表，甲方代表在收到信件后的____天内必须将其决定通知乙方。

（二）甲乙双方在履行合同时发生争议，可以和解或要求有关主管部门调解。当事人不愿和解、调解或和解、调解不成的，双方可以由合同签订当地法院解决争议。

（三）发生争议后，除非出现下列情况的，双方都应继续履行合同，保证物业管理稳定性。

1. 单方违约导致合同确已无法履行，双方协议停止。

2. 调解要求终止合同，且为双方接受。

3. 法院要求终止合同。

第十三条　合同解除

（一）甲方乙方协商一致，可以解除合同。

（二）乙方将其管理的项目转包给他人或肢解后，以分包的名义分别全部转包给他人，甲方有权解除合同。

（三）乙方在其管理期间受到媒体累计三次问题曝光，并经甲方证实事实确凿的情况下，甲方有权解除合同。

（四）乙方在其管理期间受到客户投诉累计五次以上的，并经甲方证实事实确凿的情况下，甲方有权解除合同。

（五）乙方在管理期间连续半年考核系数低于 1.0 的，甲方有权解除合同。

（六）因不可抗力致使合同无法履行，甲乙双方可以解除合同。

（七）甲方根据市场需要，相应项目不存在时，甲方有权单方面提出解除合同。

（八）一方依据上述约定要求解除合同的，应以书面形式向对方发出解除合同的通知，并在发出通知前告知对方，通知到达对方时合同解除。对解除合同有争议的，按本合同条款第十二条关于争议的约定处理。

（九）合同解除后，乙方应妥善做好移交工作，按甲方的要求撤出项目，乙方未完善移交手续擅自撤场的，应该赔偿由此给甲方造成的一切损失。甲方应为乙方的撤出提供必要条件。

（十）合同解除后，不影响双方在合同中约定的结算和清理条款的效力。

第十四条　合同份数

（一）本合同未尽事宜，一旦在合同履行过程中出现，双方可协商解决或签订补充合同或协议。

（二）本合同正本一式两份，甲、乙方各执一份，副本一式八份，甲、乙方各执四份，均具有相同法律效力。

第十五条　其他事项

（一）本合同期限自＿＿＿年＿＿＿月＿＿＿日起至＿＿＿年＿＿＿月＿＿＿日止。

（二）本合同期满前＿＿＿月，甲、乙双方应就延长本合同期限达成协议；双方未能达成协议的，甲方应在本合同期满前选聘新的物业管理企业。

（三）本合同终止时，乙方应将物业管理用房、物业管理相关资料等属于甲方所有的财物及时完整地移交给甲方或甲方指定单位。

（四）本合同的附件为本合同不可分割的组成部分，与本合同具有同等法律效力。

甲方（公章）　　　　　　　　　　　乙方（公章）

地址：　　　　　　　　　　　　　　地址：

法定代表人：　　　　　　　　　　　法定代表人：

二、未中标的总结

竞标失利不仅意味着前期工作白白浪费，而且还将对公司声誉产生不利影响。因此，未中标公司应在收到通知后及时对本次失利的原因做出分析，避免重蹈覆辙。分析可从以下几方面考虑。

（一）准备工作不充分

投标公司在前期收集的资料是否不够充分，致使公司对招标物业的主要情况或竞争者了解不够，因而采取了某些不当的策略，导致失利。

（二）估价不准

投标公司还可分析报价与中标标价之间的差异，并找出存在差异的根源，是工作量测算得不准，还是服务单价确定得偏高，或是计算方法不对。

（三）报价策略失误

这里包含的原因很多，投标公司应具体情况具体分析。

提醒您

对未中标总结、分析得出的结果，投标公司应整理并归档，以备下次投标借鉴参考。

三、资料整理与归档

无论投标公司是否中标，在竞标结束后都应将投标过程中的一些重要文件进行分类归档保存，以备查核。这样，一来可为中标公司在合同履行中解决争议提供原始依据；二来也可为竞标失利的公司分析失败原因提供资料。

通常这些文档资料主要包括如下。

（1）招标文件。

（2）招标文件附件及图纸。

（3）对招标文件进行澄清和修改的会议记录和书面文件。

（4）投标文件及标书。

（5）同招标方的来往信件。

（6）其他重要文件资料。

案例：

万科物业投标技巧

1996 年 12 月 4 日，深圳万科物业管理有限公司在鹿丹村物业管理公开投标中一举中标，1997 年 8 月 4 日，他们再次在桃源村物业管理公司投标中力挫群雄，一举中标。

鹿丹村和桃源村的招投标，是深圳市首次公开向社会招标选聘物业管理公司。鹿丹村招标报名时间为 1996 年 11 月 8 日，开标时间为 1996 年 12 月 4 日，中标单位接管时间为 1997 年 1 月 1 日。桃源村招标报名时间为 1997 年 7 月 2 日，开标时间为 1997 年 8 月 4 日，中标单位接管时间即为中标之日。

报名资格：凡在深圳市注册的专业物业管理企业均可报名参加投标，但招标领导小组要对报名单位进行资格审查和预选，以保证此次首次向社会公开招标的质量和档次。预选的标准是：管理力量雄厚，经验丰富，水平高，信誉好。

在这两次投标中，万科物业充分发挥了其优势，现总结其经验如下。

1. 认识

深圳万科物业管理有限公司管理层高度重视这两次投标。他们认为，这两次投标，既是一次公司综合实力的展示，又是一次积极的行业竞争，不只是单纯的整体管理水平评价，更重要的是一次企业文化和内部管理及发展潜力的大比试。因此，是一次综合考试。如能中标，除了可获取巨大社会效益外，经济效益也将在今后的发展过程中逐步直接或间接体现出来。

2. 准备

两次投标准备工作，深圳万科物业管理有限公司都成立了专门的投标小组，由公司总经理亲自挂帅。小组各成员明确分工，各自负责一部分工作，包括取证、调查、编写、讨论、版面设计、印刷、装订、彩色复印、文字录入、校对等，整个标书编制过程分成几个时间段，准备工作的每一步都严格按计划推进。计划时间中的前大部分，为各责任人相对独立工作，后部分的时间为集中工作，最后一周为封闭工作，小组中留下部分骨干成员，集中做最后修订，全部准备编制工作在不到一个月内顺利准时完成。

制作出来的标书分为一本主标书和三本副标书（或称附件）。主标书按照招标书规定的十大项内容编写，附件则以图片为主，直接展示主标书中承诺的各种做法和措施之后的景象，比如拟建立的各种标识式样、拟使用的专用车辆、工具式样等。附件的设置，主要考虑对主标书中所许诺的都是已经或即将着手准备，并且一旦中标即可按计划实施，这样既表明了公司认真准备工作的程序，又表明了公司的决心。

3. 答辩

按照规定，参加答辩的人选限于两名：公司总经理和管理处主任。答辩时间为十分钟，深圳万科物业管理有限公司的答辩给评委留下了深刻印象，为中标争取了分数。深圳万科物业管理有限公司答辩特点如下。

（1）答辩形式与众不同。

以"实物投影仪"进行图示讲解，使评委在感到新颖的同时，顺利地接受讲解。而其余九个公司全是以坐姿面对评委，以一问一答被动的形式完成答辩。

（2）答辩内容与众不同。

深圳万科物业管理有限公司的答辩重点均为招标方关心的论题，比如取代防盗网的防盗措施、小区交通秩序的管理措施、留给下任管理公司的经费等，这些问题可谓切中要害，评委非常关心，以至于在超过10分钟后仍有评委在不断提问。

第四章
投标文件编制

- 第一节　投标文件概述
- 第二节　物业管理投标文件编制细节

一、物业管理投标书的组成

物业管理投标书，即投标人须知中规定投标者必须提交的全部文件，主要包括以下内容。

（一）投标函

投标函实际上就是投标者的正式报价信，其主要内容有如下。

（1）表明投标者完全愿意按招标文件中的规定承担物业管理服务任务，并写明自己的总报价金额。

（2）表明投标者接受该物业整个合同委托管理期限。

（3）表明本投标如被接受，投标者愿意按招标文件规定金额提供履约保证金。

（4）说明投标报价的有效期。

（5）表明本投标书连同招标者的书面接受通知均具有法律约束力。

（6）表明对招标者接受其他投标的理解。

【范例1】

投标函（样式1）

致：＿＿＿＿＿业主委员会

根据贵方为＿＿＿＿＿＿＿＿＿花园物业管理服务招标项目进行的投标邀请，签字代表＿＿＿＿＿＿＿＿＿经正式授权并代表投标方＿＿＿＿＿＿＿＿＿提供下列文件正本一份和副本五份向贵方投标。

（1）投标函。

（2）关于投标方的详细介绍及相关证明。

（3）投标技术方案。

（4）投标商务方案（详细预算及报价）。

（5）其他文件。

据此函，签字代表同意如下。

1. 投标方将按招标文件的规定提供服务。

2. 投标方将按招标文件的规定履行合同责任和义务。

3. 投标方已详细审查全部招标文件，包括全部参考资料和有关附件。我们完全同意放弃对这方面不明及误解的权利。

4. 投标有效期从开标之日起至确定中标单位并签订合同之日止。

5. 投标方同意提供按照贵方可能要求的与其投标有关的一切数据或资料。

6. 与本投标有关的一切正式往来通讯请寄：

投标方名称：＿＿＿＿＿＿＿＿＿（盖公章）

地　址：＿＿＿＿＿＿＿＿邮编：＿＿＿＿＿＿＿

电话号码：＿＿＿＿＿＿＿＿传真号码：＿＿＿＿＿＿＿

法定代表人姓名：＿＿＿＿＿＿＿职务：＿＿＿＿＿＿＿

或委托代理人姓名：＿＿＿＿＿＿＿＿＿＿＿职务：＿＿＿＿＿＿＿＿＿＿＿

法定代表人或委托代理人签字：＿＿＿＿＿＿＿＿＿＿＿

日期：＿＿＿年＿＿＿月＿＿＿日

【范例2】

投标函（样式2）

致：

在审阅了所有的招标文件后，我方同意按照招标文件要求，向招标办公室交纳人民币（大写＿＿＿＿＿＿＿＿＿＿＿＿＿＿＿＿＿＿＿＿）元的投标保证金。如果我方撤回投标文件或中标后拒绝签订合同，我方将放弃要求退还该投标保证金的权利。此次投标，我方将按招标文件的规定，提供该项目服务的报价（详见下表）。

项目名称	单价/[元/（m²·月）]	总价/（元/年）	备 注
住宅			
商业			
停车服务费			
合计/（元/年）			

如果中标，我方要求委托方将物业管理费用按月给付。服务方面，我们将严格按投标文件或签订的合同执行，在正式合同签字前，投标文件将成为约束我们双方的合同。

投标单位（盖章）：

法人代表（签字）：

＿＿＿年＿＿＿月＿＿＿日

（二）附件

附件的数量及内容按照招标文件的规定确定。但应注意，各种商务文件、技术文件等均应依据招标文件要求备全，缺少任何必须文件的投标将被排除在中标人之外。这些文件主要包括如下。

(1) 公司简介。概要介绍投标公司的资质条件、以往业绩等情况。

(2) 公司法定代表人证明。包括资格证明文件（营业执照、税务登记证、企业代码以及行业主管部门颁发的资质等级证书、授权书、代理协议书等）、资信证明文件（保函、已履行的合同及商户意见书、中介机构或银行出具的财务状况书等）。

(3) 公司对合同意向的承诺。包括对承包方式、价款计算方式、服务款项收取方式、材料设备供应方式等情况的说明。

(4) 物业管理专案小组的配备。简要介绍主要负责人的职务、以往业绩等。

(5) 物业管理组织实施规划等。说明对该物业管理运作中的人员安排、工作规划、财务管理等内容。

以下是某物业招标文件中对投标文件的规定。

10. 投标文件的组成

投标文件应包括下列部分：

(1) 法定代表人资格证明书 [附件一]。非法人代表参加投标的投标人，应由法人代表授权并完整地填写《法人代表授权书》。

（2）投标函[附件二]（请另备一份，不和其他投标文件一起装订，放入投标文件正本袋中，该表内容须跟投标文件一致）。

（3）物业管理服务费支出测算汇总表[附件三]。

（4）实施管理方案[附件四]。

（5）服务标准一览表[附件五]。

（6）公司简介[附件六]。

（7）资格证明文件[附件七][包括物业管理企业证（贰级以上，含二级）、营业执照、税务登记证（包括国税、地税）、组织机构代码证等复印件]。

（8）投标保证金。

（9）本须知规定的应填报的其他资料。

所以，在研读招标书时，对投标文件的组成一定要充分了解，可制作一个投标文件进度控制表格，如表4-1所示。

表4-1　投标文件进度控制表

序号	投标文件类别		责任人	预计完成时间	实际完成时间
1	法定代表人资格证明书				
2	投标函				
3	物业管理服务费支出测算汇总表				
4	实施管理方案				
5	服务标准一览表				
6	公司简介				
7	资格证明文件	业管理企业证			
		营业执照			
		税务登记证			
		组织机构代码证			
8	投标保证金				
9	其他资料				

二、物业管理投标书的主要内容

投标书在内容上必须严格根据招标单位发出的《编制标书的项目和要求》来编制。由于招标物业的具体情况不同，招标单位的要求不同，因此投标书内的项目和要求也各不相同。通常物业管理投标书项目主要有以下11项。

（一）管理方式

投标单位主要是依据招标的物业现状以及自身的专业经验和优势，选择最适合的招标物业的管理方式。

（二）管理组织架构

所谓管理组织架构就是介绍目标物业管理处的组织机构，须以架构图的形式体现（如图4-1所示）。

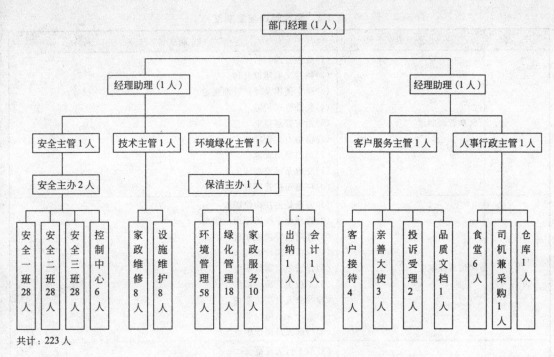

共计：223 人

图 4-1　物业管理服务中心人员架构图

　　除了机构明确以外，对参加管理服务人员的素质构成要进行策划、培训。比如目标物业管理处主任、副主任，他们的文化层次、年龄结构、工作经验，都应明确规定下来。然后对从事目标物业管理服务的人员结构也要明确，对他们的文化素质、工作能力、基本条件都要提出要求，甚至要制定好接受目标物业管理以后的人才培训计划。

（三）管理费用的收支预算方案

　　经费是物业管理运转的基础和保证，所以对目标物业必须要进行经营测算。测算应本着"实事求是"、"取之于民、用之于民"、"用户至上、服务第一"、"根据物业功能、分层次收费"等原则进行。

（四）管理操作

　　这部分要求细化，体现出物业管理企业的管理水平、管理质量，以及规范化的管理标准。从这些制度中可以看出物业管理企业的实力、能力，所以各物业管理企业都对此很重视。其通常分为以下两大类。

　　1. 规章制度

　　根据目标的物业情况，认真制定相应的规章制度。通常物业管理规章制度分为三类，如表 4-2 所示。

　　2. 操作层人员职责

　　根据目标物业，确定各操作层岗位工作人员的职责，操作层岗位主要有如下。

　　（1）保安。

　　（2）机电维修。

　　（3）清扫保洁。

　　（4）园林绿化。

　　（5）电梯操作。

　　（6）社区文化。

表 4-2 物业管理规章制度

序 号	类 别	制度名
1	公众管理制度	(1)业主公约 (2)精神文明建设公约 (3)楼宇使用及维护管理规定 (4)装修管理规定 (5)治安管理规定 (6)清洁卫生管理规定 (7)消防管理规定 (8)交通车辆管理规定 (9)环境保护管理规定
2	岗位责任制度	(1)管理处主任岗位职责 (2)管理处主任助理岗位职责 (3)环境主管岗位职责 (4)保洁员岗位职责 (5)保安主管岗位职责 (6)工程主管岗位职责 (7)维修人员岗位职责 (8)会计人员岗位职责 (9)行政人员岗位职责
3	内部管理运作制度	(1)员工行为规范 (2)培训制度 (3)考核制度 (4)奖惩制度 (5)回访制度 (6)来访、投诉处理制度等

（五）管理目标，经营管理宗旨、方针

投标书中应表明投标单位对目标物业的管理目标、管理方针、管理宗旨，便于招标领导小组及评委们更加清楚理解物业管理的理念、宗旨。例如某物业管理企业投标某高档住宅物业时，提出如下管理目标。

管理目标

1. 项目在接管一年内达到国家优秀物业小区管理标准。

2. 项目在管期间，重大安全责任事故发生率为零。

3. 项目在管期间，业主满意率达 95％以上。

4. 严格按照国家和行业有关标准，及 ISO 9001：2000 国际质量管理体系进行运作和管理。

5. 严格按照物业管理合同的有关要求开展各项物业管理服务工作。

6. 较大影响的计划性保养工作、设备检修（如需要停电保养、清洗水池）提前 3 天通知业主。发生意外故障做到及时处理，并在 10 分钟内报告客户。

7. 当接到市供电局、自来水公司计划性停电、停水的通知时，在停供前 24 小时通知业主。

8. 提供公用设施、供水、供电、空调系统故障 24 小时抢修，做到接到报修后 20 分钟内到达现场进行处理。

9. 定期对设施、设备进行检查，发现设备故障或重大事故隐患立即消除，并在 30 分钟内向顾客报告。若发生重大故障或事故，在 24 小时内填写书面报告报送客户。

10. 控制中心 24 小时值班外，机电人员也实行 24 小时值班。

（六）便民服务措施

物业管理是有偿的服务活动，这是其性质所决定的。然而开展物业管理并不是一味只追求经济效益，而是要正确处理好社会效益、环境效益与经济效益三者的关系，使之有机的统一。一些物业管理企业，在开展物业管理有偿服务的同时，还向业主公开承诺无偿便民服务项目若干项，深受业主的欢迎和好评。以下提供范本作为参考。

完善的便民服务措施

根据物业管理的特点，我们将在管理期限内努力与各行政职能部门和服务部门建立委托关系，为供水、供电、有线电视、电话等部门建立费用收缴和设施各项委托关系，与各相关服务企业建立良好的信息交流网络，为小区居民提供优良的便民服务。根据各项便民服务的内容，我们为广大业主提供众多的无偿服务和有偿服务项目。

1. 无偿服务项目

（1）家政服务：介绍保姆、代请家教、带留口信、代叫出租车。

（2）商务服务：代订车、船、机票，代办旅游手续，代寄代领邮件，临时保管小物品。

（3）文化娱乐服务：我们将同开发商一道，将会所建设和设计成一个寓教于乐的快乐家园，在会所中建立图书阅览室、乒乓球室、健身房、棋牌室。让广大业主在闲暇之余有一个相互交流沟通的平台。

2. 有偿服务

附表：

便民服务及有偿服务价目表

类　别	编号	项目内容	价　格
修理服务	1	座便器疏通	5～15 元/次
	2	换门锁(材料自备)	2～3 元/次
	3	更换、检修开关、插座	2～5 元/只
	4	换镇流器	2 元/只
	5	家用小电器修理	面议
	6	自行车修理	1～5 元/辆
	7	木门	面议
	8	配钥匙	1 元/把
家政服务	9	居室卫生打扫	30～50 元/(次·套)
	10	脱排油烟机清拭	20 元/只
	11	玻璃窗清拭	0.5 元/m²
	12	地板打蜡	1 元/m²
	13	买菜、做饭	5～10 元/次
	14	儿童假期班	5 元/(人·天)
	15	舞蹈培训班	2 元/(人·小时)
	16	家庭绿化、盆景造型	5 元/小时
	17	健美训练	5 元/小时
	18	代售纯净水	市场价
	19	代充煤气	市场价
	20	代购指定商品	3～10 元/次
	21	代售二手房	面议

类　别	编号	项目内容	价　格
礼仪服务	22	租售鲜花、盆景	面议
	23	代接代送客人	面议
	24	庆典装饰	面议
健康服务	25	代售家庭常用药	市场价
	26	提供氧气袋	面议
	27	看护病人	6元/小时
	28	陪同就医	5元/小时
中介服务	29	代办产权证	150元/套
	30	代租代售房屋	面议
商务服务	31	电话	市场价
	32	传真	2～4元/(次·页)
	33	打字	5元/(张·A4)
	34	复印	市场价
	35	电脑刻字、刻章、奖牌	面议
	36	数码摄影、电脑扫描	市场价
	37	洗车、汽车打蜡	10元/辆

（七）社区文化

随着一幢幢楼房的建好，新的社区环境形成，人们从熟悉的环境搬到不熟悉的环境。特别是老年人的"高楼病"多了，孩子也变得孤独了。为此，社区文化的重要性越来越被老百姓看中，成为购房中的一个重要因素。物业管理企业在写投标书时，应认真考虑到社区文化的开展，制定有关社区文化制度，安排好各类社区文化活动，使住宅小区内的业主不仅享受到物质文明，也享受到精神文明。以下提供范本作为参考。

社区文化

文明社区是文明城市的重要组成部分，文明社区是城市综合管理水平提高的重要体现。随着时代的进步，人们已经不满足于一般的卫生、绿化、安全及良好的服务，人们希望生活在一个更体现文化色彩、更关注个性发展、更富有现代生活品位的生活环境中。结合×××项目小区的特点，我们将与社区居委会及有关部门一道携手着力打造高格调文明社区特色。我们的创建口号是"情感服务，人文关怀"。

一、×××项目行为文化建设

为了使×××项目营造出一片共同呼吸的空间，形成邻里亲善的关系，我们将开展丰富多彩、行之有效的社区文化活动，来拉近彼此的心灵距离。

1. 开展文化娱乐活动，每年重点举办2～3次大型活动，开展各种形式的歌咏会、舞会、趣味游戏、棋类等活动。

2. 创办×××项目中老年健身队，提高小区中老年人的身体素质。

3. 开办阅览室，使住户能阅读到各类报刊以及各种书籍，以满足住户的文化需求。

4. 不定期地举行住户茶话会（座谈会）、郊游等，以增进彼此之间的感情交流。

5. 开展树林领养活动，将小区的成树编号，由住户对号保养，如尊老树、友谊树、常青树、同心树等。

二、×××项目制度文化建设

1. 任命社区文化主管，专职组织开展社区内的各种文化活动。在引导、扶持自发活动的基础上，形成各种有序的组织。

2. 对各种社区文化活动加以制度规范，包括时间、地点、层次、内容、方式、程序等。保证文化活动朝着积极、健康、有益的方向发展。

三、×××项目精神文明建设

精神文化是×××项目文化建设的核心，体现的是都市人的现代情操。回归自然的同时热爱生活，自我实现而又能关心他人，长幼有序而又平等沟通。

1. 利用纪念日、节假日，传播×××项目文化精神。如交接仪式、"六一"儿童书画大赛、"十一"爱国主义征文比赛等。

2. 开展各种形式上的主题讲座、主题演讲，树立×××项目文化观。如"从我做起"、"世界环境日演讲"等。

3. 举办各种展览，如传统文化展、环境展等。

4. 我们将利用宣传栏进行安全、环境及政府职能部门的新文件精神等各项宣传工作。

5. 组织播放爱国主义、集体主义旋律影片、录像等，举办爱国主义知识竞赛等活动。

6. 创办小区月刊，不仅让住户加强对物业管理工作的了解，还有利于双方沟通。

四、创建工作配合

×××项目实施长远文化战略，为达到既定目标，我们拟定了组织机构、管理规章予以保障；同时，文化制度本身也传达着×××项目个性化的文化内涵。配合社区文化部开展工作，我们也做了相应规定。

1. 我们将竭诚推行人性化物业管理服务为创建工作打下良好基础。

2. 我们将设立"文化、爱心"基金，来资助创建工作。

3. 我们将定期就创建工作向有关部门进行意见征询。

（八）管理指标的承诺

物业管理是新生事物。国家为了规范和指导物业管理，对一些管理服务也相应地做出了一些基本要求。作为投标的物业管理企业，针对目标物业，对照国家有关规定，向业主委员会做出相应的承诺。通常有以下主要内容的承诺。

（1）房屋及配套设施的完好率。

（2）房屋零修、急修及时率。

（3）维修质量合格率。

（4）清洁保洁率。

（5）道路车辆完好率。

（6）小区治安案件发生率。

（7）业主综合服务满意率。

（8）绿化完好率。

（9）重复维修率。

（10）住户有效投诉率等。

以下提供范本作为参考。

某物业企业在投标书中作出的服务承诺

1. 安全管理项目各项承诺标准

序号	项 目	承诺标准	参考标准	实施措施
1	治安案件年发生率	0	0.5%	实行24小时保安巡查制度,分快速、中速及慢速巡查;设立24小时报警中心,落实保安岗位职责,明确责任区域、对重点区域、重点部位实施人防加技防的管理模式,防止发生治安案件
2	火灾发生率	0	0	制定严格的消防管理制度,实行每季度一大检每月一小检,日常巡检相结合的方法,排除消防隐患、杜绝火灾的发生;每年定期开展消防演习并与辖区消防支队联系进行专业消防知识教育
3	突发事件处理率	100%	98%	根据制定的突发事件处理预案,定期进行演练;对发生的突发事件无条件出击,并服从管理处的指挥
4	投诉处理率	100%	98%	设立顾客服务热线及顾客意见收集箱,安排专职人员处理顾客意见和建议,收到顾客意见后24小时内给予反馈,并跟踪落实情况,处理结束后进行回访和验证
5	信件丢失率	0	0.5%	制定信件收发管理制度,专人负责信件的收发、管理,杜绝信件的遗失或损坏
6	用户投诉率	0.1%	2%	通过培训不断规范员工服务流程及服务水平,提供服务意识,为学生、教师提供尽善尽美的服务,杜绝投诉情况的产生
7	顾客满意度	4.2	3.9	每季度或每半年由公司营运部或聘请社会专业咨询公司进行顾客满意度调查,通过调查结果的分析,不断改善物业管理工作中的不足

2. 房屋本体及机电设备项目各项承诺标准

序号	项 目	承诺标准	参考标准	实施措施
1	房屋零修、急修及时率	100%	98%	接到维修通知后10分钟内到达现场,临修及时完成,急修不过夜,并按有关制度进行回访及记录
2	大、中修工程质量合格率	100%	98%	分项检查,按照有关制度进行回访,确保维修质量,满足顾客需求
3	公共设施完好率	98%	98%	安全巡逻岗负责公共设施的巡视,维修人员负责对公共设施使用功能的检查,确保公共设施完好、发挥正常使用功能
4	机电配套设备完好率	99.8%	98%	安全巡逻岗负责对天台、小区机电设备的巡视;维修人员负责机房内设备的维修养护;各机电设备管理责任到人,建档管理,定期进行保养维护,保证各种机电设施设备完好无损、良好运行;保持供水供电24小时、冷气工作时间正常,停水停电提前通知;电梯运行安全可靠
5	房屋本体完好率	99%	98%	定期对房屋本体进行检查,发现问题及时维修
6	房屋维修工程质量合格率	99%	98%	严格控制施工流程,对工程竣工实行双层验收,控制工程质量
7	各类标识完好率	99.8%	98%	根据房屋使用要求,制作相关标识牌,并登记在册,安全巡逻岗负责公共标识的巡视;维修人员负责机电设备标识的巡视,确保标识完好、发挥正常标识功能
8	装修无违章现象	0%	5%	装修管理严格按照市装修管理规定,实行登记制度,对出入人员必须办理出入证,防止安全事件的发生
9	房屋外观整洁率	100%	98%	加强宣传并及时进行巡视,发现有影响外观的现象,及时处理
10	停车场设施完好率	99%	98%	加强宣传并及时进行巡视,发现有影响外观的现象,及时处理

3. 清洁服务项目各项承诺标准

序号	项　目	承诺标准	参考标准	实施措施
1	清洁合格率	100%	98%	保洁工作实行定时、定区域、定人员、定标准的四定工作方针；管理人员定期巡视，确保环境整洁，无污染
2	消杀合格率	爱卫办要求		根据爱卫办要求及具体的实际情况，制定消杀工作计划，加强周边"除四害工作"，做到无孳生源
3	垃圾清运	日产日清		严格垃圾清运工作，每天产生的垃圾当天晚上收集并清运
4	化粪池清理	定期检查		定期进行检查，清理化粪池，与食堂定期进行沟通，防止油污排放到下水道，污染环境
5	白蚁防治	爱卫办要求		根据爱卫办要求及白蚁的生活习性，制定科学、有效的消杀方式

4. 绿化管理项目各项承诺标准

序号	项　目	承诺标准	参考标准	实施措施
1	绿化完好率	98%	95%	绿化员养护、安全员、清洁员巡视，发现问题及时处理，确保植物长势茂盛
2	绿化裸露率	0%	5%	制定绿化养护计划及绿地标识，防止破坏绿地现象、对被破坏植被及时补种植物
3	绿化病虫	无虫害		定期进行消杀，及时更换病坏树木和花卉
4	绿化造型	美观		根据绿化的实际情况及环境特点进行绿化造型，使绿化更加美丽

（九）档案资料的建立和管理

为了使物业管理规范化、程序化，为了对物业管理状况进行连续化记录，并保留资料，需要建立档案资料管理。投标的物业管理企业应对建立档案管理制度提出相应的设想。

（1）是否建立单独的档案室，还是放在办公室合署办公。

（2）派几位同志负责档案管理。

（3）管理的程序图。

（4）采用什么样的管理制度。

（5）是否实行现代化、系统化、科学化、规范化的电子计算机管理档案等。

（十）提高物业管理水平的新设想

物业管理企业在对目标物业进行投标时，也需要表明本企业对未来的物业管理上水平、创一流、达国优提出一些设想，使人们感到实实在在，同时又大胆创新。如：某物业管理企业对目标物业经过调查之后，对未来目标明确提出，接管后一年达到市优、两年达到省优、三年达到国优。在达到国优的同时，一定通过 ISO 9002 贯标，使物业管理质量标准化、规范化。

（十一）物业管理企业愿意接受的有关奖罚

作为投标的物业管理企业，在系统地阐述了本企业对目标物业管理的各项设想、措施之后，需要在最后进行高度的概括和承诺。即向业主委员会承诺自己有能力、有决心管理好目标物业，并表示管理好了怎么办，管理不好愿意承担什么处罚。如：某物业管理企业在对待奖惩最后表态：有信心、有能力管理好住宅小区，管理好了以后并不是为了追求更多的奖金，而是追求更多的任务；如果管不好，一年以后便自动退出来，并承担标书里的经济惩罚。

第四章　投标文件编制

第二节 物业管理投标文件编制细节

一、要避免废标

有些企业辛辛苦苦费时两个月准备的投标文件，在预审时就被评标委员会判为废标，觉得很冤。其实，只要在准备投标文件时留意废标的情形，注意好一些细节就可以避免。

投标文件有下列情形之一的，由评标委员会初审后按废标处理。

（1）无单位盖章并无法定代表人或法定代表人授权的代理人签字或盖章的。

（2）未按招标书规定的格式填写，内容不全或关键字迹模糊、无法辨认的。

（3）投标人递交两份或多份内容不同的投标文件，或在一份投标文件中对同一招标项目报有两个或多个报价，且未声明哪一个有效，按招标文件规定提交备选投标方案的除外。

（4）投标人名称或组织结构与资格预审时不一致的。

（5）未按招标文件要求提交投标保证金的。

（6）联合体投标未附联合体各方共同投标协议的。

二、一定要响应招标文件

不能响应招标文件的投标，最终的结果是废标。所以，在编制投标文件时一定要响应招标文件。

（一）透彻研究招标项目的要求，有针对性地提供相应水平的服务

招标文件是招标过程中对招投标双方都具有约束力的法律文件，招标方对招标物业管理要求和投标方的资质要求完全体现在招标文件当中。因此，投标人在编制物业投标文件时，必须反复研读招标文件，仔细分析招标文件的每一项要求。

（二）要特别注意对招标文件中的实质性要求和条件作出响应

按照法律规定，如果投标方对招标文件中有关招标物业要求、技术规范、合同的主要条款等实质性要求和条件的某一条未做出响应，都将导致废标。因此，投标人必须对招标文件逐条进行分析判断，找出所有实质性的要求和条件，并一一做出响应。投标人如果把握不准实质与非实质性的界限，可以向招标人询问，且最好以书面方式进行。如果投标方不能完全满足这些实质性要求和条件，应在投标文件中做出详细说明。如果偏离过大，就应考虑放弃投标。

对招标书响应若有偏离，应做出说明，并附偏离表（如表 4-3 所示）。

表 4-3 服务规范偏离表

序号	按招标文件规定填写		按投标人所投内容填写	
	服务项目	服务规范条款（包括人员配置、服务程序、管理办法、考核方案等）	服务规范主要条款（包括人员配置、服务程序、管理办法、考核方案等）	偏离说明
1				
2				
3				
...				

投标人（公章）：　　　　　　　　法定代表人或其授权委托人签字：

三、标书编写要实事求是

编写标书要实事求是，不要夸大其词，要说到做到。

有的企业为了中标，往往过高地承诺，投标书中甚至出现"三级的收费，一级的服务"；有的则承诺"提供小区健身娱乐设施"，而费用测算不足1元，显然物业费收入成本无法解决健身器材，这样会造成失信甚至违约；有的人员配备明显不足，却承诺做到明显超出其能力范围的承诺。但如果中标了，投标书将成为合同的必然附件，将产生法律效力，这些承诺都是要进行兑现的；兑现不了最终极有可能引起法律纠纷。因而企业投标的承诺应当本着质价相符、诚实信用的原则，在企业能力范围之内做出恰当的、有自己服务特色的承诺。

四、不要改变投标书的格式

如果招标书对投标书有规定的格式，就将以上内容分别充实进去。不得改变标书的格式；若投标公司认为原有标书格式不能表达投标意图，可另附补充说明，但不得任意修改原标书格式。所以，一定要认真阅读招标书中对投标书格式的要求。

五、文字、数据要准确

文字要明确、简练，数据要准确，特别是涉及标底时要明白无误。投标公司必须对单价、合计数、分步合计、总标价及其大写数字进行仔细核对。

标书是中标后签约的依据，要字斟句酌，以免发生误解和纠纷；标书是一个初步计划，中标后要调整和细化，因此用词可以宏观一些或原则一些。

> **♥♥ 提醒您**
>
> 不得任意修改填写内容。投标方所递交的全部文件均应由投标方法人代表或委托代理人签字；若填写中有错误而不得不修改，则应由投标方负责人在修改处签字。

六、确保填写无遗漏、无空缺

投标文件中的每一空白都需填写，如有空缺，则被认为放弃意见；重要数据未填写，可能被作为废标处理。因此在填写时务必小心谨慎。

七、充分运用展示技术

（一）投标书的分册

物业管理投标书的各分册以分为三册效果较好。其具体内容如下。

1. 《主标书》

《主标书》体量略大些，将各项主要内容、与众不同的新管理方法和支持性文件明细目录等归为一册，使投标的主要方案得以系统地体现。

2. 《工作策划和方案》

将各项计划性的日常工作规划、工作流程等内容归为《工作策划和方案》一册。

第四章　投标文件编制

3.《管理运作制度》

将各类规章制度等展现管理的规范等内容归为《管理运作制度》一册，成为主标书的支持性附件。

4.《CIS手册》

如有必要可将对物业项目整体的招标系统制作一本物业项目《CIS手册》，从视觉上展示对物业项目管理的形象。

（二）分项重点的展示

在招标书上虽对各分项有一些要求，但如果投标书只是顺着各个项目内的要求逐个来叙述，加上其中的方案等内容，体量较大，投标书的可读性不高，易使阅读投标书的评标人员感到疲倦。如果在各分项之前加引言或提要，突出项目的基调，以项目清单形式系列地概括出主要观念及与众不同的新思想来，用引言或短句来强调重点，将会收到良好的效果。既能使阅读者记住这些信息，又能吸引其继续了解其中的详细内容。

（三）版面的编排

投标书整体的可读性，很大程度上取决于投标书的排版效果。应注意以下事项。

1. 有效利用空白

首先应考虑如何有效利用空间。开篇处要留空白，同时用一个大号字作开头，能收到提高可读性、强调主题的效果。

2. 页面适合

投标书中的页面也不能太拥挤，应留有适当的空白于边缘和内容之间。十几万字的内容如果版面密密麻麻，虽然能排列更多的内容，但阅读者在阅读过程中易产生视觉疲劳，而无法取得预期的效果。

3. 标点符号等适当运用

逗号、句号和标题等是引导阅读者注意力的路标，如果有必要作区别的话，可变化字体和字形。但在整个投标书中字体种类最好限于2～3种，不要太多；在字行间距上，为了阅读时眼睛的舒适，可以适当增加行间距，一般来说，字号用细圆小四号、行间距为1～1.5，效果较佳。

（四）图形、图片的应用

在投标书中增加图形、图片、图表是非常必要的，它可在很大程度上加强投标书的可读性和说服力。因为图形、图片、图表是一个直观的表现，表达的是一个完整意思，而文字在某种程度上表达的信息是断开的。

（1）对安全、清洁及其他各项工作在一个平面图上分别配有一份工作安排时间表，比叙述几页纸的文字更能使人容易明白。

（2）在财务数据方面，采用扇形图形及条形图表以后，人们就更容易理解统计的信息。

（3）至于工作流程图、组织架构图的作用就更不用说了。一图胜千言，在整个投标书中若以公司标记、物业设计的标志或其他图形来做背景图案，不仅能提高可读性，而且能够使整个投标书显示出连续性的主题。

（五）色彩的运用

利用不同的色彩来表示投标书各项目，既可帮助阅读者区别各章节内容，同时也能提高投标书的可读性和舒适性，也能利用色彩的变化吸引阅读者的注意力，调整阅读过程的情绪，以加强其对投标重点的记忆。

（1）用天蓝色和灰色塑料封面，能使人迅速提升投标书整体的阅读兴趣。

（2）在物业管理投标书中用淡蓝色和灰色可以增加物业管理的"人气"和"洋气"，体现一种祥和宁静的气氛。

（3）还可用黄色来展现一种积极、活跃的形象。

（4）用绿色营造环保和物业管理行业特有的氛围。但考虑到投标书所属承诺的严肃性，颜色使用不要太多，以免影响效果。

【范例3】

商住房物业投标书

目录

第一部分　企业资信

第二部分　项目商务计划

第三部分　技术方案

结束语

第一部分　企业资信

一、××物业概况

（一）××物业简介

××物业发展有限公司成立于＿＿＿年＿＿＿月，是具有国家物业管理一级资质、＿＿＿市甲级资质、从事物业经营管理、具有法人资格的有限责任公司，注册资本＿＿＿＿＿＿＿元。

＿＿＿年，物业管理工作经验的积淀，使公司在专业服务、理论研究上屡获殊荣，凭借市场的肯定和卓越的实力，公司获评为中国百强物业管理企业、中国物业管理协会常任理事单位、＿＿＿省企业文化协会的常务理事单位、＿＿＿市十佳最具影响力的物管企业等。

为了提升行业整体水平，规范行业市场运作流程，××物业倾注于传播物业管理服务超前的理念，引导行业逐步健康发展。自公司创建以来，已与北京、天津、重庆、成都、长沙、杭州、南京、哈尔滨、大连等地的企业机构建立了良好的合作关系，推动了行业内的信息互动、经验共享，并成功举办了面向全国物业管理企业中高层管理干部的"物业管理项目经理人执业能力系列培训"，与行业内的有识之士共同分享物业管理的成功经验，探讨行业的发展方向与前景。

××物业作为一家专业的管理服务机构，秉承多年来的成功管理服务经验，在过去无数成功创新的基础上，更凭借在物业管理服务方面拥有实际操作经验的资深管理团队，以及经过专业培训的各类专业管理人员，我们可以为不同类型的物业和不同需求的客户提供全面、高效、专业、高质量之客户全面服务和物业、设施管理服务。

××物业将准确厘定建筑后的运营资金，采取全面、有计划的管理，以最低成本实现长远的、和谐的运行和管理，并致力于对客户全面服务提供多方面的支持，向高效率的管理顶峰挑战。同时，我们作为物业设施的筹划运营和高效管理的专业公司，从策划、设计到施工、平面布局、运用、管理、诊断、更新等各方面，使建筑物从诞生起就充分发挥其潜力而提供全方位的服务。我们更在延长建筑物的寿命、确保物业设施的最佳使用状态及创造舒适的环境文化方面积累了丰富的技术和技能，并不断以新技术推进事业。

（二）××物业组织架构及理念

略。

（三）××物业管理业绩（部分项目展示）

略

（四）××物业理论成果

略。

（五）相关资质证书

略。

二、项目主要管理人员

略。

第二部分　项目商务计划

一、××市物业管理市场情况调研分析

略。

二、××名都物业管理费标准的拟定

参考××市的物业管理费标准的现状情况，结合本项目的品牌以及档次的定位，充分考虑日后的管理服务运作，并依据××物业的费用核算，现将物业管理服务费标准拟定如下。

类　型	收费项目	收费标准	备　注
住宅	物业管理费	2.00元/（月·平方米）	
	水费	按政府规定价格	
	电费	按政府规定价格	供电局收取
	公共水、电费	按实际发生进行分摊	
	汽车停车费月票	250元/月	
	摩托车停车费月票	60元/月	
	临时停车		按政府指导价执行
商铺	物业管理费	6.00元/（月·平方米）	
	水费	按政府规定价格	
	电费	按政府规定价格	供电局收取
	公共水、电费	按实际发生进行分摊	
商业（发展商自有物业）	物业管理费	按成本收取	具体见商业成本支出表
	公共水、电费		商户自行承担
	停车费		协商待定

三、××名都物业管理服务收支预算表

（一）总支出预算

总支出预算表

序号	项目	数量	金额	合计	富盈承担比例
一、人工费用（工资类＋福利类）				135325.00	
工资类：				108000.00	
管理人员				8000.00	
1. 经理		1	5000.00	5000.00	
2. 助理		1	3000.00	3000.00	1
客户服务人员				4000.00	
3. 服务管家		2	2000.00	4000.00	0.5
内部管理人员				8700.00	
4. 会计		1	2500.00	2500.00	
5. 出纳		1	1800.00	1800.00	
6. 人事管理员		1	2000.00	2000.00	0.5
7. 食堂人员		2	1200.00	2400.00	0.5

序号	项目	数量	金额	合计	富盈承担比例
一、人工费用(工资类+福利类)				135325.00	
机电管理人员				20700.00	
8. 机电主管		1	3500.00	3500.00	0.5
9. 工程师		2	3000.00	6000.00	0.75
10. 技术员		7	1600.00	11200.00	0.57
安全管理人员				54000.00	
11. 安全主管		1	2500.00	2500.00	0.5
12. 安全班长		3	1450.00	4350.00	0.5
13. 安全员		41	1150.00	47150.00	0.62
环境管理人员				12600.00	
14. 环境主管		1	1200.00	1200.00	0.5
15. 绿化员		1	1000.00	1000.00	0.5
16. 保洁员		13	800.00	10400.00	0.23
总人数		79			
福利类:				27325.00	
17. 保险		64	1500×17%	16320.00	0.51
18. 过节费		79	20	1580.00	0.51
19. 年终奖金		64	50.00	3200.00	0.51
20. 加班费(十天法定假日,加班费为300%)				6225.00	
二、行政费用				7680.00	0.5
21. 办公费用				1500.00	
22. 通讯费(含上网费)				800.00	
23. 人员招聘费				100.00	
24. 服装费		64	20	1280.00	
25. 业务招待费				500.00	
26. 交通费				500.00	
27. 管理用房水电费				3000.00	
三、清洁费用				3968.00	
28. 其中:楼层走道清洁、除污用工具、清洁用剂			10400×12%	1248.00	0.5
29. 垃圾清运费		17	160	2720.00	
四、绿化费用				400.00	
30. 草坪草皮养护、养护定期更换			0.02	400.00	
五、保安费用				1220.00	0.5
31. 其中:保安器材维护		17	2000×0.03	1020.00	
32. 保安活动费			200.00	200.00	
六、设备设施维护费				43100.00	
33. 高低压配电		(含三箱及母线)		5000.00	0.7
34. 发电机		(含试验柴油)		1000.00	0.6
35. 消防及监控		委保		8000.00	0.7
		材料		4000.00	0.7
36. 空调		水处理		4000.00	1
		主机系统	(含水泵)	3000.00	1

第四章 投标文件编制

序号	项目	数量	金额	合计	富盈承担比例
六、设备设施维护费				43100.00	
37. 电梯		委保、年检费(11台×600)		6600.00	
		材料11台×400元		4400.00	
38. 给排水		清洗水池		600.00	0.4
		水泵房		1500.00	0.4
		下水道、化粪池		1000.00	0.6
39. 可视对讲、门禁				1000.00	
40. 维修耗材				3000.00	0.5
七、社区文化				2000.00	
41. 其中:节日装饰(春节、五一、十一、元旦)				1000.00	
42. 社区活动(元宵、端午、中秋、重阳)				1000.00	
八、物业保险				4000.00	
43. 公共责任险				1000.00	0.5
44. 设备险				3000.00	0.7
九、不可预测费用(一至八项合计×2%)		197693.00		3953.00	0.5
十、合计(一至九项合计)		201646.00			
十一、管理者佣金(总支出×12%)		201646.00×12%		24198.00	
十二、税金(按总支出的5.4%缴纳营业税)		225844.00		12196.00	
十三、总计		238040.00			

（二）商业成本支出

商业成本支出表

序号	项目	数量	工资	福利、服装费	合计	备注
一、人工费用					69940.00	
1. 商业区域安全人工费		27.5人	32750.00	7820.00	40570.00	
2. 商业区域外围环境维护		3.5人	3000.00	1000.00	4000.00	
3. 客服、厨师		1.5人	2200.00	1280.00	3480.00	
4. 设备管理人员		7人	12650.00	5040.00	17690.00	
5. 管理人员		1人	3000.00	1200.00	4200.00	
二、行政费用					3840.00	
三、清洁费用					1984.00	
四、保安费用					610.00	
五、设备设施维护费					22440.00	
六、设备保险					2600.00	
七、不可预测费用					2099.00	
八、税金:103513.00×5.4%					5590.00	
总计					109103.00	

说明：1. 支出预算238040元－商业成本支出109103元＝128937元，物业公司每月的支出预算为128937元，预计商铺管理费每月收入为6000元，则住宅管理费的测算为：（128937－6000）元/月÷59959.63平方米＝2.05/平方米/月。

2. 机电设备第一年属保修期，维修及委保费用发展商不承担。

（三）开办费支出

开办费支出表

序　号	项　目	数量	金额	合　计	备　注
1	办公设备			82000.00 元	
2	机电设备、工具			22000.00 元	
3	保洁、绿化工具			18000.00 元	
4	安全、消防器械			8500.00 元	
5	其他用品			22000.00 元	
	合计			152500.00 元	

（四）驻场高管人员工资

驻场高管人员工资表

序号	姓名	工资标准	以驻场时间	金额
1	×××	13000 元/月	6 个月	78000 元/半年
2	×××	13000 元/月	12 个月	156000 元/年
	总计			234000.00

（五）相关费用说明

1. 费用测算中物业管理开办费，按相关规定，开发单位支付给物业管理单位，开办费所购物资产权为开发单位。

2. 根据项目的实际情况，物业管理单位需在项目交付之前进驻开展配合服务工作。此期间的费用按实际发生的费用，由开发单位支付。

3. 开发单位自有产权的商业物业管理费，按物业管理的实际成本交付。

四、合作方式

商业地产是××置业地产开发的核心，商业物业管理是××物业的专业特长。为达到真诚合作、共同发展的目的，结合××名都具体特点，本着前期发展商自有商业的扶持和物业管理维持的原则，我们提出合作方式如下。

（一）前期的管理（预计一年左右）

1. 发展商自有商业不收管理费，按管理实际发生的成本（含人员工资）由发展商承担。

2. 停车场收益归发展商，管理成本由发展商承担。

3. 住宅 [2.00 元/（月·m²）]、小商铺 [6.00 元/（月·m²）]，由物业公司自负盈亏。

（二）发展期的管理

1. 发展商自有商业由发展商承担成本费用，对物业公司设立奖励机制。

2. 停车费按发展商的要求标准收，除去人员工资成本后的收益，物业公司与发展商按3∶7 的比例分成。

3. 住宅 [2.00 元/（月·m²）]、小商铺 [6.00 元/（月·m²）]，由物业公司自负盈亏。

第三部分　技术方案

一、××名都物业管理服务的整体设想及策划

（一）项目管理服务的整体设想

以公司"细意尽心、突破平凡、专精管理、超越理想"的理念，卓越的管理团队，先进的管理技术，通过全情投入、细致入微的运作，为××名都客户提供优质完善的服务，将××名都管理成符合发展商要求、立足行业典范的精品。

第四章　投标文件编制

××名都的物业管理服务具体管理设想为：

> "四心"输入，"五心"输出

"四心"输入

真心：恪守物业管理行业的职业道德，锻造具备高强度行业使命感、认知感的管理团队。充分理解和领会物业管理具有以服务为宗旨的属性，做到我们每一位工作人员在进行工作和为客户提供服务时，都是真心付出。这是物业管理服务的基础之心。

用心：通过应用严谨、高效的运作程序，让我们每一位工作人员都以专注、严谨、细腻、周全的工作态度对待每一项工作和每一位客户。这是物业管理服务的专注之心。

倾心："想客户之所想，急客户之所急"这一理念，通过工作人员的全情投入，将得以实现。这是物业管理服务的升华之心。

细意尽心：时刻关注客户的需求和期望，并付诸行动，通过对细节的关注与全情的付出，最大限度地满足客户需求，给客户营造一种无微不至的呵护氛围。这是物业管理服务的夯实之心。

"五心"输出

安心：营造一种舒适、愉快的氛围，使客户能够安居乐业，让客户安心。

放心：建立严谨的安全防范体系，打造一支"招之即来，来之能战，战之能胜"的队伍，确保客户居住安全，让客户放心。

省心：提供多种服务，并持续关注、满足客户不断增长的需求，让客户了却烦心，达到省心。

同心：通过动态和静态的互动宣传，向客户传递物业管理运作知识，与客户共同营造美好、和谐的家园，实现物业管理单位与客户同心。

开心：全方位的展开服务，并不断丰富客户业余生活，营造多彩的社区活动，让客户享受到天使般的呵护，充溢开心。

（二）项目物业管理整体策划

1. 专职管家实现星级服务标准

针对不同类型物业设置专职服务管家，细意尽心，为客户提供全方位的服务，通过专职管家的尽心呵护，彰显星级服务标准。

2. 三位一体的监督管理体系

把客户及发展商、公司、物业管理处三个不同层面看作服务质量控制的一体。三者在监督管理体系中同等重要，以质量为中心，互为补充，相互支持，使信息、资源、监督管理体系效能得以充分发挥。

3. 设备、环境、高质量的人员配置，保障项目管理需要

配置具丰富经验的设备设施管理人员、具专业审美能力和经验的环境管理人员、具先进服务意识和技巧的客户服务管理人员，使各项服务与××名都完善的配套设施、品牌展示高标准服务的需要协调配合。

4. 科学分类客户

在服务过程中全面贯彻以人为本，提供个性化、零干扰服务。从客户群体年龄层次、知识水平、活动频次、参与内容等全方位考虑划分群体，针对性制定服务方案，避免干扰，使服务过程成为物业管理运作发挥的有力助手。比如为老人、儿童群体隔离专门通道等，用心体会，以人为本。

5. 全面导入 ISO 9000 质量管理体系，推行 5S 管理，实现全员品质管理

严格按 ISO 9000 要求规范操作过程，在服务现场全面推行 5S 管理，定点、定形、定过程，人人都是现场品质管理员，使服务现场始终保持整洁、明亮的服务效果，处处展示

专业性的服务形象。

6. 建立及时、透明的业务沟通渠道

日常信息定期沟通；重要服务项目有计划有方案，每周一信息，半月一简报，每月一管理报告，每半年一总结，向客户及时反馈工作完成情况和服务计划，从客户需要的角度出发向客户提供各项管理内容运行参数，使客户时刻对物业管理运行状态能够"心知肚明"。

7. 建立完善优质的客户服务体系

建立全方位、立体、无间歇、无障碍的客户服务体系。通过定期回访、意见箱、电话、电子邮件、信函等各种渠道收集客户信息；通过观察客户的行为变化体察客户需要，对客户意见、建议做到有信必答、第一时间给予回馈；建立意见沟通、事项处理、结果反馈，改进完善客户服务流程，使客户与服务信息互动，沟通无极限。

8. 建立完善的档案管理体系

收集完善原有管理档案，保证物业管理相关档案资料的完整性，规范现场档案收集、整理、保存管理制度，保证现有档案资料的有效管理，为××物业管理工作持续进行提供保障。

9. 发挥专家团队效能为项目服务质量提供保障

充分利用公司现有物业行业专家组成的咨询团队效能，向项目提供先进的行业理念和专业技术，以及向项目提供专业的管理诊断意见和发展建议。

10. 做展示礼仪文明的使者

我们时刻面向客户，我们时刻面向世界，通过不断的强化培训和规范每一个服务过程，使员工从意识、信念上改变观念，真真切切从心里接受并通过一言一行自觉体现良好仪容仪貌、展示良好精神风貌。

11. 做精神文明传播的助手

这里是社会的浓缩点，我们的每一个服务过程都与精神文明的传播息息相关，我们可以充分把我们对职业的热情以及我们的专业能力和细意尽心的理念，深入贯彻到每一个服务过程，为更好地展示、传播精神文明提供支持，做精神文明的传播助手。

12. 做客户忠实的物业管理顾问

我们的客户是高素质的客户，但我们在物业维护、管理方面的专业知识和经验使我们可以向我们的客户提供专业的建议，我们不仅关注我们的服务收益，我们的职业使命使物业得以更好的使用和发挥功能，实现保值、增值。

（三）对发展商的服务配合

1. 项目工程建设配合服务

（1）从项目的使用价值最大化、运行成本最小化为发展商和建设单位提供改善建议。

——从协调美观的角度提供项目景观规划专业建议。

——从安全便利的角度提供项目交通、道路及停车场规划专业建议。

——从耐用的角度提供项目建筑专业建议。

——从配置的必要性角度提供项目配套设施设置的专业建议。

——从安全经济运行角度提供设备选型的专业建议。

（2）协助制定工程跟进方案，建立完善工程档案。

——土建工程：把好后期使用中易遭到业主热点投诉问题施工质量关。

——排水设备工程：水池水箱管道的设置，设备的安装与调试。

——供配电设备工程：安装与调试、运行方式含负荷分配的定位、线路走向的标识。

——消防设施设备工程：以消防验收的要求对各分支系统安装与调试进行监督，对商业物业防排烟、消防分区的设置等做好跟进工作。

——升降设备工程：根据电梯验收及安全检验标准监督安装与调试。

——空气调节系统工程：根据经济运行的要求，监督安装与调试参数准确定位。

——安防系统和停车场管理工程：现场跟踪安装与调试。

（3）商业物业的现场装修配合。

——24 小时提供现场人员支持。

——保障现场水电气的供给。

——监督施工安全与装修现场秩序控制。

2. 项目销售、招商物业管理配合服务

（1）销售、招商推广活动配合

——参与、协助销售、招商策划活动。

——协助、配合销售、招商推广活动的开展。

（2）对销售、招商中心及样板房的管理配合

——结合××物业团队管理实践经验，对售楼处、招商处和样板房设计、装饰提出合理化建议。

——协助、配合售楼处、招商处及样板房的现场管理。

（3）清洁管理

清洁管理目标要求：根据星级酒店清洁标准，组织开展环境清洁保洁工作；保持高标准清洁服务，配合楼盘销售、招商工作。

清洁作业范围：

——销售、招商中心（外观环境、展示大厅、洽谈区、签约区、办公区、会议室、各类标识、花卉盆景、洗手间等）；样板房（门窗、地板、通道、家具、电器、各类装饰物等）。

——临时停车场、外围、道路（地面、花卉盆景、标识标牌）。

——垃圾清运、环境消杀及绿化养护等。

清洁人员的配置及作业时间：

——根据现场的区域分布和实际工作量指导进行合理的人员配置。

——根据销售、招商情况确定清洁作业时间，并确保具有充分的可调整性，以适应销售、招商的配合需要。

——依据不同的作业区域制定有效的操作流程和岗位职责，责任到人。

（4）客户服务

——开展酒店式尊贵接待服务，度身定制接待服务流程与服务规范。

——指导合理安排作业时间，选拔适当人员并进行专项培训。

——细化服务内容，分为门厅接待（门童）服务、样板房客户服务、销售及招商大厅客户服务。

（5）销售、招商中心外围交通引导和车辆管理

交通引导：

——根据现场实际情况制定适宜的看房路线。

——设置恰当的指引标识。

车辆管理：

——根据现场实际情况设置临时停车场，并进行停放交通规划和标识实施。

——制定安全、完善的车辆管理操作流程。

——依据销售及招商时间确定人员配置和作业时间。

（6）销售、招商中心、样板房安全管理

——制定销售及招商中心、样板房秩序维护与安全保障作业流程与规范。

——定期组织夜间查岗与训练，保障现场安全。

3. 项目入伙交付配合服务

(1) 入伙前的筹备配合

——入伙交付工作小组的成立配合。

——入伙工作计划的制定。

——参与入伙现场的选定和布置方案的拟订。

——入伙现场配合工作人员的安排。

——参与入伙现场办理方案的拟订。

——入伙前的各项协调会的组织。

——项目现场半成品的保护。

——组织接管验收。

——入伙资料的准备和入伙通知的发放配合。

(2) 入伙现场配合

——协助现场有序进行入伙办理。

——协助处理现场紧急、突发的各项事件。

——进行入伙阶段性会议总结和持续性配合。

4. 入伙后工程返修配合服务

××物业以项目管理处为基点，结合各施工队工程技术优势，凭借发展商的强力支持，组建××名都后期返修的"4S"店，将项目的返修工作和业主房屋质量的诉求，通过"4S"店的通力协调、竭诚服务来解决长期困扰发展商对入伙后工程返修的问题。

5. 发展商项目的既定品牌的维护和持续配合

××物业将充分维护发展商的品牌，通过进行相应的活动、工作人员的服饰、相关的标识，均与项目的既定风格保持一致。并通过物业管理的持续运作，进而将项目的既定品牌进行延续和弘扬，从而持续巩固发展商的企业品牌度和知名度。

6. 为发展商自有物业做好节能降耗工作

依托××物业管理团队丰富的能源管理实践经验，从制度上规范设备操作流程，持续改进设备运行参数及运行方式，科学合理地为发展商自有物业的能耗进行有效控制，从而最大限度地达到节能降耗的目标。

(四) 管理目标

1. 总体目标：物业运行最佳化，物业服务五心化

(1) 项目在接管两年内达到国家优秀物业小区管理标准（项目硬件条件符合创优的基础上）。

(2) 项目在管期间，重大安全责任事故发生率为零。

(3) 项目在管期间，客户满意率达95％以上。

(4) 严格按照国家和行业有关标准，及ISO 9001：2000国际质量管理体系进行运作和管理。

(5) 严格按照物业管理合同的有关要求开展各项物业管理服务工作。

(6) 较大影响的计划性保养工作、设备检修（如需要停电保养、清洗水池）提前3天通知客户。发生意外故障做到及时处理，并在10分钟内报告客户。

(7) 当接到市供电局、自来水公司计划性停电、停水的通知时，在停供前24小时通知客户。

(8) 提供公用设施、供水、供电、空调系统故障24小时抢修，做到接到报修后20分钟内到达现场进行处理。

(9) 定期对设施、设备进行检查，发现设备故障或重大事故隐患立即消除，并在30分钟内向客户报告。若发生重大故障或事故，在24小时内填写书面报告报送客户。

（10）控制中心 24 小时值班外，机电人员也实行 24 小时值班。

2. 安全管理项目各项承诺标准

序号	项目	承诺标准	参考标准	实施措施
1	治安案件年发生率	0	0.5%	实行 24 小时保安巡查制度，分快速、中速及慢速巡查；设立 24 小时报警中心，落实保安岗位职责，明确责任区域，对重点区域、重点部位实施人防加技防的管理模式，防止发生治安案件
2	火灾发生率	0	0	制定严格的消防管理制度，实行每季度一大检每月一小检，日常巡检相结合的方法，排除消防隐患，杜绝火灾的发生；每年定期开展消防演习并与辖区消防支队联系进行专业消防知识教育
3	突发事件处理率	100%	98%	根据制定的突发事件处理预案，定期进行演练；对发生的突发事件无条件出击，并服从物业管理处的指挥
4	投诉处理率	100%	98%	设立客户服务热线及客户意见收集箱，安排专职人员处理客户意见和建议，收到客户意见后 24 小时内给予反馈，并跟踪落实情况，处理结束后进行回访和验证
5	信件丢失率	0	0.5%	制定信件收发管理制度，专人负责信件的收发、管理，杜绝信件的遗失或损坏
6	用户投诉率	0.1%	2%	通过培训不断规范员工服务流程及服务水平，提高服务意识，提供尽善尽美的服务，杜绝投诉情况的产生
7	客户满意度	4.2	3.9	每季度或每半年由公司营运部或聘请社会专业咨询公司进行客户满意度调查，通过调查结果的分析，不断改善物业管理工作中的不足

3. 房屋本体及机电设备项目各项承诺标准

序号	项目	承诺标准	参考标准	实施措施
1	房屋零修、急修及时率	100%	98%	接到维修通知后 10 分钟内到达现场，临修及时完成，急修不过夜，并按有关制度进行回访及记录
2	大、中修工程质量合格率	100%	98%	分项检查，按照有关制度进行回访，确保维修质量，满足客户需求
3	公共设施完好率	98%	98%	安全巡逻岗负责公共设施的巡视，维修人员负责对公共设施使用功能的检查，确保公共设施完好、发挥正常使用功能
4	机电配套设备完好率	99.8%	98%	安全巡逻岗负责对天台、小区机电设备的巡视；维修人员负责机房内设备的维修养护；各机电设备管理责任到人，建档管理，定期进行保养维修，保证各种机电设施设备完好无损、良好运行；保持供水供电 24 小时，冷气工作时间正常，停水停电提前通知；电梯运行安全可靠
5	房屋本体完好率	99%	98%	定期对房屋本体进行检查，发现问题及时维修
6	房屋维修工程质量合格率	99%	98%	严格控制施工流程，对工程竣工实行双层验收，控制工程质量
7	各类标识完好率	99.8%	98%	根据房屋使用要求，制作相关标识牌，并登记在册。安全巡逻岗负责公共标识的巡视，维修人员负责机电设备标识的巡视，确保标识完好、发挥正常标识功能
8	装修无违章现象	0%	5%	装修管理严格按照市装修管理规定，实行登记制度，对出入人员必须办理出入证，防止安全事件的发生
9	房屋外观整洁率	100%	98%	加强宣传并及时进行巡视，发现有影响外观的现象，及时处理
10	停车场设施完好率	99%	98%	加强宣传并及时进行巡视，发现有影响外观的现象，及时处理

4. 清洁服务项目各项承诺标准

序号	项目	承诺标准	参考标准	实施措施
1	清洁合格率	100％	98％	保洁工作实行定时间、定区域、定人员、定标准的四定工作方针；管理人员定期巡视，确保环境整洁，无污染
2	消杀合格率	爱卫办要求		根据爱卫办要求及××名都的实际情况，制定消杀工作计划，加强周边"除四害工作"，做到无滋生源
3	垃圾清运	日产日清		严格垃圾清运工作，每天产生的垃圾当天晚上收集并清运
4	化粪池清理	定期检查		定期进行检查，清理化粪池与各商业定期进行沟通，防止油污排放到下水道，污染环境
5	白蚁防治	爱卫办要求		根据爱卫办要求及白蚁的生活习性，制定科学、有效的消杀方式

5. 绿化管理项目各项承诺标准

序号	项目	承诺标准	参考标准	实施措施
1	绿化完好率	98％	95％	绿化员养护、安全员、清洁员巡视，发现问题及时处理，确保植物长势茂盛
2	绿化裸露率	0％	5％	制定绿化养护计划及绿地标识，防止破坏绿地现象，对被破坏植被及时补种植物
3	绿化病虫	无虫害		定期进行消杀，及时更换病坏树木和花卉
4	绿化造型	美观		根据绿化的实际情况及环境特点进行绿化造型，使××名都绿化更加美丽

（五）项目运行机制和管理方式

1. 运行机制

（1）管理体系。为了确保××名都物业管理的各项目标能够按时有效地落实，保证管理成效，须明确参与××名都物业管理的有关机构或管理部门各自的职责和承担的作用，对该物业的管理实行执行机构、责任机构、监督机构有机结合的"三位一体"式的管理机制和管理体系。如图1所示。

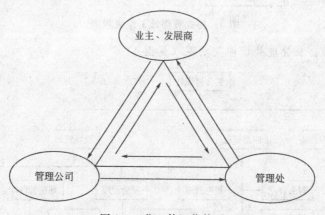

图1 三位一体运作体系

（2）物业管理执行机构——××名都物业管理处，作为负责物业管理的具体实施机构，向××名都客户和发展商负责，保证物业管理的各项工作及环节均达到卓越和令客户满意。

在内部管理运作上，物业管理处采取将管理活动和管理手段构成一个连续封闭回路的模式，注重管理程序的封闭性，形成有效的管理运作流程（指挥、执行、监督、反馈）。

（3）物业管理责任机构——管理公司，落实物业管理服务目标的最终责任人，负责对物业管理及服务状况的整体监控和指导，就管理服务状况最终向委托方负责。

（4）物业管理监督机构——××置业以及小业主，负责对××名都物业管理服务工作、财务收支及大、中型维修项目作监督评审。

2. 管理方式

（1）物业管理服务的计划控制方法　在与××名都发展商和客户充分沟通、密切交流、会商共进的前提下，通过以下循环可以长久维持××名都的卓越管理，为物业使用人提供优良的服务。如图2所示。

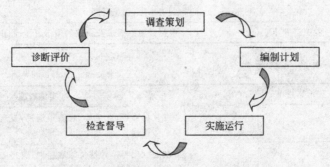

图2　物业管理服务循环图

（2）物业管理处工作的流程　如图3所示。

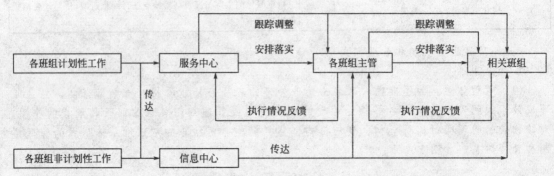

图3　物业管理处工作流程图

（六）××名都物业管理处职能架构图（见图4）

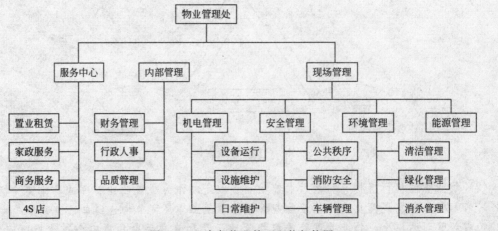

图4　××名都物业管理职能架构图

（七）××名都物业管理处人员配置表

××名都物业管理处人员配置表

部门	岗位	总人数	其中××置业承担人数	职 责
经理室2	项目经理	1		负责项目物业管理处的整体运作并主抓服务中心及内部管理
	经理助理	1	1	主管商业及住宅日常现场管理服务工作
内部管理5	会计	1		项目财务管理工作
	出纳	1		收款、管理处内务管理、档案管理
	人事管理员	1	0.5	人事行政、品质管理
	厨师	2	1	食堂事务
服务中心2	服务管家	2	1	客户接待、住宅、商业的租赁、家政、商务、维修返修复综合服务
机电部10	机电主管	1	0.5	负责设备设施的维护管理运作及能源管理
	空调工程师	1	1	负责空调维护，确保运作的正常
	机电工程师	1	0.5	负责机电设备的维修运行、节源措施的实施
	配电技术员（3班）	4	3	负责供配电的运行维护
	维修技术员	3	1	负责业主、商户、商业的各项维修、返修工作
安全部45	安全队长	1	0.5	负责安全管理工作
	安全班长（3班）	3	1.5	负责安全运行管理工作
	监控中心（1岗3班）	3	1.5	负责监控中心的值班管理
	住宅大堂（4岗3班）	12		负责住宅安全管理工作
	外围巡逻（3岗3班）	9	9	负责商业区域的秩序维护
	车库1、2层（2岗3班）	6	6	负责停车管理工作
	车库出入口（2岗3班）	6	6	汽车辆、摩托车出入管理工作
	轮岗	5	3	轮休、应急预备
环境部15	环境主管	1	0.5	负责环境管理工作
	住宅清洁员	8		负责大堂及楼层保洁维护
	外围保洁员	3	2	负责商业区域及车库卫生维护
	垃圾收集员	2	1	负责垃圾收集
	绿化员	1		负责绿化管理
合计		79	40.5	

二、物业管理处内部管理

（一）内部管理运作流程

优秀的企业文化、严格的规章制度、卓越的人力资源、团队的管理经验需要合理的工作流程进行贯通，实行管理处、公司有机结合的共管机制。在内部管理运作上，管理处采取将管理活动和管理手段构成一个连续封闭回路的模式，注重管理程序的封闭性，形成有效的管理运作流程（指挥、执行、监督、反馈），如图5所示。

图5 物业管理处内部运作示意图

（二）人员管理

略。

（三）培训管理

略。

（四）档案管理

档案资料的管理是物业管理工作的一个重要组成部分，科学的、规范化的档案管理能有效地为××名都房屋本体、公用设施的使用、维修、改建和各项管理服务工作提供有效的质量记录。我们一贯重视档案资料的建立与管理工作。针对××名都的物业管理形式，我们拟采取系统化、科学化、计算机化的管理手段，安排专人，对所有档案资料进行严格的、科学的、集中的管理。

1. 需建立的文件档案、分类资料

序号	类别	档案名称
一级档案	竣工资料	规划图、竣工图、竣工验收证明书
		地质勘测报告、沉降观察记录
		电气管网图、隐蔽工程验收签证
		水电、器具设备的检验合格证书
		绿化工程竣工图纸及相关资料
		其他技术资料
	物业资料	楼宇基本资料
		楼宇功能分区资料
		楼宇设备资料
	政府资料	各项法律、法规、文件
		相关管理部门联系电话（辖区派出所、水、电）
二级档案	环境管理档案	日常巡查记录
		绿化消杀记录
	安全管理档案	日常巡查记录、交接班记录
		值班记录、夜间查岗记录
		紧急事件处理记录
		物资搬运放行记录
	车辆管理档案	车辆详细登记资料
		车辆出入记录、车辆异常情况记录
	施工管理档案	临时施工人员登记表
		施工单位营业执照
	维修服务档案	维修服务登记表、维修服务回访记录
		服务协议书
		各类公用设施保养维修记录
	设备管理档案	各项机电设备保养维修及运行记录
		设备分承包方维修保养记录
		设备检查记录
	社区文化活动档案	各项活动计划及实施记录
		图片及录像、新闻媒介报道剪辑
	客户关系档案	政府反馈意见及各项建议、客户投诉及处理记录
		客户意见调查、统计记录、服务质量回访记录
	员工管理档案	员工个人详细资料、员工各类证件管理
		员工业绩考核记录、员工内务管理检查记录
	员工培训档案	各项培训计划及实施记录
		培训结果考核及跟踪记录
		军事训练及消防演习记录
	行政管理档案	政府部门文件、物业公司文件
		物业管理处规章制度、通知、通报等文件
	其他档案	物业管理处各类荣誉
		物业创优资料管理
		其他检查资料

2. 档案、资料管理运作流程

档案、资料建立及管理运作流程如图6所示。

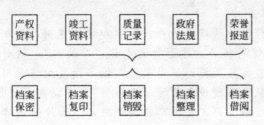

图6 档案数据管理运作流程图

3. 资料收、发管理程序

略。

4. 档案数据管理制度

略。

三、客户服务管理

（一）管家式服务

设置专职"住宅服务管家"、"商业服务管家"，针对不同的客户，全心全意从客户的角度出发，实行"一站式服务"。服务管家的通讯保持24小时通畅，只要找到服务管家就"没有解决不了的问题"。

（二）管理重点

管理重点如下表所示。

管理重点

重点难点	服务需求特征	措 施
工程遗留问题	关系客户切身利益	采取最有效的措施使客户的损失减到最小，积极与相关部门联系快速、有效地解决问题
邻里纠纷	影响居家生活影响邻里和睦	积极协调，力争共识熟悉法规，以理服人细致周到，处事公平服务热情，锲而不舍
客户投诉	急需解决	细心聆听，换位思考认真处理，及时有效坚持原则，耐心解释谨慎承诺，有诺必行

（三）人员配置

大楼共配备客户服务人员3名（其中经理1名），具体岗位如下表所示。

客户服务人员配置

岗位	人数	职 责
项目经理	1人	负责客服中心工作的协调和把控
住宅服务管家	1人	负责区域内客户接待客户投诉处理，负责租赁、家政、商务返修、区域各业务监督，与住户沟通回访
商业服务管家	1人	负责商铺及其他公建物业管理及监控，兼社区活动组织

（四）客户信息反馈及处理流程

客户是企业赖以生存、发展的根本，"持续超越客户不断增长的需求"是现代企业经营的发展动力。我们以创新服务为基础，在各项工作高效运营的前提下，使一切源于客户的经营理念得以实现，为客户创造价值。

客户信息反馈及处理流程图（略）。

（五）客户投诉处理流程

略。

四、机电设备设施和房屋本体维护管理（工程管理）

（一）零缺陷、零距离

结合公司专业管理经验，从便于物业、设备和设施使用、维护的角度，持续完善物业及配套，保证处于最佳使用状态，达至物业本身"零缺陷"；精心呵护，延长设备使用寿命；精益求精，提高设备维修质量；爱岗敬业，保证设备维修及时到位；周密计划，保证设备安全无间断运行，从而实现设备管理"零缺陷"。在调查拜访过程中，认识了解客户；在服务过程中，不断地理解客户；在长期的接触中，不断地帮助客户；在细心尽意的工作中，不断地去感动客户，从而实现与客户的"零距离"。

（二）人员配置（如下表所示）

岗 位	人员安排	主要职责
主管	1人	负责设备设施管理、房屋本体维护、公共设施管理等整体协调工作
机电	1人	负责日常维修计划的制定与落实
空调工程师	1人	负责空调设备的运行维护
运行技术员	4人	负责供配电、给排水、消防、安防、系统的正常运行及维修保养工作
维修技术员	3人	负责本体、配套设施的维护保养，为住户提供维修服务

（三）机电设备管理方式

1. 机电设备统筹管理

所有工作范围内机电设备根据使用需要及设备状况，对设备的运行、养护、维修等工作进行统筹安排，逐一制定各类机电设备的运行、养护、维修等计划，确保设备使用有序，合理延长设备使用年限。

2. 建立机电设备终身档案

为各类设备分别设立专属档案，借助设备管理质量记录、设备台账等工具对设备的投入、运行、养护、维修、更新等所有操作进行详细记录，确保机电设备管理规范合理。

3. 机电设备责任管理

所有机电设备指定设备责任人，由设备责任人根据设备使用状况制定养护计划并按计划实施养护作业，确保各类设备养护到位、运行正常，管理责任清晰。

4. 专用作业指导书

以公司 ISO 9000 质量管理体系文件为蓝本，结合小区现有机电设备实际情况，编制××名都设备运行、养护专用作业指导书，规范操作流程，保障设备管理质量。

（四）机电设备设施管理的重点、难点及相关措施（如下表所示）

管理重点	服务需求特征	管理措施
高层备用电源	市电停电后，需保证电梯的正常使用和生活用水的正常供给	定期检查并启动发电机，确保发电机的正常运行；定期检查双电源柜的切换
电梯	电梯的安全运行	定期保养、严格按照国家规定进行年审；制定应急方案，处理突发事件
水电	面积大，公共线路多，管网复杂	合理配置公共部位水电表；定期抄录；每月进行水电分析
消防设备	面积大，消防隐患多	建立消防设备管理档案，定期对消防设备进行检测
		定期对烟感、温感、消防喷淋等进行测试，对消防设备的改动进行严格审核与检测
安防系统	系统灵敏度高	定期检测安防系统运行状况，减少设备误报率
停车场	系统使用频率高，故障多	定期检查，及时维修，储备一定的备件

（五）主要机电设备保养标准

略。

（六）设备设施故障或应急情况处理措施

略。

（七）房屋本体维护保养管理

1. 房屋本体及设施维护保养计划（如下表所示）

序号	项目名称	日常巡检	保养周期	维护标准
1	天面	每月	每2年	对破损的隔热面砖修补、更换；防水处理，检查有无下水管堵塞
2	外墙	每月	每1年	对重点部位清洗、修补
3	内墙	每月	每1年	对裂缝处修补，污染处清洗粉刷
4	楼梯扶手	每月	每2年	对生锈脱漆处修补
5	楼梯踏步	每月	每2年	对破损处修补
6	防火门	每月	每1年	对门锁、闭门器、门边等进行紧固、维修；对脱漆处修补
7	防盗网、围栏	每月	每2年	对脱焊处修复，对生锈脱漆处修补
8	窗户	每月	每1年	对窗锁进行紧固、维修；对脱漆处修补；如有玻璃破损及时更换（台风季节增加频次）
9	公共区域地砖	每月	每1年	对破损的地砖修补、更换
10	公共区域瓷砖	每月	每1年	对破损的瓷砖修补、更换
11	天花	每月	每1年	对破损的天花板修补、更换
12	玻璃门（幕墙）	每月	每1年	对地锁、合页进行紧固、维修，如有玻璃破损及时更换（台风季节增加频次）
13	挡雨篷	每月	每1年	对接合处进行紧固、维修，如有破损及时修补
14	人行道	每月	每1年	对破损处修补、更换
15	车行道	每月	每1年	对破损处修补、更换
16	车位线、标识牌	每月	每1年	对标识牌紧固，对脱漆处修补
17	污水井	每月	每1年	检查是否畅通、无杂物
18	雨水井	每月	每1年	检查是否畅通、无杂物
19	生活水池	每月	每半年	全面清洗，对渗漏处修补，保持水质达标
20	消防水池	每月	每半年	全面清洗，对渗漏处修补，保持水质达标
21	化粪池	每月	每1年	全面清理
22	污水管道	每月	每1年	检查是否畅通、无堵塞
23	雨水管道	每月	每1年	检查是否畅通、无堵塞
24	井盖	每月	每1年	对脱漆外修补；对塌陷、破损的井盖更换
25	防雷接地	每月	每1年	对脱焊处修复；对生锈处进行防锈处理

2. 保养原则

（1）环保、节能　房屋本体修缮中严格控制噪声，严格控制建筑灰尘，严格控制建筑水料及垃圾，做好建筑管道和下水道防塞措施，保护施工场地的绿化植物。

（2）责任管理　所有房屋本体（设施）指定维护责任人，由负责人根据养护计划实施养护作业或监督外聘施工单位修缮，确保各类养护及时到位、各类修缮工作责任清晰。

（3）规范作业　以我们 ISO 9000 质量管理体系文件为依据，结合项目实际情况，编制项目房屋本体（设施）养护专用作业指导书，规范操作流程，保障管理质量；有完善的建筑管理和房屋维修保养制度，有生产上的管理、检查、考核制度。

（4）定期检查　房屋本体及机电设备设施检修分日检（巡视性检修）、周（月）检（预防性检修）、季度（半年）检查（维护性检修）、年检（全面性检修）；并结合检修计划建立大修、中修、小修三级维修体制，因房制宜，有计划地安排保养维修任务。

3. 保养标准

略。

五、安全管理

（一）英式管理

通过准军事化管理模式和专业的形象设计，营造安全、温馨的生活环境；通过各类应急方案的模拟演练建立一支"快速反应部队"，解除客户后顾之忧；培养细意尽心的高素质人才，主动与客户沟通，方便客户；全心全意、热情服务，成就客户的生活梦想。

（二）安全管理工作要点

（1）建立健全××名都安全管理组织机构，对安全管理员实施准军事化管理，加强安全管理员综合业务技能和职业道德的训导。

（2）加强交通和信道管制以及对人、车流的控制。

（3）严密巡查，根据小区特点制定巡逻路线图，并按规定路线和时间实行 24 小时巡更守卫制度。

（4）各安全岗职责和责任区域明确，确保日间和夜间安全防范严密。

（5）重点区域，重点管理，按要求做好日常安全管理工作记录。

（6）定期检查分析安全管理工作情况，不断完善、不断提高安全管理质量。

（7）完善区域内安全技防管理，合理利用技防系统，并不断总结，提出安防系统改进方案，配合人防确保安全。

（8）针对各种可能的紧急突发事件，拟定相应的应急措施和程序，建立快速反应、快速支持的安全体系。

（9）定期组织各类防灾害事故演习，以达到防患于未然的效果。

（三）人员配置

安全人员配备：安全队长 1 人，负责安全部的全面协调管理；安全班长 3 人，负责各中队的组织工作，及现场人员的指导；安全员人，总计：41 人，负责现场的安全监控管理。如下表所示。

岗　位	人员安排	主要职责
安全队长	1 人	主要负责安全方面组织、协调
安全班长	3 人	负责各中队的组织协调，处理现场现场安全事件
安全一班	12 人	负责外围巡逻，安全检查、车场控制、停车场管理
安全二班	12 人	负责外围巡逻，安全检查、车场控制、停车场管理
安全三班	12 人	负责外围巡逻，安全检查、车场控制、停车场管理
机动	5 人	轮休、应急分队

1. 安全岗设置类别

（1）控制中心：对小区楼内智能化监控系统进行 24 小时监控，并在夜间对大楼各安全岗位工作进行协调指挥，对小区内维修、家政人员进行工作的协调。

（2）固定岗：交通、大堂、来访人员管制，对安全重要部位进行定岗防范。

（3）巡逻岗：专门负责商业区域内的公共秩序、车辆出入、停放及行驶管理；同时夜间对大楼重点部位进行巡逻检查。

2. 安全岗的日间和夜间设置

（1）安全岗位设置根据日间和夜间不同的安全管理要点而确定。

（2）日常巡逻通过不间断巡逻，防止车辆的乱停乱放，保证院内区域的交通秩序。

（3）夜间封闭期间，则增加巡逻密度，辅以固定岗配合。

（4）多种安全岗的合理设置，均有明确的责任区域，可保证无论在日间或是夜间，所有区域都可涉及而无盲点，人员数量也不庞杂。

（四）消防安全管理

消防管理是公共物业管理的重点和难点，是保证物业及人员安全的重要管理环节。其具体内容如下。

（1）加强物业管理处全体员工的消防观念和防火意识，任何管理服务人员都有消除火灾隐患的责任。

（2）各个环节严格遵照国家有关规定和公司质量保证体系文件的要求。

（3）各消防设施定期检测，保证完好无损，随时可以启用。

（4）实行24小时消防安全监控，对火灾易发生区加强防范和巡查，重点防范。

（5）定期组织员工进行防火灾演习，熟练掌握各种消防设施的使用方法，提高对火警的应付能力。

（6）落实各级和各项消防管理责任人和灭火指挥人员。

（7）安全管理员及保洁员日常工作注意巡视，保持警惕。对不应放在某处的物体，不能解释来历的物体和不适宜放在某处的物体要及时处理。

（8）完善各类防火标识和各类消防设施的使用说明标识。

（9）各类简易灭火器材固定位置放置，便于有需要时有关人员取用方便。

（10）制定合理可行的灭火程序和疏散计划。

（五）交通管理

其具体内容如下。

（1）分类停放：为保证物业区域正常秩序，所有车辆必须在指定区域停放。根据车型划分不同停车区，保持停车场整齐美观。

（2）对号入座：将各车牌号码标明对应停车位，来车各就各位。

（3）出入有别：进出按照车辆出入方向指示行驶，保证行车有序。

（4）照章行车：场内行车遵照行车路线指示，保证畅通。

（5）安全第一：注意各种安全标志，保证行车安全。如限速坡、转弯凸镜等。

（6）清洁护理：由保洁员定期清洗清洁停车场。

（7）车辆通行出入口置明确的行车方向标识，所有车辆出入根据指示行车。

（8）车辆出入口安全岗对进、出车辆进行控制并详细记录。

（9）保证消防信道畅通，防止车辆占道停放。

（六）公共秩序管理

各安全固定岗要熟悉区域分布，以保证对来访人员流向的控制和引导。人员相对集中区域的公共安全由控制中心与巡逻岗配合管理，发现异常立即通知就近岗位安全员及时处理。

（七）紧急事件处理程序

制定紧急事件如电力故障、水管爆破、火警、台风雷暴、可疑物体、意外伤害等的紧急处理程序（略）。

六、绿化管理

（一）自然的、生态的

以"亲近自然，生生不息"为方针，制定小区长远生态环境计划，有步骤、分阶段地营造自然、清新、美丽、和谐的无限生活环境。

（二）人员配置（如下表所示）

第四章 投标文件编制

岗　　位	人员安排	主要工作
环境主管	1人	负责清洁管理、绿化养护整体协调工作
绿化人员	1人	负责小区绿化养护，楼内外临时摆放绿化的布置、消杀

（三）绿化管理方式

其具体形式如下。

（1）节日花卉摆放突出季节性、突出节日特点、摆放形式有创意。

（2）室内摆放植物养护及时，植物形态、大小、位置等与环境相协调。

（3）完善植物养护档案，系统建立各类型植物养护计划和方案，使植物观赏效果与建筑空间相协调。

（4）根据植物特性科学安排养护计划，保证植物生长健壮、茂盛，充满生机。

（5）根据植物特性科学采取养护措施，使开花植物应季开花。

（6）规范绿化作业操作过程，合理安排时段，做到安全、规范、零干扰。

（四）绿化管理重点、难点及相关措施（如下表所示）

重点摆放位置	服务需求特征	养护措施
室内摆花	空间特点差别大	根据空间特点摆放植物
	室内光线较暗	根据光线强弱选摆植物
	清洁要求高	专人定期清洁作业
	数量少而精	定期更换品种及摆放形式
展厅摆花	随展览内容变化需要相应调整	根据展览性质及空间特点合理安排数量、种类及摆放形式
正门摆花	外在形象展示	合理搭配，增强艺术观感
	要求有较强的视觉观感	从摆放形式、数量、色彩等综合考虑，增强变化
	需有变化	突出节日，日常以简洁为主
节日摆花	不同节日文化内涵不同需要营造气氛	根据节日及季节选摆植物
		以有色、开花植物为主，营造热烈气氛
		在摆放造型上有变化、有创意

（五）绿化管理特别事项

其具体事项如下。

（1）绿化调整、更换安排在适宜的时间进行，避免给住户带来影响。

（2）绿化消杀作业于人流量较少的时间进行，避免药物对人的影响。如果药性较长，则置警示牌醒示。

（3）个别噪声较大、可能对活动有影响的绿化养护，要安排在住户上班后进行。

（六）绿化管理标准

略。

（七）环境消杀

1. 环境消杀标准

（1）环境人员熟悉"四害"的生活与繁殖习性，提前制定有效的消杀工作计划。

（2）熟练掌握各类消杀设备、工具操作方法及药品的使用方法，保证消杀的最佳效果。

（3）每次消杀应严格做好质量记录。

2. 环境消杀作业实施

（1）集中消杀：对于工作量较大的环境消杀工作，由环境主管根据实际情况抽调人员，集中时间、人员实施消杀工作。

（2）局部重点消杀：对大院内的重点区域，如饭堂、洗手间、地下室、垃圾站等部位，应从消杀频度、用药剂量上加大力度，确保消杀工作的明显效果。

3. 环境消杀特别事项

消杀之前，应根据计划时间张贴告示，取得住户的配合。

绿化消杀作业于非工作日或非办公时间进行，避免药物对人的影响。对药性较长的药物摆放，应设置警示牌。

七、清洁管理

（一）时刻关注全员关注

我们提倡用新技术推动事业，不断关注新的管理模式、不断优化作业流程，时刻关注优化您的环境温馨；我们全员关注、人人动手，给您创造一个洁净的生活环境。

（二）岗位设置（如下表所示）

岗 位	人员安排	工作职责
高层	8人	负责高层楼道、大堂、门、窗清洁公共垃圾清运
户外	5人	负责商业外围卫生的打扫、地下室停车场卫生清洁、垃圾清理

（三）清洁服务的重点、难点及相关措施（如下表所示）

重点清洁部位	服务需求特征	清洁作业措施
会所	使用时间固定 服务环境要求高 对外交流形象要求 免打扰需求强烈	(1)集中兵力，缩短时间，将作业对工作人员的干扰降到最低 (2)高标准要求，关注礼仪，关注细节，配较高素质员工
公共活动场所	流动使用频率高 人员流动大 人员关注度强	(1)加强清扫频次 (2)提前掌握使用计划，专人负责跟进 (3)做好状态标识，及时清理 (4)保持每一批次使用时都处于完全清洁的状态
地下车库	暗角多、管网多 易积水 使用频率少	(1)定期作业，循环保洁，重点时段特别跟进 (2)细化流程要求，规范操作，不留盲区
电梯、扶手、开关等	与人的接触较多 受污染的可能性大	(1)严格清洁标准，严格检查 (2)定期进行消毒作业
垃圾清运	有异味 住户逆反心理强 每天均需进行 易招蚊蝇	(1)日产日清，随满随清，异味物品即时处理 (2)合理安排清运时间，使停留时间最少，清运过程影响最小 (3)袋装、封闭运输 (4)储放空间及器皿及时清洗、消杀、翻新
外墙清洗	阶段性特点明显 危险性高 视觉冲击强 局部清洁频率需加强	(1)定期作业与局部针对性加强相结合 (2)科学用药，延缓外墙面老化 (3)严格操作规范，作好防范措施，安全作业

（四）清洁服务的要求和原则

略。

（五）清洁服务标准

略。

（六）清洁作业操作规范

略。

特别提示：上述服务内容和二次供水水池的清洗将由我们专业的战略合作伙伴承担。

八、质量控制管理

（一）考核制度保证机制

根据职员的工作类型与性质分别组织定期的绩效考核，主要分为两大类：季度考核与月度考核。

1. 季度考核

（1）考核对象：物业管理处主要管理人员。

（2）考核内容：企业认同度、职业素养、工作业绩。

（3）考核方式及执行：人力资源部于每季度最后一个月的后两周通过面谈或问卷测评的形式进行。

2. 月度考核

（1）考核对象：物业管理处一线职员。

（2）考核内容：企业认同度、工作态度、工作业绩。

（3）考核方式及执行：采用日常考核、月度汇总的形式。

3. 绩效考核应用

（1）季度考核结果将作为职员晋升晋级主要依据，职员年终奖励发放标准的主要系数之一。

（2）月度考核结果直接与员工绩效工资相挂钩。

（二）ISO 9000 保证机制

公司整体工作严格按照 ISO 9001：2000 质量体系要求进行，无论公司本部及下属物业管理处的日常工作和客户服务必须严格按照公司制定的体系文件执行。

（三）共同价值观机制

公司致力于营造智慧之企业文化氛围，以吸引有共同价值观的优秀人才的不断加入，从而使企业在一致的步伐、协调的节奏、相同的目标下奋勇前进，全力提升我们的客户服务水平及专业管理质素，为客户提供极具竞争力及物超所值的服务，以此增加所管物业的价值。

（四）巡视检查机制

物业管理处管理层及职能部门不定期对物业管理处各项工作进行检查（正常工作时间、夜间值班时间），发现问题及时纠正，并将检查结果向管理处通报，总结经验，避免相同事件再次发生。对重大质量问题或多次重复出现的问题，由管理层检讨并制定纠正和预防措施。

（五）管理规章制度的保证机制

略。

九、××名都社区文化开展及便民服务

随着物质文明的不断提高，人们对精神文明的追求也在日益增长，物业管理注重社会效益、环境效益，秉承着提高物质文明和精神文明的社会责任，社区文化的开展是体现精神文明的具体凝聚点，适宜的社区文化活动的开展，不仅可以提高社区精神文建设，而且还能通过这个平台促进客户与物业管理的沟通和客户与客户之间的互动，从而实现和谐社区的局面。物业管理处将从动态与静态双方面结合开展××名都的社区文化活动，营造××名都人文社区的氛围。

（一）营造××名都"家园氛围"

根据××名都居住型的特性，结合整体环境氛围，通过对工作人员的服饰、配套设施的布置、相应活动的开展进行有效的整合，凸现出休闲、浪漫的社区意境。让客户和来访人员每日都处于在周末的感觉，体现出家的温暖。

（二）运用"黑板报模式"

应用社区内的宣传栏、信息栏，采取黑板报的形式进行关于精神文明的宣传和实现客户文化交流的平台。

（三）打造××名都"文化社区"

充分采集具有××市的特色的地域文化,将特色文化浓缩和升华,以具体的形式表现出来(如:具有地域特色的书画展等)。通过持续性的运作,逐步形成特色的文化社区。

(四)"主题活动"的开展

根据节庆的时段,组织相应的社区活动(春节、元宵节、五一、国庆、中秋节、元旦);针对不同年龄段的客户进行相应的活动(少儿、青年、老年)。

(五)便民服务(如下表所示)

项 目	内 容	备 注
爱心服务	(1)手推车便民服务	
	(2)爱心伞便民服务	
	(3)代收信件、包裹服务	
环保服务	回收废品、报纸	
家居服务	(1)花、草养护服务	
	(2)家居清洁服务	
	(3)家居维修服务	
	(4)订餐服务	
商务服务	(1)打印、传真文件服务	
	(2)收发传真、邮件服务	
	(3)代订机票、酒店服务	
	(4)商业信息的发布服务	
置业租赁服务	(1)代理房屋买卖服务	
	(2)代理房屋出租服务	

十、××名都物业管理工作计划和安排

(一)前期介入阶段

前期介入阶段管理工作计划和安排

计划时间 2007 年	工作内容	具体安排	负责人
7 月上旬	熟悉设计图纸	详细了解项目的设计要求,施工材料的类别、工程的技术系数,为以后的管理做好基础	驻场总经理工程主管
7 月 8 月	建议报告	根据图纸的要求,对现场土建、给排水、供配电、中央空调、消防等施工安全情况进行了解,发现问题及时记录并报告,监督问题改善情况	
	现场跟进	根据现场实际情况及今后物业管理的需要,整理建议报告提交甲方审阅	
7 月份至 10 月	配合销售工作	销售大厅的管理	驻场总经理项目经理
		样板房的管理	
		销售活动的配合	
	现场跟进	设备、园林、绿化方面的施工跟进	
9 月	进驻人员培训	对拟进入的物业工作人员进行培训,熟悉××名都的环境及工作重点	公司人力资源部
	后勤准备	准备物业工作人员的宿舍、装备、办公室等配置	项目经理
	标识完善	确定现场标识清单;申请制作现场标识	驻场总经理
	清洁拓荒	安排清洁人员进行一次彻底消毒、清洁工作	项目经理
10 月	入伙实施	组织客户入伙工作	驻场总经理项目经理

(二)入伙初期阶段

入伙初期阶段管理工作计划和安排

计划时间	工作内容	具体安排	负责人
正式进驻后1个月内	安全管理	熟悉进出人员、车辆,按操作流程开展保安管理工作;实施消防设施检查;定点值勤与巡逻、机防检查相结合,实施安全保卫工作;根据实际情况,不断调整工作流程,直至符合项目管理服务要求	项目经理保安队长
正式进驻后1个月内	环境管理	熟悉项目整体情况、清洁要求,按操作流程开展清洁工作;制定清洁年度工作计划,按计划实施;制定绿化浇水、施肥、除草、修剪、养护工作计划,按计划实施;根据实际情况,不断调整工作流程,直至符合项目管理服务要求	项目经理环境主管
正式进驻后1个月内	设备维护	熟悉设备设施位置分布、参数设置、技术要求等,按操作流程开展设备维护工作;制定设备维修保养计划,按计划实施;定时巡查与客户报修相结合,提供零修急修服务;根据实际情况,不断调整工作流程,直至符合项目管理服务要求	驻场总经理工程主管
正式进驻后1个月内	客户服务	设置客户服务热线和客户意见箱,专人负责客户联系与沟通;拜访客户,收集客户意见和建议;根据实际情况,不断调整工作流程,直至符合项目管理服务要求,提供优质客户服务	项目经理
正式进驻后1个月内	内部管理	人员不断培训考核,保证人员满足素质要求和任职要求;管理制度不断完善,形成系统管理体系;鼓励管理创新,优化管理模式;进行内部质量审核,持续改进	
正式进驻后1个月内	改善建议	对设计、规划进行优化并建议,向甲方提供与物业相关的建议(建议包括优缺点、实施计划、费用预算等)	驻场总经理项目经理

（三）正式运作阶段

正式运作阶段入伙初期阶段

计划时间	工作内容	具体安排	负责人
正式进驻后第2个月	物业管理工作	辖区交通管理通畅、有详细的安全管理流程;完成设备房、设备的第一次保养,让设备房、设备焕然一新;对辖区进行一次全范围的清洁、清扫、整顿工作	驻场总经理项目经理
正式进驻后第1个月开始	持续改进工作	每季度向客户递交《物业管理简报》,通报物业管理工作情况及每季度物业管理处的收支情况;每月定期与客户组织沟通会,通报每月工作计划与总结,每半年由公司营运管理部组织一次意见调查,通过发放调查表、匿名填写的方式,收集客户最真实的意见和建议,并作为评价管理效果的直接依据之一,促进现场管理人员不断提高业务水平,提供优质服务	项目经理
正式进驻后第6个月开始	消防演习设备一级保养	由管理处组织××名都第一次消防演习工作,让全体工作人员进一步熟悉消防设备及逃生路线;完成机电设备的整理整顿工作,进行第一次一级保养工作,让物业的整体情况达到国家优秀住宅小区(大厦)的标准	项目经理工程主管保安主管
正式进驻后第10个月	申请评优工作	根据政府主管部门的评优工作时间安排,制定评优工作计划;对照评优标准,开展自我检查;根据自我检查结果,进行内部整改,完善管理制度,补充相应资料;评优工作小组向政府主管部门申报参加评优活动;评优工作小组持续进行内部整改,确保达到评优标准;政府主管部门现场检查	驻场总经理项目经理

（四）管理服务人员进驻前后的培训安排

为保证管理服务的高质量实施，为客户提供优质服务，打造一支优秀的管理服务团队，××名都管理服务人员将按以下计划实施培训。

1. 第一阶段：交付管理前1个月

培训主题：针对××名都物业管理的特点，结合普通物业管理的规律，对拟调配到××名都物业管理处的员工，进行物业管理相关基础知识、技能及职业操守的强化培训。旨在使管理处全体人员能迅速适应环境、进入工作状态、开展各项工作。

2. 第二阶段：交付管理后1～3个月

培训主题：针对××名都物业管理的实际情况，结合国内外先进的物业管理经验，及时调整、完善相关规章制度，明确物业环节和岗位职责，突出操作性、实务性。旨在为物业使用人提供和保持一个舒适、有序、整洁的工作环境。

3. 第三阶段：交付管理后1～3个月

培训主题：强化对员工专业技能和职业道德的培训，结合××名都物业管理需要及员工职业生涯规划，开发其潜能、激发其创造性思维和主动性。旨在塑造专业物业管理人才，保障××名都物业管理的规范化和创造性发展。

根据以上三个阶段的不同培训主题，按照××名都管理处管理人员、设备维护人员、安全管理员和保洁员等四类培训对象，从而制定各有侧重点的、详尽的培训计划，以保证培训的制度化、有效性。具体如下表所示。

××名都管理人员培训计划表

编号	课程内容	预定培训时间	培训方式	目标
一	1. 物业管理基础知识 2. 职业道德规范 3. 各类人员岗位职责范围 4. 物业管理法规及法律知识 5. 物业管理规章学习 6. 项目物业基本情况介绍	交付管理前1个月	采用集中授课、实地参观、现场演示、案例分析等培训方式	
二	1. ××名都物业管理的基础环节和业务范围 2. ××名都工作业务流程 3. 优质客户服务理念及技巧 4. 客户投诉处理 5. 服务礼仪规范 6. 沟通与合作 7. 员工的有效管理及考核 8. 物业管理档案资料的管理 9. 紧急事件处理与防范 10. 计算机网络的管理运用技能	交付管理后1～3个月	采用实地参观、集中讲授、角色扮演、模拟演练和外聘讲师培训等方式	
三	1. 物业管理实务技能 2. 房屋管理与维修 3. 机电设备的维护管理 4. 治安、消防紧急处理模拟演练 5. 环境管理 6. 危机控制与应急处理模拟演练 7. 品质管理与成本控制 8. 创新思维与自我激励 9. 团队建设	交付管理后4～12个月	综合采用集中授课、模拟演练、角色扮演、案例分析、外送培训等有效的培训方式	

第四章 投标文件编制

××名都维修人员培训计划表

编号	课程内容	预定培训时间	培训方式	目标
一	1. ××名都物业管理的基础环节和业务范围 2. 房屋维修管理、设备维护保养 3. 机电设备的维护流程 4. 机电专业知识及实用技能 5. 优质客户服务理念及技巧 6. 员工的有效管理及考核 7. 物业管理档案资料的管理 8. 紧急事件处理与防范	交付管理后1～3个月	采用实地参观、集中讲授、角色扮演、模拟演练和外聘讲师培训等方式	
二	1. 物业管理实务技能 2. 房屋管理与维修 3. 机电设备的维护管理 4. 治安、消防紧急处理模拟演练 5. 环境管理 6. 危机控制与应急处理模拟演练 7. 品质管理与成本控制 8. 创新思维与自我激励 9. 团队建设 10. 成功与卓越	交付管理后4～12个月	综合采用集中授课、模拟演练、角色扮演、案例分析、外送培训等有效的培训方式	

××名都安全员培训计划表

编号	课程内容	预定培训时间	培训方式	目标
一	1. 物业管理基础知识 2. 职业道德教育 3. 物业管理处组织架构 4. 人员岗位职责范围 5. 物业管理法规及相关法律知识 6. 治安、消防基础知识及实用技能 7. 军事技术及体能素质训练 8. 安全巡逻勘察的职责及程序 9. ××名都物业基本情况介绍	交付管理前1个月	采用集中授课、外聘讲师、案例分析及实地训练等培训方式	
二	1. 物业管理基础环节和业务范围 2. 大楼、停车场接待巡逻、安全勘察的职责及程序 3. 治安消防、交通及紧急事件处理 4. 服务礼仪规范 5. 物业管理规章学习 6. 5S的概念和作用 7. 安全、消防设备、电子安全的管理和使用	交付管理后1～3个月	采用实地参观、集中讲授、角色扮演、外聘讲师、模拟练习等培训方式	
三	1. 危机的预防、控制与模拟演练 2. 安全监控系统管理、危险品管理 3. 物业管理法规及相关法律知识 4. 团队合作与有效沟通 5. 快速应急救援反应训练 6. 客户服务理念及投诉处理 7. 情绪管理与压力控制 8. 电子文档、文件的保密与管理 9. 人员控制、安全监察技能 10. 客户公共关系处理 11. 治安、消防技能训练及模拟演习 12. 物业管理实务技能	交付管理后4～12个月	综合采用集中授课、模拟演练、角色扮演、案例分析、外送培训、外聘讲师等有效的培训方式	

编号	课程内容	预定培训时间	培训方式	目标
一	1. 物业管理基础知识 2. 职业道德教育 3. 物业管理处组织架构 4. 各人员岗位职责范围 5. 保洁、绿化工作职责及程序 6. 保洁、绿化基础知识及技能 7. 物业管理法规及相关法律知识	交付管理前1个月	采用集中授课、现场讲解、案例分析等培训方式	
二	1. 物业管理的基础环节和业务范围 2. 保洁、绿化工作职责及程序的调整 3. 服务礼仪规范 4. 楼内、楼外保洁、绿化工作职责 5. 物业管理规章学习 6. 紧急突发及特殊事件处理与防范 7. 物业基本情况介绍	交付管理后1～3个月	采用实地参观、集中讲授、角色扮演、外聘讲师、模拟练习等培训方式	
三	1. 物业管理实务技能 2. 实用保洁操作技巧 3. 大楼绿化实用技能 4. 治安、消防危机处理及模拟演练 5. 客户服务理念及投诉处理 6. 有效沟通与表达技能 7. 创新思维与自我激励 8. 物业管理法规及相关法律知识 9.5S 概念及作用 10. 自我激励与个人成长 11. 品质管理与成本控制 12. 客户服务理念及投诉处理	交付管理后4～12个月	综合采用集中授课、模拟演练、角色扮演、案例分析、外送培训等有效的培训方式	

十一、××名都物业管理处物资装备

（一）管理服务人员住房、管理用房

为了保障管理服务效果，根据物业管理相关法规，需请××置业有限公司提供免费管理用房，用于物业管理工作，具体标准如下表所示。

管理服务人员住房、管理用房

序 号	用 途	单位	数量	单位面积/m²	合计/m²	备 注
1	物业管理处办公室	间	1	50	50	
2	物业管理处操作房	间	2	20	40	
3	物业管理处仓库	间	4	20	80	
4	安全员宿舍	间	3	60	180	
5	技术员值班宿舍	间	2	15	30	
6	保洁员及其他人员宿舍	间	4	30	120	
				合计	500	

（二）办公设备、安全防范装备情况一览表

第四章　投标文件编制

序 号	名 称	数 量	用 途
一、办公设备			
1	桌子	15	行政办公
2	椅子	50	办公、培训
3	电脑	6	行政办公
4	复印机	1	行政办公
5	数码相机	1	行政办公
6	电话	4	行政办公
7	喷墨打印机	1	行政办公
8	针孔打印机	1	财务专用
9	验钞机	1	行政办公
10	过塑机	1	行政办公
11	文件柜	3	行政办公
12	钥匙柜	1	行政办公
13	白板	5	行政办公
14	空调	4	行政办公
15	电视	1	行政办公
16	音箱	2	行政办公
17	功放	1	行政办公
18	投影仪	1	行政办公
19	饮水机	2	行政办公
20	客户休息用椅	4	行政办公
21	接待用台及椅	1	行政办公
22	中班台及椅	1	行政办公
23	交换机	1	
24	对讲机	24	
二、机电设备、工具			
A、加工维修工具			
1	手电钻	1	加工维修工具
2	冲击钻	1	加工维修工具
3	切割机	1	加工维修工具
4	手砂轮机	1	加工维修工具
5	大力管道清理机	1	加工维修工具
6	潜水泵	1	加工维修工具
7	维修个人工具	6	加工维修工具
8	开口扳手	2	加工维修工具
9	内六角扳手	2	加工维修工具
10	铝梯	3	加工维修工具
11	电烙铁	1	加工维修工具
12	钢锯	2	加工维修工具
13	活动扳手(套)	3	加工维修工具
14	锉刀(套)	2	加工维修工具
15	板牙	2	加工维修工具
16	丝攻	3	加工维修工具
17	水管割刀	1	加工维修工具
18	黄油枪	2	加工维修工具
19	玻璃枪	2	加工维修工具
20	拉钉枪	1	加工维修工具
21	铁皮剪刀	1	加工维修工具
22	一炮通	2	加工维修工具
23	电镐	1	加工维修工具

序　号	名　　称	数量	用　途
二、机电设备、工具			
B、供配电专用工具			
24	高压验电笔	3	
25	接地电阻测量仪	1	
26	兆欧表(2500V)	2	
27	电动葫芦	1	
28	绝缘手套、鞋(套)	1	
29	三角拉码	1	
30	快速充电器	2	
31	万用表	3	
32	扭力扳手	1	
C、消防灭火工具			
33	消防灭火服	12	消防灭火工具
34	防毒面具	12	消防灭火工具
35	消防斧头	2	消防灭火工具
36	逃生绳	2	消防灭火工具
37	消防栓扳手	2	消防灭火工具
38	铁锹	4	消防灭火工具
39	管钳	2	消防灭火工具
40	铁锤	2	消防灭火工具
三、环卫设备			
1	消杀喷雾器	1	绿化消杀
2	绿篱剪	2	绿化
3	剪草机	1	绿化
4	高压水枪	1	清洁保洁
5	吸尘器	1	清洁保洁
6	垃圾车	3	清洁保洁
四、保安设备			
1	警棍	13	安全保卫
2	强光充电电筒	16	安全保卫
五、其他			
1	宿舍用品(套)	79	后勤物品
2	雨具(套)	79	后勤物品
3	热水器	4	后勤物品
4	风扇	12	后勤物品
5	电视机/DVD	1	后勤物品

结束语

　　深信贵公司从上述方案内容中较深入了解到我公司对参加该项目的信心与本公司实力情况。因此，衷心希望能有机会与贵公司合作从事极富挑战性和创造性的××名都物业管理工作。

　　若能承接，我公司有信心胜任该物业管理工作。原因有以下几点。

　　1. 本公司作为业内知名的物业管理服务公司之一，在熟悉物业管理运作规律的基础上，拥有一批对物业管理服务有丰富的务实经验和高度责任心、献身精神的管理干部及员工队

第四章　投标文件编制

121

伍，公司现代化的物业管理服务理念、技术与动作、策划都能满足贵公司的需求。

2. 本公司能依据项目的定位和贵公司的要求制定出一套既符合实际需要又切实可行的计划和周全、完善的管理制度，并有一整套将该物业管理管好、管优的中长期思路和操作计划。

3. 本公司依据以往经验及专业知识，将尽早融入该项目中，能为贵公司减轻大量的烦恼，避免日后发生问题或实际运作困难。

4. 本公司深信通过引进先进的物业管理理念及专业意见，对该项目能起到积极的作用。本公司也会于合作时间内与贵公司以及广大顾客共同合作、友好交往，为实现共同的目标而努力。

5. 由于本公司提供的专业管理服务能保证所属物业利益，并通过上述长期的"追加劳动"，物业价值不仅不会因时间而降低，反而会因管理得当而提升，并更能反映出物业管理服务公司的重要作用。

再次感谢贵公司给予我公司参与这次物业管理项目合作的机会，也非常荣幸能有机会为贵公司提供我们的优质服务。我们将凭本公司技术实力及进取的物业管理服务水平，为贵公司及业主做好物业管理服务，并真诚地等待贵公司的答复……

望能合作，万分感谢！

×追物业发展有限公司

____年____月____日

【范例4】

学校物业投标方案

第一章　×追物业管理有限公司简介

略。

第二章　×追学校物业管理的设想

×追学校是集办公、教学、食堂、居住于一体的综合性物业，为配合做好物业的管理与服务工作，满足×追学校与师生的不同需求，物业管理公司必须在保证物业管理的主项基础上，提供各类综合性配套服务，包括环境与楼宇形象控制、会务与来宾接待、信息服务等。×追物业管理有限公司如有幸接管本项目，将迅速组织专业骨干力量，根据公司在物业经营运作方面积累的丰富经验，对项目运作管理体系进行深入分析与全面设计，充分发挥公司在质量管理、执行控制、专业保障方面的优势，真诚地为×追学校提供高水准、专业化的物业管理与服务，使该项目能不负众望，成为一个凝聚社会价值与意义、具有示范作用的典范之作。

一、管理原则

1. 模块分区原则

针对楼宇区域功能的差异，对××学校及学生的服务需求进行细分，分别设计、建立不同的管理模式及服务系统，提供有针对性的物业管理与服务。

2. 一体化管理原则

在模块分区的基础上，重视各个楼宇区域管理与服务的连续性、统一性，即不同的服务方式和管理手段指向一致的服务宗旨——为××学校提供高效、有序、安宁、舒适的学习、办公、接待、居住环境，动静结合，使教师、职工、学员在紧张、高效的工作、学习之余能尽享校园的活力气氛。

3. 协调合作原则

××学校物业管理是一个机关后勤社会化的物业管理。物业管理企业在对项目进行管理时，须遵循协调合作的原则，与××学校对口衔接部门做好沟通协调工作，自觉地接受××学校相关管理机构的指导监督，配合××学校各部门的工作，与之形成合力，全面推动项目管理服务品质的提升。

4. 和谐性服务原则

将物业管理服务纳入××学校这一教育系统中，配合做好学习、办公、接待、居住，使物业管理和服务成为改善学校工作作风与效率，提高服务质量的有益促进。

5. 长远承担原则

既注重合作的绩效期，更着眼于合作的长远前景和综合效益，力避急功近利、华而不实和短期行为。真诚地为教职工和学员着想，将服务概念由委托管理期局部扩展到物业使用的寿命期，竭诚履行物业管理人的应尽职责。

二、管理设想

针对××学校的项目定位、服务需求，结合项目所在地区的实际情况，××物业管理有限公司在吸收、借鉴先进的物业管理模式与管理技术的基础上，提炼出以下八大特色服务。

1. 封闭式校园管理

采用技防与人防相结合的管理手段，对校区实行全封闭式管理，提高安全管理的有效性。

2. 透明化管理

物业管理的财务（物业管理费收入与支出等）、人员的编制及工资标准、各项管理制度公开、透明，随时接受校方查询、投诉。让校方清清楚楚消费、明明白白受益。

3. 零干扰式服务

利用各种现代化的管理与服务手段科学、合理地安排工作流程，对服务方式进行细分，在确保管理与服务品质的前提下，尽可能地减少对××学校正常工作、生活产生干扰或影响，提供物业管理的隐性服务。

4. 提供各类特约服务

物业管理公司接管物业后，将定期开展客户需求、意见调查，根据调查的结果，向校方及学生提供各种特约服务。

5. 依法管理

我们将按照《物业管理条例》及地方物业管理的有关法规、政策的要求，进行依法管理与服务，决不做损害校方利益的事，决不做违章违法的事。物业管理运作参照 ISO 9000 质量管理体系运行。

6. 技术型、集约化管理．

在项目已有设施设备的基础，采用先进的管理方式和手段，对物业进行集约化管理，以提高物业管理的档次和质量。

7. 变被动管理为主动服务

积极研究、分析教职工和学员的各项需求，主动为他们着想，在他们的需求尚未明晰之前，即提供相应的服务或咨询，变物业的被动管理为主动服务，让教职工和学员充分地享受专业化、高品质物业管理所带来的便利与舒适。

8. 倡导全员参与管理

目前的学生中大部分是独生子女，为加强学生的社会实践能力，同时给学生们参与劳动的机会，××物业与××学校将大力倡导学生参与物业管理，对他们的管理实践活动将在宣传栏内大力宣扬和鼓励，对学生们陶冶情操及了解社会大有裨益。

第三章 ××学校物业管理的指标承诺

一、总体目标

在物业管理委托合同内，通过全体物业管理人员的努力，使××学校成为市"安全、优美、舒适、祥和"的文明小区，根据委托管理事项和国家、省、市物业管理分项考核标准，达到以下目标。

1. 安全管理

营造安全文明小区、无重大治安责任事件发生、机动车辆丢失率控制到最低。

2. 客户服务

塑造良好的服务形象，热情、耐心、真诚；有求必复，服务及时率为100%，提供高品质的、令客户满意的服务。

3. 维修服务

住户报修按约定时间处理及时率为100%；设备维护、保养良好。

4. 设备管理

确保设备运行良好，无安全事故，维护完好率达95%以上。通过我方专业的管理经验，对设施设备的运行能耗进行最大优化的节能，降低校方的运行成本。

5. 清洁绿化

营造整洁有居家环境，公共区域保洁、垃圾清运及时率达98%以上；绿化养护完好率达95%以上。

二、分项指标及质量标准（参照××市示范住宅小区标准，如下表所示）

序号	项 目	行业指标	承诺指标	内容及措施
1	房屋完好率	98%	98%	房屋外观无破坏，立面整洁；无改变使用功能；无乱搭建，公共设施及通道无随意占用
2	房屋零修及时率	98%	98%	接到维修单在承诺时间到达现场，零修及时完成，急修不过夜。建立维修回访档案记录
3	房屋零修合格率	98%	98%	分项检查、严格把关、按照工序一步到位，杜绝返工，满足客户需求
4	管理费收缴			按规定标准收取，不擅自提高收费标准，不乱收费
5	绿化完好率	95%	95%	校内绿化地布局合理优美；花草树木与建筑小品配置得当；专业人员管理；公共绿化地无破坏、无践踏、无黄土裸露现象
6	清洁、保洁率	99%	99%	校内实行保洁责任区包干，全天12小时保洁制；垃圾日产日清；空气清新设施完好
7	道路完好率、使用率	90%	90%	道路畅通无损坏；路面平坦整洁排水畅通；无随意占道；定期进行养护
8	化粪池、雨水井、污水井完好率	99%	99%	定期疏通、清理；井盖齐全完好，保证排放通畅、无堵
9	排水管、水沟完好率	99%	99%	排水畅通，无堵，无积水，无塌陷，无残缺
10	路灯、地灯完好率	95%	95%	路灯完好无损，夜间正常使用；定期检查、维护保养，保持洁净

序号	项目	行业指标	承诺指标	内容及措施
11	停车场、单车棚完好率	99%	99%	停车场、棚内整洁、设施完好无损
12	公共娱乐、休闲设施完好率	95%	95%	确保娱乐设施使用功能；定期维修、养护，完好无损、美观清洁
13	校区治安责任案件发生率	1%以下	1%以下	24小时巡逻，年度无重大责任刑事案件发生
14	水电供应			定期对供水供电设备进行检查，保养、保证其完好；按政府规定标准收费
15	消防设施设备完好率	100%	100%	定期检查维护、确保消防设施设备完好无损
16	火灾发生率	0.1%	0	加强消防宣传，增强师生防火意识；建立义务组织，定期进行消防演练；勤检查，及时消除消防隐患
17	学校有效投诉率	1%	1%	提高服务人员素质，把工作做细；定期征求校方意见，主动改进工作；建立回访制度，做好有关记录
18	学校投诉处理率	95%	95%	
19	物业管理人员专业培训合格率	90%	90%	及时组织无证人员参加考证培训
20	档案建立与完好率	98%	98%	加强硬件投入，指定专人全部实行电脑化管理；确保档案齐全、管理完善
21	学校对物业管理服务综合满意率	95%	95%	定期收集各方信息，经常沟通，全力为学校排忧解难，取得学校的认可

第四章 物业管理模式和机构设置

一、管理模式

1. ××物业管理有限公司受校方的委托，依《物业管理条例》及国家、省、市相关的物业管理法规及《物业管理服务合同》，派专业服务人员负责××学校建筑红线内的物业管理服务工作。

2. 坚持高起点、高标准的优质服务水准和规范、科学的管理体系。

3. ××学校接受××物业的物业管理及服务。

4. 接受校方、家长及物业管理行业协会的监督和指导。

二、机构设置

××物业管理有限公司向××学校派驻管理机构——学校物业管理处，具体有客户服务中心、工程维修部、安全部、环境部等，具体负责学校的公共秩序维护、设备维修保养、清洁绿化等日常物业管理的运作。

三、××学校物业管理处的职责

略。

四、××物业管理有限公司学校管理处组织架构图

略。

第五章 ××学校物业管理经费预算

一、预算依据

1. 根据校方资料及物业管理的实际行情。

2. 岗位编制精简，人尽其责。

3. 依据成本加佣金的模式预算。

二、支出测算

员工工资和按规定提取的福利费

(1) 人员编制和基本工资标准：

① 人员的工资表

序 号	项 目	人 员	工资标准/(元/月)	总额/(元/月)
一	管理经理（兼）			
二	客户主管			
三	维修部班长			
	维修人员			
四	保洁员			
	园艺工（兼）			
五	安全部班长			
	护卫员			
六	合　计			

岗位说明：

——园艺保洁班设置：教学楼、宿舍____人，外围____人，园艺工____人。

——护卫队设置：大门岗____人，后门岗____人，巡逻岗兼班长____。

② 按规定提取的社保福利费等：按工资总额的 17.5%；即②项：工资总额×17.5%=____元/月，①②项总计____元/月。

（2）日常管理各项费用，如下表所示：

支出项目	月支出金额/(元/月)	测算依据	备　注
维修物料费		综合测算	含日常维修；水泵维修；消防设施；所有维修材料由校方购买，我方负责维修及安装
化粪池清理		综合测算	
水池清洗		综合测算	一年两次
绿化养护		综合测算	含浇水、施肥
清洁用品		综合测算	每层楼及办公室配备垃圾袋及日耗品
垃圾清运			由校方支付
办公用品		综合测算	含通讯费、交通费、办公用纸、打印、复印等
资产及物资折旧		综合测算	
公共水电	由校方支付		
电梯维保	第一年保修，今后由校方按实际费用支付		
合计		总支出	
管理佣金		综合测算	总支出的 10%
法定税费		综合测算	以总支出为基数，营业税率 5.2%
总计			

通过上述测算总支出为____元/月。

通过上述测算表明，物业公司在提取 10% 的佣金（即____元/月）的情况下，物业公司按规范管理的成本需____元/月，也就是说可根据成本加佣金的方式管理学校，也即学校每月支付给××物业公司____元，即可享受规范的物业管理服务。

根据同行相比，物业公司在管理学校的价格一般在____～____元之间，依我公司测算的成本加佣金的模式，测算出每平方米的价格为____元/(平方米·月)。因此，与同行业的最低价格相比还要低____%。

第六章 ××学校物业管理规章制度

本公司的制度结构分外部管理和内部管理两部分。内部管理有员工手册、ISO 9001：2000 质量管理体系、安全管理制度、人力资源管理制度、行政管理制度等；外部制度包括公众制度、居家服务指南、引用政府法则文件等。

在此，我们只摘录了部分管理制度目录（略），在本方案的附件中还将详细附上部分的管理制度汇编，以供参阅。

第七章 员工培训及管理

一、员工培训

1. 培训目标

为充分体现××物业公司的管理水平，确保××学校物业管理目标的顺利实现，必须培养出一支踏实肯干、业务精通、具有良好服务意识和职业道德的物业管理队伍，为此，我们拟定了如下培训目标。

（1）确保员工年度培训在 100 课时以上。

（2）新员工培训率为 100％，培训合格率为 100％。

（3）管理人员持证上岗率为 100％。

（4）员工年度培训率为 100％，培训合格率为 100％。

2. 培训方式

（1）自学是提高学识和技术、增长知识才干的有效方式，××物业公司非常重视和鼓励员工利用业余时间参与自身岗位相关的专业培训班、大学自考班，并在学习时间上给予安排和照顾。

（2）自办培训班。举办物业管理及相关专业培训班，加强和提高员工专业素质和职业道德修养。

（3）外派学习培训。选派和安排在职人员参加行业主管部门组织的各项专业技能培训。

（4）理论研讨或专题讨论。针对物业管理工作中发生的疑难、典型案例，适时的请行业精英同管理层举行专题研讨会或专题讲座，总结经验，探讨具有超前意识的管理途径或管理措施。

（5）参观学习。管理处将组织全体员工分期、分批参观同行业优秀项目，开阔视野，取长补短。

（6）岗位轮训。通过岗位轮训，给员工提供多方面学习和晋升的机会；通过人才横向、纵向交流，达到"专职、多能"的目的，提高在职人员的综合素质。

3. 培训工作计划

我们将针对××学校的接管日程，将员工培训分为两大模块，即接管期的岗前培训和正常管理后的常规培训。详细培训计划（略）。

二、员工管理

1. 具体的物业管理服务主要通过操作层员工来实施，我们提倡：想要员工对客户微笑，首先要管理者对员工微笑。

（1）管理者对员工必须具备服务意识，重视每一个员工，注重员工的感受；在工作中结合"原则与弹性原则"，鼓励员工的进步，修正员工的失误。

（2）加强对员工实际操作的品质督导，有针对性地实施员工训练，关心员工的成长。

（3）适当授权，对实施过程进行必要的效果追踪，加强员工的"参与感"。

（4）主动了解员工的需要，与员工保持良好的沟通，激发员工的士气，倡导团结合作精神。

2. 录用与考核

（1）录用：面试择优录用，经上岗培训和业务考核合格后方可上岗。

（2）考核：考核是检验工作成效、业绩以及培训效果的重要手段，公司对员工的考核制定了系列的考核制度和实施办法：

① 每年与管理者签订经营目标责任书，经营目标的完成与管理者的年薪挂钩；

② 每年对操作层人员进行岗位考核，采取末位淘汰制，淘汰率为10%；

③ 对管理层每年进行一次考核和民主评议，根据评议及考核结果决定是否续聘或调任。

第八章　关于物业管理费、物业管理用房、维修资金的说明

一、物业管理费

××学校管理处本着优化人员配置、开源节流的原则，资源共享，不足开支部分将通过节能降耗，开展多种经营弥补。

二、物业管理用房、员工宿舍

为实现规范化、标准化的物业管理目标，确保工作和服务需要，校方应无偿提供物业管理用房，并就近配备员工宿舍。

三、公共设施维修资金，房屋本体维修资金

按政府有关规定及现行物业管理法规执行或由××学校自行负责维护。

第九章　提高管理服务水平的设想和建议

为使××学校物业管理水平和服务质量能与物业档次相匹配，创造安全文明校区，从物业管理服务的角度，提出如下设想和建议。

1. 配备精干高效的管理班子和业务熟练、具有良好服务意识的员工队伍，为改善和提高综合服务水平提供组织保证。

2. 加强培训工作，不断提高员工素质，健全考核机制，并淘汰不合格人员。

3. 逐渐推行ISO 9000质量管理体系，规范管理，扩大知名度和美誉度。

4. 公开管理处客户服务中心的投诉值班电话号码，以便校方紧急情况下求援。

5. 建立管理处经理接待日制度，每月最后一周的周五接待日，负责接待校方来访和投诉，并及时给予解决和答复。

6. 坚持管理处每天、公司部门每月一次的管理服务工作例行检查，及时纠正管理中出现的问题，特别注意根据法规和公约等纠正各类违章行为。

7. 坚持一业为主，多种经营，满足校方的需要，方便校方的生活，提高经济效益。

8. 丰富校方文化，创造和谐的生活环境，培养校方与管理处之间亲和、融洽的关系。

9. 加强校区组织建设，积极开展创建"舞蹈队、篮球队、太极团"等文化组织，提高生活质量，满足校方的生活多样化需求。

10. 根据现代物业管理需要，提请发展商增补和完善如下项目。

（1）在主入口处设立一块平面指引图。

（2）逐渐完善标识管理系统（温馨提示牌和警示牌）。

（3）在主入口或显要位置增设宣传栏，用于宣传物业管理常识或法规等。

【范例5】

写字楼商贸区前期物业管理技术标书

第一部分 综合说明书

第一章 公司简介

一、企业概况

略。

二、机构设置

公司实行董事会领导下的总经理负责制,公司下设行政人事部、财务部、企业发展部、综合经营部、物业管理服务中心(负责协调、指导、管理各分公司、各管理处)。

三、管理经验与成果、荣誉

略。

四、现公司接管物业项目情况(如下表所示)

现公司管理物业项目	管理面积/m²	交付进驻管理情况	备　注

第二章 管理服务人员配备

一、××项目组织架构和各部门职责

我公司承接××物业项目后,将专设××物业管理处管理项目运作所有事务,同时公司会给予××广场管理处以强有力的支撑,将派遣具有丰富经验的管理人员、工程技术人员等开展日常工作,保证现场物业管理活动的顺利开展。

(一)管理处结构

略。

(二)各部门职责

略。

二、管理处人员设置

我公司对承接××物业项目非常重视。该管理处主任、副主任和部分主要管理人员将从我公司现有人员中精选派遣;其余管理服务人员通过招聘,在经公司本部和现场的专业培训后,派驻现场。在项目交付前,公司将对各级人员进行专业培训后上岗。

项目交付后,本公司计划为××广场管理处配置人员数量共计_____名,具体人员的安排(略)。

三、岗位人员任职要求

略。

四、拟派驻主要管理人员简介

略。

第二部分　管理方案及内容

第一章　前期物业管理整体设想

一、项目总体情况

××广场位于××市××区××商务中心区，北靠＿＿＿＿＿＿，南邻＿＿＿＿＿＿，交通便利，是集中高档商务办公、酒店式公寓及各类商业服务设施为一体的综合性建筑。

商贸区总占地面积：＿＿＿＿ m²；总建筑面积＿＿＿＿ m²，其中酒店式公寓建筑面积＿＿＿＿ m²，办公大楼建筑面积＿＿＿＿ m²，商业面积＿＿＿＿ m²；地下停车场＿＿＿＿ m²（地下停车位约＿＿＿＿个）。

二、业主群体特点分析

具现代化的建筑气质反映业主的身份，尊贵富豪，品牌名店，品牌公司。有实力的中小投资者、大企业集团白领和金领将进驻××广场的主要群体，对物业管理服务要求高、思想先进、消费观念前卫。

三、管理的重点及难点分析

经认真分析，我们认为××广场物业管理工作及配合营造良好商业氛围的重点与难点主要在以下几个方面。

1. 区内人员构成较为复杂，安防、消防工作难度较大。区内人员由业主、物业使用人（承租人）、务工（营业用房职员等）人员、娱乐消费客流及办公楼洽谈业务构成。人员组成比较复杂。作为××商业区，对安全防范工作提出很高的要求。

2. 高层建筑、地下二层及集中经营的餐饮区及歌舞厅、桑拿房、茶室、咖啡吧等休闲区域，容易发生火灾事故，对整个商区的安全防范与防火要求非常高。

3. 由于项目业主群体身份高贵，要保证一个高档商务区的高标准环境卫生要求，保洁工作难度与要求加大。同时对服务的要求也会更高。

4. 停车主要位于地下室，特别是地下二层机械车位需要人工操作，在集中的上下班时间，停车问题会非常突出。

5. 该项目区域产权人为多个而非一个业主，单个业主与多个业主利益在统一管理的运作中矛盾会更加突出。

6. 商务区的出售、招商、招租是否顺利、商务区商业气氛形成期长短对物业的保值升值和该商区的品牌与档次将产生极大影响并影响物业的销售，并对公共能耗的分摊带来难度。

四、管理的整体设想和策划

根据投标文件的介绍及对现场勘察的了解，结合××广场实际，对整个项目的管理，除日常的物业管理工作外，我们将突出以"酒店式服务"为主题，开展"我们的努力，业主的满意"、"体会细节之处的无微不至"等主题活动来保证业主、使用人在××广场工作、生活的便利。

（一）总体思路

根据××广场物业项目的特点，针对管理的重点和难点，制定切实有效的管理措施，以专业技能为保证，增强服务理念，建立健全各项管理制度，全面导入 ISO 9000 质量管理体系，落实各项考核责任制度，发扬团队精神，踏实工作，努力争创"全国城市物业管理示范住宅小区（大厦、工业区）"。

我公司对××广场物业管理的整体设想是："一个理念、两条思路、三种保证、四项特色服务"来争创"优秀商务大厦"的称号。

1. 一个理念

一个理念即"以人为本、诚信服务"的工作理念。我们将以此作为指导实际工作的准则，要求每位员工以人为本，以友善、宽容的实际行动和住户真诚合作；以最大的热诚最高效的服务作风为住户提供优质的服务。

2. 两条思路

(1) 思路一：在追求经济效益的同时，更注重社会效益。

我们将人文精神融入××广场的物业管理和服务活动中，组织并配合业主开展多种形式的文化活动，丰富业主的业余生活，满足业主对精神生活方面更高层次的追求，提高小区的文化品位。

(2) 思路二：一业为主，多种经营。

我们将结合运用本公司管理理念和经验，充分开发物业管理终端资源，围绕业主开展多种经营服务，拓展收入渠道，走市场化自负盈亏道路。

3. 三种保证

(1) 保证一：公司的管理模式与体系。

公司通过____年的物业管理实际操作，不断积累总结和完善，已形成了一套卓有成效的管理模式，将成为维护物业管理服务品质的重要保证。

(2) 保证二：物业管理前期介入。

物业管理的前期介入对日后物业正式接管和管理有着重要的作用和意义。凭借我公司对管理过的小区的物业管理前期介入的工作经验，为××广场在规划设计、施工建造阶段，提供专业的物业管理前期咨询服务。

(3) 保证三：维修服务连通网。

我公司在为××广场配备一支专业队伍的基础上，将与当地物管企业等合作，充分利用合作企业的技术力量和人员在服务、维修、养护等方面给予强有力的支持。

4. 四项特色服务

我公司针对××广场酒店式高层办公大楼和公寓楼显赫、尊荣的设计理念和建筑特点，将制作可操作性的经营策划，努力营造繁荣、先进的商业气氛，提高商务区的商务价值，确定以"酒店物管、科技物管、人文物管、品质物管"的四项特色服务思路。

(1) 特色服务一：酒店物管。

由于入住××广场的是白领、金领乃至顶级富豪，他们对物业管理服务的需求较高，我们将引进酒店化服务与管理。

——在进驻前期与星级酒店管理公司合作，聘请酒店培训机构对全体员工进行酒店式礼仪、业务知识、操作规范培训。

——在大堂设置服务台，接待业主来电、来访、问讯及投诉处理，并提供留言和小件物品存放服务。

——在公寓及办公楼的入口设置自动擦鞋机、行李车。

——登记所有住户的资料，让物业管理人员熟记业主资料，让业主在出入××广场更体现优越感和被尊重感。

——结合现代酒店个性化的服务趋势，开展"金钥匙"式服务。

(2) 特色服务二：科技物管。

——我们将引进物业管理办公系统，实现业主报修、咨询、收费智能化，节省业主时间。

——建立物业管理信息网。业主只需轻触键盘，可以随时了解物业公告、通知、规定及近期动态。

——在各道路出入口设置智能化车辆管理系统，为所有车主办理智能卡，刷卡出入，车主只要轻轻一刷卡，即可完成停车收费。

——利用网络或电话线建立智能化报警平台，当家中发生突发性事件时，将求助信息传达到物管中心，启动各类应急处理预案。

——大楼配备专职设备管理工程师，负责大楼设施设备及智能化系统日常维护、保养工作，确保大楼设备设施达到良好状态。

（3）特色服务三：人文物管。

我们将在物业管理的各个环节中直接、集中地体现人文关怀，在做好日常物业管理工作的同时，营造以人为本的居住环境，形成对外安全第一、对内关爱为主的人性化服务方式。我们把服务主体结构分为儿童、青年、老年三个层次，并根据不同层次的消费价值观及不同的生理、心理需求，开展相应的服务与活动，力求形成宽松、和谐的人文气氛。

（4）特色服务四：品质物管。

我们追求的核心是提供高品质的物业管理服务。为此，我们要做到如下。

——精细化管理：将管理覆盖到每一个环节，控制到每一个细节，规范到每一项操作，精确到每一笔支出。为此，将建立起严格规范的符合 ISO 9001：2000 国际质量体系需求的管理与服务运作体系。

——阳光化操作：每半年将物管情况、收支情况、设施设备维保情况、社区活动，以书面公告形式在大堂处透明公开，并听取反馈每一位业主的意见。

——沟通第一：在物业交付前制作关于××广场物业使用说明、装修注意事项及有关规定、设施设备使用说明周边环境的 VCD 光盘，寄送业主。同时，还定期出刊《××广场特刊》，组织各类座谈会和交流会进行，管理处人员定期上门拜访听取意见。

（二）管理目标

项目管理工作将参照省、市和全国物业管理优秀小区评定标准开展，确保业主综合满意率达到 95% 以上。项目整体交付两年内达到市物业管理优秀示范小区（大厦、商务楼）标准，三年内达到全国物业管理示范小区（大厦、商务楼）的标准。

（三）管理重点

××广场为高层公寓、高层办公、6 层大型商业楼组成。因此，在××广场的物业管理中，应当突出以下四个管理重点。

1. 安全防范方面

必须制定严密可靠的安全防范制度，并采取行之有效的措施保证实施，尽可能保护经营者、客流的安全。

（1）实行动态（不间断）管理与瓶颈管理相结合。明确划分保安责任区域，配备的保安人员，确定周密的巡逻路线、时间和操作流程。实行 24 小时安保值勤。

（2）制定可行性突发事件和意外事故预案。

（3）加强与政府相关部门的业务联系，定期汇报治安状况，了解大环境治安动态，有重点、有计划地做好安全防范工作。如重大节日、地方性传统节日的安防工作，以及治安专项整治活动的协助配合工作。

（4）××广场属高层重点消防单位，需特别加强消防工作，应贯彻"预防为主，防消结合"的消防方针，做到三个落实，即"队伍落实、制度落实、器材落实"。狠抓消防队伍建设，制定严格的消防制度，在公共场所定点设置消防器材，做好消防设施器材的维护保养工作。加强消防宣传教育工作，制定火警处置方法和装修工程消防措施管理办法。同时，定期邀请消防职能部门指导监督及业务培训，最大限度保护××广场物业产权人、使用人、客流的安全。

2. 环境卫生管理方面

作为××市一个高档的新开发大型商务区，按照开发商的高档物业定位，对物业管理公司的环境卫生管理的要求很高。因此，必须加强清洁工作和绿化养护工作，以高档酒店、商场的标准制定操作规范。

3. 房屋及设施设备管理

该项目房屋及配套设施齐全，采用先进技术多，我公司将做好如下。

（1）建立一支稳定的高素质的工程技术人员队伍。拟采取公司内部选派和外部招聘相结合的方式，由专业人员组成工程维修部，做好设施设备的日常维护养护服务和有偿维修服务。

（2）建立技术设备资料档案库，完善接管验收程序，收集必要的图纸资料，为后期工作奠定基础。此外，通过工程技术人员早期介入的形式，提前熟悉设施设备与管线。

（3）充分利用关联业务单位的工程技术力量。经过多年的运作，我公司已和一些专业公司建立了长期合作的关系。在项目的日常管理中，我公司将充分利用公司的工程技术力量和外部资源，进一步降低维修养护的成本。

4. 综合协调工作与社区文化建设

我公司将积极做好各方面的协调工作，包括与开发商、建设施工单位，以及社区、派出所、城管部门、环卫部门等相关部门的协调联系；同时做好业主的工作，既要做耐心细致的解释工作，又要设身处地为业主解决能够解决的实际问题。

我公司将在当地有关部门的指导和支持下，在社区居委会的积极配合下，努力加强社区建设。要积极提供各类社区服务，开展多种形式的社区文化活动，以满足广大业主政治、文化、生活、心理等方面的需求。

第二章　管理人员录用、培训考核及激励措施

企业员工是企业经营（服务）的基本资源，员工在物业管理服务中毫无疑问居于核心地位。只有管好人，才能管好事。因此我公司在员工录用考核、定期考核、淘汰机制等人员管理上开成一套规范性强、操作简便的高效运作管理体系。

一、录用、考核与淘汰机制

1. 录用机制

为了优化人员结构和层次，我们将以公司抽调和对外招聘相结合的方式配备××广场管理处员工。

2. 考核机制

对管理处的员工，除必需的入职培训外，公司还将按岗位工作要求跟踪考核，验证其是否适岗。同时建立月度、年度考核制，做好各种考核记录。对工作表现出色的员工进行奖励、晋升；对不能满足岗位要求的员工，则予以淘汰。

3. 淘汰机制

（1）我们将在××广场推行"末位淘汰制"，真正体现"能者上、平者让、庸者下"的用人思想，通过综合考评，对位列最后5％的员工实行强制性淘汰。

（2）为充分体现"督促后进、共同进步"的原则，被淘汰员工将经过待岗学习、限期改进、辞退等阶段。这种机制对员工既有约束的作用，也有激励的作用，从而可以推动整个管理处做好××广场的各项服务工作。

二、员工培训

略。

三、员工管理中的激励制约机制

略。

第三章　管理方式、工作计划和物资装备

一、管理方式

在××广场业委会成立前，开发商——××置业有限公司通过招标的方式选聘物业管

理公司，并与之签订前期物业管理合同。

如本公司中标，我们将按政府主管部门要求建立"××广场物业管理处"，负责本项目的物业管理工作。

本物业管理处将在业务上接受本项目所在地的公安、消防、交通、物价、工商、税务、社区、市政、环卫等各政府主管部门的监督和指导。

在达到一定条件下，成立业主委员会，业委会根据法律赋予的权利，对物业管理上的各项事务进行监督、协调和指导。

（一）服务过程控制

为确保小区管理服务全过程能得到有效的控制，在明确各类服务质量的同时，通过向外公布报修服务电话、投诉电话，征询业主（住户）对物业管理服务的意见和建议，加强与社区居委会的交流、合作，使物业管理各项服务均处于有效的监督之中。

1. 服务实施前准备

（1）对住户来访报修、电话报修或来信报修需填写《房屋维修申报登记表》，并及时转告物业管理处，物业管理处再安排维修人员上门维修。维修人员领取维修所需材料时，做好记录填写《物资领用记录表》。

（2）对需大修的工程项目，由物业管理部组织维修人员实施，也可委托合格分承包方实施。

2. 服务过程的监控

（1）房屋维修人员应做好住户的维修工作，维修质量合格率达到100%。零修随叫随到，急修10分钟到，现场大修工程项目7日内安排施工。每天下班前上交已经完成维修的任务单，维修项目结束后请住户验收，并在维修单上做好记录。

（2）小区内清扫保洁人员、绿化人员应根据制定的工作标准及岗位职责，认真做好小区环境卫生和绿化工作。

（3）由管理处负责对住户情况进行登记，填写《住户情况登记表》。

（4）保安人员实行二十四小时治安巡逻，做好记录，填写《小区保安人员巡查登记表》。门口值班保安应做好当班记录及交接班手续，填写《值班记录》。对载有物品的三轮车、汽车及出小区的人员和车辆须检查登记，填写《物品登记册》、《外来车辆进出小区登记册》。

（5）由工程技术部负责小区的设备设施维修工作，并做好记录，填写《设备设施维修记录表》。对维修中的大修工程项目，工程技术部应派有关人员跟踪管理，加大监督力度，并做好《房屋大修隐蔽工程验收记录》。

3. 服务完成后检查

（1）每天由物业管理处主任对各项服务进行检查，主任对小区物业管理情况抽查每月不少于4次，由主任对以上检查结果及时采取纠正和预防措施。

（2）根据已制定的员工工作考核细则，由主任、副主任对各个岗位的工作人员服务完成情况进行检查、考核。

（3）大修工程完工后，由物业管理处组织验收并负责结算工作。大修工程结束半月内，由客户服务中心对60%及以上住户进行一次回访，了解维修质量及服务态度。

4. 交付

服务完成后交付给住户进行验收。住户认为服务不合格，由各职能部室负责复验，经确定后小区管理服务人员按《不合格品控制程序》处理。若住户要对服务质量进行投诉，由管理处指令有关人员办理，最终应得到住户的认可。

（二）信息反馈渠道

业主的要求和建议即是我们的工作内容，因此本公司在日常的管理中，尽可能多地获取住户信息，并以此来拓宽工作面、增设服务渠道、提高管理水平和服务质量，及时采取应对措施。

在日常工作中通过召开业主大会、定期发放征求意见表、定期回访等方法，及时获取业主信息，及时处理；对从上级部门获取的业主信息（住户的投诉），及时回访、处理，并反馈到各操作层，举一反三，提高管理水平和服务质量。

此外，本公司以融入业主生活，使物业公司、社区居委会、业主成为一个有机的利益共同体为目标，将努力把沟通联系、获取业主信息这一工作贯穿于物业管理的全过程，落实到每个操作人员、操作程序。

（三）投诉处理

投诉处理流程与规定（略）。

二、各阶段工作计划

略。

三、物资装备计划

为配合××广场高标准的小区配置，为确保我公司提供的高要求的服务水平，我们根据小区现有资料的研究和以往从事小区管理的经验，制定如下的物资配备计划（略），计划在正式接管时将根据小区实际需求进行调整。

第四章 采用的规范标准和专业物管制度

一、管理与服务采用的规范和标准

为了贯彻本公司的服务理念，圆满完成管理和服务内容，并达到设定的水平。公司在运行中形成了一整套行之有效的管理体系，在××广场的整个管理和服务过程中，必须严格遵循本公司已形成的规范和标准，具体的规范和标准列举如下（略）。

二、分项专业管理制度

（一）已领房、空关房、公共设施用房管理

1. 业主已领房

（1）房屋销售时，及时与业主（使用人）签订业主（临时）公约，事先书面通知房屋装修管理规定，并建立业主档案。

（2）根据业主（临时）公约，加强装修管理，实施装修报批程序、装修管理备案制度，全程实行动态管理，严格检查制度，对违章装修行为及时予以制止并书面告知。情节严重者，提请业主索赔和有关行政管理部门依法处理。

（3）根据业主（临时）公约，加强外立面管理：屋顶不得擅自安装任何设施设备、外墙面不得擅自改变颜色、户外不得安装保笼、阳台无堆放杂物的现象。

（4）业主户内装修建筑垃圾指定时间、地点堆放。

（5）实地勘查，公共部位和立管是否有在装修过程中受损的现象。

（6）做好房屋公共部位、楼道、候梯厅的维护、保养；发现破损，及时维修，确保房屋的安全、美观；装修结束后，及时进行房屋公共部位的修缮与养护。

（7）每年12月底或次年3月初定期进行房屋普查，观察沉降，检查立面、屋顶和公共部位的使用状态，发现问题，制定维修计划。

2. 空关房（含业主托管房）

（1）每月通风打扫一次。

（2）对房屋和设施定期检查（包括墙面、管道、门窗、电源线路、水电表），发现问题或尽快处理，或及时通知业主。

3. 公共用房（包括地下设施用房）

（1）做好公共用房（公共设施用房）的维护、保养，发现破损，及时维修，确保房屋的安全、美观。

（2）做好地下车库的管理运行，经常要对车库、车位的停车标识重新补漆。

（二）商业用房管理规定

为了加强商业网点管理，维护住宅区、商务区正常生活秩序，营造优美环境，特对商业网点制定如下管理规定。

1．凡属项目区域内的任何商铺、店面必须遵循规定的经营范围合法经营，严禁进行非法和有害社会治安的黄、赌、毒等七害活动。

2．夜间经营时，噪声不得影响小区业主休息，音响或卡拉 OK 应尽量放低音量避免影响他人。

3．商铺、店面装修必须遵循《××广场装修管理规定》，装修工程必须符合消防要求。

4．严禁私自动用消防设施和违规在外墙布设用电线路。

5．消防、用电设施必须有专人负责管理，以配合管理处每月一次的电器、消防设施检查工作。一经发现问题，必须整改。否则管理处将按有关条例、规定报请相关部门予以处罚。

6．排烟、排污必须按有关规定处理，不得影响其他业主生活环境和小区环境，尤其是从事饭馆等食品加工经营，应先征询上层住宅业主的意见，处理好排烟排污及通风问题，和睦邻里关系。

7．商铺、店面公共场所的卫生，必须有专人负责，随时清扫，垃圾必须袋装后放入指定地点，不得随意乱丢，违者将按《××广场物业管理实施细则》及《××广场业主公约》的有关条款予以处罚。

8．排污井盖必须定期冲洗和消杀，禁止向污水井、雨水井丢弃生活垃圾及杂物。

（三）设备设施维护管理

设备设施维护管理是保障物业正常使用和园区业主（使用人）日常工作、生活质量的重要工作，直接关系业主（使用人）居住满意和日常生活不受影响。因此必须勤于管理，管理内容列举如下（略）。

（四）环境清洁工作

保持一个清洁优美的环境有利于树立××广场的外部形象。从物业管理角度配合发展商的后续楼盘销售，同时优美的环境也会使生活于其中的人员有一个舒畅的心情。因而清洁工作是××广场物业管理日常工作中的主要内容之一。环境清洁部日常工作与标准（略）。

（五）绿化管理工作

略。

（六）公共秩序与安全保卫工作

略。

（七）物业档案管理

略。

第五章　创优计划及实施方案

一、创优指导思想与基本思路

××广场作为××市的高档商务与住宅区，我们将秉承开发商的开发思路，将优质的服务提供给广大业主，以达标创优为目标，使其后期物业管理成为小区的亮点。通过争创全国物业管理优秀示范住宅小区（大厦、商务楼）活动，树立良好的企业形象，提高物业管理队伍的整体素质和小区的管理水平。我公司将尽最大的努力，以使其达到"全国物业管理示范住宅小区（大厦、商务楼）"标准并获得相应称号。

二、实施方案

为确保创优达标工作的顺利进行，对创优工作制定了以下详细的实施方案。

（一）建立创优领导小组

创建是一项系统性、长期性的工作，为了使创建活动更为有序、有效，成立创建领导小组，负责各部门和业主间的相互沟通和协调。领导小组在公司的直接领导下由管理处骨干组成。

（二）制定实施计划

根据创建活动的总体安排，制定切实可行的实施计划。把创建计划和日常管理结合起来，把创国优与创市优结合起来，把长远目标与眼前工作结合起来，通过开展创建活动，真正带动各项工作。

（三）强化各项管理制度

要借创建活动的东风，建立健全各项管理制度，以制度促管理，使各项管理规范化、科学化、制度化，做到有章可循、违章必究。

（四）宣传动员

在创建过程中，领导小组组织召开全体员工大会，听取员工的创建意见和建议，树立员工的主人翁意识和集体荣誉，齐心协力参与这一创建工作。同时，将详尽的创优方案向业主委员会汇报，以期取得全体业主的支持，变单向推动为双向齐抓共管。

（五）自我评测

对照"全国物业管理优秀示范住宅小区（大厦、商务楼）评分标准"进行公司内部的自我评分，通过自我评分找到存在的问题，对发现的问题细分至各专业部门及时进行整改，并邀请管理部门和业主代表进行复检，以确保问题整改的及时性与完善性。

（六）加强检查、督导

对创建活动要经常进行检查、督导，及时总结经验。对自查所存在的问题，要认真查找原因，寻求解决的办法；不断完善、提高管理服务质量和水平，加强物业的硬件和软件建设；邀请专家小组进行考评，并对整改工作提出建议；组织部门主管和业务骨干到优秀物业公司"取经"，借鉴其他物业管理成功经验；不搞花架子，不做表面文章，确保创建活动健康开展，取得实效。

（七）迎检总结

通过自查、专家考评、总结经验、积累资料，全面提高我们的管理水平和服务水准，再适当调整完善，组织申报"全国物业管理优秀示范住宅小区（大厦、商务楼）"。对在创建活动中表现突出、成绩卓著的员工，给予奖励；对表现低劣、工作低效的员工，予批评处分、再培训。

三、创优计划

创优计划如下表所示。

时　间	实施阶段	计划内容
＿＿年＿＿月 至 ＿＿年＿＿月	创优达标准备阶段	(1)组建创建领导小组，设组长一名，成员若干名；为确保创建活动有组织有计划地开展，建立创建领导小组会例会制度，每半月召开一次工作例会，总结上一时期的工作，对发现的问题及时确定解决方案，安排本期创建工作，检查计划落实情况 (2)开展宣传动员工作，为保证创建工作的顺利开展，在创建过程中开展宣传动员工作，使全体员工积极参与到创建工作中去，齐心协办完成创建活动
＿＿年＿＿月 至 ＿＿年＿＿月	创优达标实施阶段	(1)依照市达标创优标准进行自我初评，通过自我初评寻找差距，并就相关问题的解决落实到人，即时进行整改 (2)将问题进行整改，根据市达标标准，结合 ISO 9001 质量保证体系的相关程序文件及工作规程，对发现的问题进行整改，并进行跟踪检查，以确保问题整改的及时性和有效性，最终达到所制定的目标

时　间	实施阶段	计划内容
2008年12月至 2009年2月	迎检阶段	根据市创优达标的评分标准,组织创建领导小组成员对小区的管理进行自评、自检,做好考评验收工作
＿＿年＿＿月 至 ＿＿年＿＿月	创市优阶段	(1)总结经验、积累资料,提高管理水平和服务水准 (2)根据评审结果,继续保持达标的标准,对未达到标准的不足之处加以整改;在达标的基础上进一步提高服务质量和管理水平,力争达到市(省)优小区标准
＿＿年＿＿月 至 ＿＿年＿＿月	创国优阶段	(1)总结创市(省)优的经验,发扬成绩,改进不足 (2)严格按照国优标准,结合小区实际,制定计划,分步实施,以创国优为动力,全面提高服务质量和管理水平,争取年内达到国优标准

四、管理指标及措施

根据本公司的管理目标及质量方针,为管理服务好小区,参照《全国城市物业管理小区(大厦、商务楼)评分标准》拟订管理标准及措施(略)。

第六章　社区文化活动建设

物业管理活动涉及物业、环境、人员、服务等多方面。因此,开展社区文化活动,对物业管理活动的顺利进行有着十分重要的推动作用。物业管理公司只有同业主充分沟通,积极启发业主自律和参与意识,达到相互配合,才能形成双向共管的局面。本公司根据区内业主的实际需要,与社区居委会配合,每年定时、定期开展不同形式、不同对象、不同规模的社区活动。社区文化活动将结合创立精神文明优秀小区,内容以培养精神文明、倡导小区高品位居住氛围的目标展开。

一、制度建立

为了保证××广场社区文化工作的顺利展开,我们结合区内具体情况,制定一套完善的规章制度。如《精神文明建设公约》、《社区文化工作制度》、《社区文化活动运作流程》等以及各种活动场所管理制度。这些制度的建立是管理处服务质量考评的重要依据之一,为社区文化工作的正常运作提供了保证。

二、场地安排

管理处将充分利用户内外空间(如会所、休闲广场、公共绿地等)开展活动,并适时走出小区,充分利用周边的优势,立足小区结合各景点作为我们开展活动的大舞台。在小区出入口及其他醒目处设置宣传栏、公告栏及完善的标识牌,作为××广场对内对外的展示窗口,报道活动的动态。

三、经费保证

多渠道筹集社区文化活动经费:

1. 管理处划拨;

2. 寻求外界单位赞助。

四、社区文化活动计划

略。

第七章　增收节支措施及便民服务项目

一、增收节支计划

(一)增收的具体方法

1. 为业主提供各类无偿及有偿服务,以方便广大的业主及住户,同时积极拓展相关业务,增加物业管理公司的收入。

2. 建立各种类信息库,包括业主的需求、专业服务公司等,以为广大业主提供优质的服务为目标，开展各类增值服务。

3. 按照精干、高效原则，推行规范、标准化管理，选用一专多能型人才，提高工作效率，减少人工费用支出。

4. 有效经营开发商提供的物业用房、物业资源，增加资产回报。

5. 我们以优质的服务和现代化的管理手段服务于广大的业主，使广大的业主认同我们的服务，以提高物业的入住率和物业管理费的收缴率。

（二）节支的具体方法

1. 充分利用公司现有的人力物力，进行规模经营，以降低管理和营运成本。

2. 进行能源管理。它主要通过采用成熟的方法协助我们的客户来发掘节省能源的潜力，有效地利用能源以获得最大的利润，同时也降低了自己的管理成本。

3. 进行资产管理。在物业管理中的资产管理是指整合管理、财务、经济、工程和其他对实际的资产价值产生影响的方式，以提供所要求的服务水平和最经济的管理方式为目标的管理办法。资产管理通过鉴定资产和它的组成部分；评估资产的现状；研究资产的当前置换成本决定最理想的维修方式，即以最经济的费用达到最长的使用寿命的目标。

4. 开展行之有效的增收节支活动和广泛听取员工好的意见建议。节约可节约的每一分费用和资源，对提出好的建议使公司降低成本的员工和节能标兵给予物质奖励，使每位员工养成节约能源费用的好习惯。

二、便民服务措施

为方便住户生活，本公司将广开服务渠道，并设服务热线，在完成合同约定的公共服务基础上，根据住户的要求，自行或者委托其他服务行业为住户提供便利服务（需要投入成本的，本公司根据有关标准向住户收取费用）。

（一）公共服务项目

1. 协助公安部门维护园区内的公共秩序，实行24小时保安值勤、义务消防和园区交通道路管理。

2. 房屋共用部位和公共设施设备的维修和养护。

3. 公共绿地园艺养护和修整。

4. 物业各类资料档案管理。

5. 公共场所保洁，生活垃圾收集清运。

（二）无偿服务项目

1. 电话及访客留言转告。

2. 代订报刊、杂志、生日蛋糕、牛奶、花篮。

3. 自行车打气。

4. 代寄、代领邮件、送邮件。

5. 送纯净水。

6. 更换保险丝。

7. 代叫出租车。

8. 已收空房通风、打扫。

9. 代叫餐。

10. 洗衣服务代收送（洗衣费另收）。

11. 代订宾馆等。

（三）有偿服务项目（业主自愿接受，物业公司定价张榜公布并报物价部门备案）

1. 钟点家庭服务（日常家务）。

2. 清洗油烟机。

3. 疏通下水管道（主管）。

4. 疏通下水管道（支管）。

5. 装潢后整理卫生。

6. 更换马桶水箱配件。

7. 汽车搬家起步价（市区）。

8. 三轮车搬家起步价（市区）。

9. 安装热水器、油烟机。

10. 代办有线电视、宽带、电话、管道煤气开通。

11. 挂窗帘、画、安装毛巾架。

12. 更换门锁、铰链。

13. 修理更换开关、插座。

14. 商铺房屋代租。

15. 商务服务（复印、传真、打字、打印、收发邮件等）。

第八章　智能化系统管理

在该商贸区的物业管理中，需要充分利用高科技的运作。一方面，物业公司要充分利用物业管理系统，利用计算机硬件和软件，对实际管理中的建筑物、住户、费用、工程、设备、管理人员、绿地、附属设施、图片、投诉、违章、维修等住处资料统一进行收集、传递、加工、存储，提高物业管理效率。如要求开发商对有关资料如水电管网等图纸提供电子文档，便于在维修时能迅速找出资料。另一方面，开发商需要加大在安保、监控、消防、车辆管理等科技投入，有利于物业公司在信息管理中提高服务水平和服务效率。

我公司如有幸中标，将专门聘请专业计算机工程师对商贸区智能化系统进行维护，同时，向办公区域公司提供软件服务。

一、达到的标准

按工作标准规定时间排除故障，保证各弱电系统正常工作；监控系统等智能化设施设备运行正常，记录并按规定期限保存。

二、有线电视及电话通讯系统

重点做好与有线电视及电话公司之间的联系、衔接及装机、故障处理等相关配合工作，并及时做好业主故障保修工作，其他由有线电视及电话公司负责。

三、保安监控系统/可视对讲系统/IC 门禁系统

做好监控系统/可视对讲系统设备的日常运作操作，24 小时专人值班监控，及时发现和处理监控中发现的问题，按《应急预案》规定处理应急事件。

四、做好保安监控系统设备维护保养工作

其具体内容如下。

1. 摄像系统

每月两次到现场对摄像部分检查和保养，清洁摄像机机罩和护镜玻璃，检查云台水平、垂直转动功能是否正常并调焦。使摄像机、录像机、各控制部件运行正常，操作键盘灵活、可靠。

2. 传输部分

（1）一个月检查一次插头、接线柱，并做必要的维修或更换。

（2）检查线缆的固定情况，特别是电梯井内的视频、电源电缆，使电源工作稳定、正常。

（3）各输出电路熔丝配置合理，没有不规则行为。

（4）高、低电压严格分离，交直流电源分隔明显，无随意拉线。

（5）二路电源切换正常、可靠，设备接地保护、防护等安全、可靠。

（6）各摄像监视点的信号，均能切换到录像机上进行录制。

五、综合布线系统

每年检查两次电话机房、弱电井内综合布线配架是否完好，并进行清洁工作。

六、巡更系统/周边报警系统

巡更系统做到主机、序号机功能完好；电源、充电体充放电正常；配套附件完好；周边警报系统做到光电识别器性能良好；信号传输线路良好；声光联动控制良好。

七、显示屏系统/背景音乐系统

做好日常信息/音乐的播放和管理，充分发挥 LED 显示屏的商业信息媒体和背景音乐系统的协调环境氛围作用，为商户和顾客服务。

第九章　日常物业管理承诺及措施

一、概述

本公司承诺日常物业管理达到如下表所示的标准。

序　号	项　目	完成百分率	备　注
1	房屋完好率	＞98％	
2	房屋零修、急修及时率	＞99％	
3	维修工程质量合格率、优良率及回访率	100％	
4	清洁保洁(特别是公共环境)率	＞95％	
5	道路车场完好率	100％	
6	化粪池、雨水井、污水井完好率	100％	
7	排水管、明暗沟完好率	100％	
8	路灯完好率	＞99％	
9	大型及重要机电设备完好率	＞99％	
10	公共文体设施、休息设施及小品雕塑完好率	＞98％	
11	小区治安发生率	0	
12	消防设施设备完好率	＞98％	
13	火灾发生率	0	
14	违章发生率	＜1％	
15	违章处理率	100％	
16	业户有效投诉率	＜1％/月	
17	业户投诉处理率	＞95％	
18	业户投诉处理的时限	＞95％	
19	管理人员专业培训合格率	100％	
20	业户对物业的满意率	90％	

二、物业管理各项工作流程

略。

第十章　提高管理服务水平新设想

略。

第十一章　愿意接受的有关奖罚

如本公司有幸中标后，本公司将根据××广场前期物业管理服务协议中的条款行使权利，履行义务。如发生下列情形，本公司愿承担责任并接受处罚。

1. 对房屋及其共用部位、设施、设备修缮不及时。

2. 管理制度不健全，管理混乱。

3. 与住户争吵、顶撞、辱骂，造成不良影响。

4. 擅自扩大收费范围，提高收费标准或减少服务项目。

5. 乱搭乱建、改变公共配套设施用途。

6. 不履行《协议》规定的义务。

7. 从事超出管理职责权限范围的活动，有损害业主利益的行为。

第十二章 计划成本预算

一、费用收支预算

（一）编制说明

1. 本次测算以整个××广场为测算对象，根据招标文件内容介绍、现场实地勘察了解及开发商介绍，结合××市物业管理现状和公司管理各类物业的实际经验编定。

2. 本次测算考虑物业管理的长期性和前期物业的特殊性，按交付后正常年度运作测算。同时对前期物业管理时还不会产生的消防设施更新等费用未予测算在内。

3. 测算支出项目中不含电梯运行费用、楼层公共厕所水电费等公共能耗费用，公共能耗费用按本楼宇（楼层）建筑面积由产权人分摊。

4. 未售空置房及因开发商原因未按时交付给物业产权人（使用人）的物业，由开发商按物业服务费标准的100%交纳（含分摊费用）。

5. 测算中法定税金、社会保险等按市现政策规定计算。

（二）物业管理费收费标准（如下表所示）

物业类型	面积/m²	物业费标准/[元/(m²·月)]	备 注
酒店式公寓			公共水电能耗分摊
办公楼			公共水电能耗分摊
1~5号楼一二楼商铺			
6号楼商场			公共水电能耗分摊
地下车位			
会所			
空中花园			
合 计			

（三）收支预算

1. 收入预算（＿＿＿＿万元）

（1）物业费（泊车费）收入，如下表所示：

物业类型	面积/m²	物业费标准/(元/m²)	年收入/万元
酒店式公寓			
办公楼			
1~5号楼一二楼商铺			
6号楼商场			
地下车位(＿＿个车位)		＿＿元/月位	
地面车位	个	＿＿元/次	
合 计			

（2）其他业务收入：公司将通过委托代办，有偿服务等形式开展多种服务经营，其他业务收入预为：_____万元/年。

2. 支出预算（如下表所示）

序号	支出项目			人月薪标准	年薪	福利、工会费	社险	总额/元	备注
一	人员工资及福利、社保、加班费	管理处主任	人						福利、工会费主要用于工作餐、节日福利、工会活动、劳保用品支出等
		管理处副主任	人						
		行政人事主管	人						
		仓库、档案管理	人						
		客户服务中心领班	人						
		客户服务中心接待员	人						
		会计	人						
		出纳	人						
		抄表、收费员	人						
		保安部主管	人						
		保安领班	人						
		消控领班	人						
		保安员	人						
		消控员	人						
		监控员	人						
		保洁部主管	人						
		保洁员	人						
		绿化工	人						
		工程主管	人						
		工程弱电技术员	人						
		工程水电万能工	人						
		工程高配电工	人						
		合计							
		法定假加班费	法定假日10天，按日工资3倍计						
		小　计							

序号	绿化养护费	项　目	人数	计算式	总额/元	
二	绿化养护费	劳保服装费				
		绿化养护费		按____元/（m²·年）		
		四季盆花、节日布置		公共广场、大楼布置		
		小　计				

三	清卫费	劳保服装费	人均____元/年×____人		
		日常工具费	____×____元/（人·月）×12		
		垃圾袋等耗材	综合测算		
		垃圾清运费	综合测算		
		外墙清洗费	高层一年一次、商场一年两次		
		消杀消毒	综合测算		
		小　计			

四	安全维护费	服装费	人均____元/年×____人 主管____元/年×____人		
		保安用水	平均____吨/月×12×____元/吨		
		保安用电	平均600度/月×12×____元/度		
		工具材料维修	综合测算		
		安保管理费	____人×____元/（月·人）×12月		
		小　计			

序号		支出项目	人月薪标准	年薪	福利、工会费	社险	总额/元	备注
五	行政办公费	服装费用	人均___元/年×___人					
		办公用水	平均___吨/月×12月×___元/吨					
		办公用电	平均___度/月×12月×___元/吨					
		办公易耗品	综合测算					
		通讯费	综合测算					
		宣传印刷费	综合测算					
		培训费	综合测算					
		业务费	综合测算					
		差旅费	综合测算					
	小　计							
六	设备实施运行费	服装费用	人均___元/年×___人					
		监控中心系统用电	综合测算					
		楼内公用照明用电	14小时开放					分摊
		楼外公用照明用电、亮化用电	11小时夜间照明 4小时亮化					
		公共用水						分摊
		地下车库用电	24小时开放					
		商贸区电梯用电	14小时开放					分摊
		泵体用电	24小时运行					
		设备设施保养费	综合测算					
		电梯保养费	综合测算					
		电梯年检费	综合测算					
		电梯材料费	综合测算					
		设备设施日常维修费	综合测算					
	小　计							
七	其他费	固定资产折旧						
		递延资产摊销						
		不可预见费	一至六项总和的1.5%计算					
		税金						
		管理酬金	按基本支出的10%计算					
	小　计							
总　计								

3. 收支平衡状况

收入____元，支出____元，收支相抵为余____元。收入基本平衡，且物业公司每年有____元的管理酬金。

如果我公司能有幸中标，我们承诺，公司在通过增收节支、经营业务开拓及公共场所经营创造的收益，在提取基本支出_____%利润外的超额部分全部用于物业建设。

二、开办费报价

1. 管理处装修

按总建筑面积3%的管理用房面积计_____平方米，装修费计：____元。

2. 前期介入费（直接人工、费用）：____元。

3. 顾问费：免收。

4. 固定资产购置费：_____元。

5. 递延资产购置费：_____元。

合计_____元。

为此，我公司开办费（含前期介入费）报价为_____元。在合同签订后一个月内支付_____元，交付前三个月内支付_____元。

【范例6】

政府行政办公中心物业管理投标书

目录

第一章　××物业管理有限公司简介

略。

第二章　物业管理的整体设想及策划

××区行政中心——××市××区新的政治、经济、文化中心。××区行政中心规划充分利用物业所在地自然环境，结合地形地貌，使时代精神与地方特色相结合，体现了现代办公效率、高科技的要求，区委区政府将行政中心物业管理服务推向社会化、专业化，更是对××市乃至本地区的政府物业企业化管理及物业管理市场的发展有着重要的促进意义。

针对××区行政中心物业管理的各个要素，本公司开展了深入广泛的项目考察和市场调研，在深入挖掘设计和开发思路的基础上，仔细分析该物业作为未来××区委、区政府、区人大、区政协行政办公中心的特点，并周详考虑未来物业管理工作将面临的重点难点，确立了本公司管理××区行政中心的整体构想和管理策划思路。

一、管理定位

××区行政中心作为未来××区委、区政府、区人大、区政协四大班子的办公场所，其物业特殊性决定了物业管理的定位也必然有更为高远的追求。经过严密论证和考察，本公司将××区行政中心的物业管理定位为：

1. 成为××市政府办公物业企业化管理的典范；

2. 成为××市精神文明和物质文明建设的窗口、体现××区政府开放、高效、亲和的形象。

二、管理目标

自接管之日起：

1. 1年内达到物业各项使用功能正常，使政府各项工作有条不紊地开展；通过"××市物业管理优秀示范大厦"考评；

2. 2年内深化管理服务，提高物业管理水平，提升物业管理形象，通过"××省物业管理优秀示范大厦"考评；

3. 3年内通过"全国物业管理示范大厦"考评。

三、管理机制与模式

实行执行机构、责任机构、监督机构有机结合的"三位一体"式的共管机制，推行科技型物业管理模式，如下图所示。

××区行政中心作为××区政府四大班子的办公场所，其物业管理必须要为其提供符合政府办公物业特性的管理服务。我们在进行严密论证的基础上，确定了××区行政中心现代化、专业化物业管理的模式。

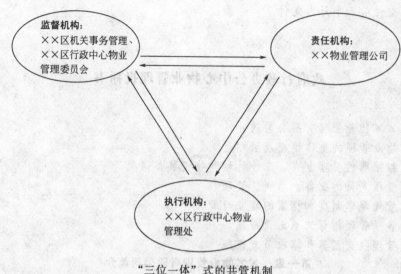

監督機構：
××区机关事务管理、
××区行政中心物业
管理委员会

責任機構：
××物业管理公司

执行機構：
××区行政中心物业
管理处

"三位一体"式的共管机制

1. 现代化

充分吸收中国物业管理发展＿＿＿年的科技及理论成果，依托我公司与×××、×××等世界顶级物业管理企业及咨询机构保持的良好合作关系，学习并借鉴国际同行的优秀经验，凭借我公司本土化运作＿＿＿年的优势，结合××市实际，在××区行政中心实施既具备国际国内一流水准，又符合××市情的物业管理模式。

2. 专业化

以我公司从事物业管理＿＿＿年所塑造的精锐专业团队，在公共保安、保洁、绿化、设施设备维修养护等方面为××区行政中心全面实行专业管理及服务。

四、工作重点

××公司组织各类专业技术骨干，经过全面深入的调研，了解了行政中心这一极具时代意义的高科技建筑，并从业户的角度出发，分析了行政中心物业管理的重点，经归纳整理，行政中心的物业管理工作重点体现在以下五个方面。

（一）整体形象

××区行政中心是建设在××市××区的一颗璀璨明珠，它不仅仅是一座社会公开建筑物，更是××区委、区政府、区人大、区政协办公的场所，是外事活动、公众礼仪接待的场所。所以，其形象直接代表着××区的形象，针对行政中心物业的特点，我们确立了行政中心整体形象定位——开放、高效、亲和。

1. 开放——体现××区委、区政府改革的思想和与国际接轨的政府办公方式。

2. 高效——展示××区委、区政府工作的高效率。

3. 亲和——象征××区委、区政府为人民服务的宗旨和亲近民众、与民同乐的政府公仆形象。

（二）安全防卫

××区行政中心集区委、区政府、区人大、区政协等办公、会堂和公众礼仪活动等功能于一体，且采用开放式设计，进出中心的车辆和人员很多，成分复杂，涵盖有参观、办事、开会、上访等。行政中心是××区的首脑机关，市领导和公务人员除正常办公外，还有很多事务活动和接待各级领导及外国友人、社团的来访。因此，××区行政中心的安全工作是物业管理的重中之重。

（三）保密

××区行政中心作为××区的首脑机关，保密等级高，作为××区行政中心的物业管理人员，须具备安全保密的基本知识，按国家保密方面的有关法规，做好保密工作。

（四）设施设备

××区行政中心物业是现代高新技术的结合体，是一座超大型的智能化建筑，机电设备系统不仅装机容量大、复杂，而且进口设备多、技术先进。设备系统包括供配电、给排水、中央空调、电梯、消防、智能化等系统，作为政府物业，其设备运行安全正常是保证整个物业正常运作的基本条件。所以，设施设备的管理显得尤为重要。

（五）建筑物

行政中心建设形象现代新颖，外形美观，对维护管理要求高。装饰材料的多样性，决定了今后我们在物业管理工作中，要针对不同的装饰材料采取多样化的管理手段，如：

（1）木质材料的防腐、防染色、防褪色、防蛀蚀；

（2）地毯的防潮、防蛀蚀、防染色；

（3）皮革材料的防腐蚀老化；

（4）大理石、花岗石等石质材料的防腐蚀、防染色等。

这些都是今后装饰工程维护的重要内容。与此同时，建筑物的外观又是××区行政中心的形象。所以，建筑物的管理十分重要。

五、主要措施

针对以上我们所列举的管理重点及物业特性，我公司对××区行政中心的管理将采取以下措施。

（一）全面投入，保障设备的良好运行

××区行政中心作为现代化办公物业，其设备设施的日常运作有着极高的管理维护要求。本物业投入使用的一些先进设备设施将使得管理观念、管理机构、管理方式更现代化、科学化。设施设备要求高、操作严、范围广，涉及管理、通信、安防等方方面面。本公司在理论学习、现场参观、实地演练的基础上，制定了科学合理、切实可行的维护、保养、运行计划，保证各项设施设备的良好、有效运行。并且，本公司还将组织所有的设备养护人员针对××区行政中心物业所投入的各种类设施设备进行专业培训和学习，保证意识到位，技术到位，服务到位。同时，为提高××区行政中心物业管理的工作效率，我们将在××行政中心投入工作车 1 辆及现代化办公设备若干，如电脑、网络系统等。

（二）全面防范，最大限度降低管理原因造成的治安事件发生率

××区行政中心物业的使用性质决定其与住宅小区的全封闭式管理不同，外来人员数量多、流动性强、成分复杂且不易管理，这给物业管理的公共秩序及治安管理带来了不小的困难。本公司在现场勘察、实地访问的基础上，根据××区行政中心的安防条件，结合本公司长期管理各类不同性质物业的安防经验，依托本公司常年坚持半军事化管理的高素质护卫队伍，从实际情况出发，确立了××区行政中心使用初期"人防为主、技防为辅"，常规期"双管齐下，全面防范"的整体治安思路，采用三重五层防范系统，并将实行 24 小时保安全方位巡逻制、24 小时监控中心值守制。我们有理由相信，经过本公司的管理，可以确保××行政中心因物业管理原因造成的治安事件发生率为零。

（三）发挥本公司规模优势，实施对电梯、保安、环境等的专业化低成本管理

物业管理行业向专业化、规模化方向发展是市场的选择和时代的要求。在××区行政中心的管理工作中，针对该物业的诸多特点，我们将充分发挥本公司管理面积近＿＿＿平方米的规模优势，逐步实现绿化、保洁、保安、设施设备养护等方面的专业化管理，同时，本公司一贯倡导勤俭办事精神，珍惜和用好来自客户的每一分钱，力求所费必有所值。我们组织了专门班子，对××区行政中心物业位置、设计功能、占地面积、设备状况、管理要求等各种因素在成本构成中的权变系数进行研究，并将采取"集中配送、货比三家"和修旧利废、奖节罚超等一系列具体措施，分项控制人力和物化消耗，力争以低于市场价的

收费提供服务，保证业主、企业、社会全面受益。充分体现本公司"以严谨细致、追求完美的工作作风，使经营品质不断提升，让用户获得满意服务"的质量方针和"以客户为中心"的经营思想。

六、六项具体保障

（一）严谨的管理运行体系——整合型管理体系

ISO 9000 质量管理体系、ISO 14000 环境管理体系和 OHSAS 18000 职业安全健康管理体系是国际上通用的管理体系，在行政中心的物业管理中，我们导入 ISO 9000、ISO 14000、OHSAS 18000 三种管理体系，并将这三种管理体系进行完全整合，形成一个全新而充满活力的整合型管理体系；进而制定综合的管理方案，进行综合策划、综合预算、实现多种管理目标，从而在××区行政中心的物业管理中确保管理的高质量，对用户提供更优质的服务，并且把××区行政中心创建成为绿色环保型物业，使其成为××市一颗亮丽的明珠；同时，确保物业管理员工的职业健康和安全，消除各种事故隐患和减少疾病的发生。

（二）科学的人力资源管理体系

物业管理行业提供的产品是"服务"，物业管理的过程是物业管理人员向客户提供服务的过程，物业管理人员素质的高低直接影响到服务的质量和效果，公司在××区行政中心的物业管理中，并对人力资源管理进行全程的有效控制。

1. 定员、定岗、定编、定岗位工作标准。通过精干的人员达到高效运作的目的。

2. 人员录用入职政审。确保行政中心物业管理人员政治素质过硬。

3. 实行担保人制度。所有新招操作员工及一般管理人员须由有××市户口的可靠人士提供担保，并由其户口所在地公安机关出具无违法犯罪记录证明，切实保证员工的品德无暇。

4. 保安人员实行准军事化管理。练就其过硬的思想和身体素质。

5. 实行人性化民主型内部管理和"帮带"制度。促进能力较差的员工共同进步，着力培养员工的团队精神，提高整体管理水平，增强凝聚力，使员工始终保持积极进取的心态。

6. 科学培训。通过岗位培训、外送培训、岗位轮训、跟班培训、参观考察和专题讨论，让员工随时掌握行业的发展动态，积极学习国内外较新的管理技术与方法，总结工作中的经验教训，进一步提高员工的工作能力和工作标准。

7. 量化考核和末位淘汰制。考核包括转正考核、月考核、年终考核、不定期考核和内部上岗证考核等。专业技术人员和保安人员每半年进行一次考核，名次最后者淘汰；各部门负责人、工程技术人员、管理人员每年进行一次考核，名列最后者降级或淘汰。

8. 岗位"动态"管理，竞争上岗。激励员工求知上进。

9. 内部职称评定。肯定并充分发挥员工的能力。

10. 岗位薪酬实行管理、技术岗位两条线，以岗定薪，保证管理、技术两方面人才的平衡。

（三）严密的安全管理和保密体系

1. 以"外弛内张"为原则，以治安管理、消防管理、车辆管理、保密管理为主线，以训练有素、行动迅速、果断干练的保安队伍为载体，利用现代化手段，依靠先进的技术设备与工具，科学组织日常管理，精心布置重大活动的安全安排，迅速协助处理突发事件。

2. 重大活动按性质采取一级加强保卫、二级保卫、三级保卫等三种方案。

3. 治安状态管理：根据报警信息反映的不同事件，定义一级、二级、三级、四级安全状态，并相应规定一级、二级、三级、四级反应力量，建立以监控中心为指挥调度中心，相关部门负责人分状态、分阶段现场指挥的指挥体系，针对不同的状态，调动不同的反应力量，采取相应的处理程序，分级应对，限时到位。通过完善各状态应急处理的调度、组织、协调，确保及时、迅速、有效地处理各类异常情况。

4. 消防重点部位重点防范，制定实施区委、区政府、区人大、区政协等办公区、公共用途区域及会议中心、接待中心等重点部位的消防管理措施。

5. 保密管理

(1) 所有员工均要接受《中华人民共和国保密法》的专门培训，经考核合格后方可上岗。

(2) 对重要场所进行有效的管制，限定进入权限。

(3) 对可能造成泄密的设备设施维修施工事先经管理局批准，并由物业管理处派专人现场监管。

(4) 物业管理人员捡到的具有秘密性的内部文件、资料，一律上交××区机关事务管理部门处理，废旧文件定点存放，定点监控销毁。

(5) 将保密管理纳入公司的整合型管理体系中，并定期进行考核。

(6) 物业管理档案资料按保密等级分类存放和使用。

(四) 人、财、物的有力保障

1. 实施精英人才组合战略。委派精锐骨干组成行政中心专业管理团队，我们将委派现任我公司项目经理、具有打造"精品"物业经验、组织能力强、责任心强的员工出任行政中心物业管理处的经理，委派具有精湛技术和丰富实践经验的工程师担任行政中心的物业管理处技术总工程师，从公司现有十多个管理处中抽调专业技术骨干，组成质量控制、工程技术等专业技术齐全的高效团队。

2. 配置齐全、先进的行政中心物业管理设备，为实现现代化、专业化物业管理奠定坚实的物质基础。

3. 公司经过____年的良性运作，具备了一定的资金实力和物质基础。××区行政中心项目将作为公司的管理重点之一，重点保障。

(五) 提高设施设备运行管理保障能力

1. 正式进驻后，立即完成机电设备档案及可操作性强的管理方案、制度，确保电梯、中央空调、供水供电、消防控制及通信等关键设备运行良好。

2. 日常管理以预防为主，坚持日常保养与计划性维修保养并重，使设备处于良好运行状态。

(六) 高效的客户管理和信息处理平台

本公司多年来一直把"以客户为中心"，追求最高程度客户满意率作为不懈努力的工作目标。在××区行政中心物业管理项目中，本公司将一如既往关注客户需求，通过"管理报告制"、"定期回访制"以及随时沟通等方式在第一时间了解客户的服务需求与服务咨询，并以本公司的24小时客户投诉中心配合本项目的物业管理工作，力争让客户获得满意服务。

1. 实施CS（客户满意）战略，以客户为中心，把客户的需求（包括潜在的需求）作为我们物业管理服务工作的输入，在服务中最大限度地使客户感到满意。

2. 拟构建集知识、服务、管理于一体的信息化网络支持系统——数字化社区网站，并以此网站为平台，构建用户频道、内部管理频道等功能区，实现用户、公司、物业管理处三方网络在线式服务与管理。

(1) 通过用户频道，用户可把自己的意见或需求（如报修、投诉等），直接反映到网站上，公司、物业管理处协调、调度有关部门落实，并将落实反馈给客户。

(2) 通过内部管理频道，公司本部可随时了解、监督、控制各部门及物业管理处的管理情况，在管理处中，通过内部局域网连接，实现办公自动化和物业管理自动化。

同时，公司可通过网站，对现场管理提供技术分析和决策支持，一旦现场出现运行和管理问题，可及时得到公司本部强有力的技术帮助，真正做到"运筹帷幄，决胜千里"。

3. 建立客户服务快速反应系统

（1）管理处专设客户服务中心，与××物业公司已设立的××省唯——家 24 小时值守的客户投诉中心联网，并在区委、区政府、区人大、区政协、会议中心、接待中心等功能区各设立一个物业管理信息卡发放和收集点，用户可通过网络、电子邮件、电话、面谈或填写信息卡等多种形式提出需求信息，服务中心根据需求信息，协调、调度物业管理处各个职能部门和作业层面的日常服务工作，高速反馈、处理用户的意见和需求。

（2）建立用户信息库，注重客户导向，倡导服务创新，将客户的各类需求信息依照不同类别储存于计算机中，每月将用户需求、回访结果利用科学的方法进行深入细致的统计分析，根据分析结果不断创新调整工作思路和工作方法，最大限度地满足用户的需求。

七、持续满足和超越客户市场的意识

本公司一直把持续满足和超越客户市场作为我们工作的终极目标，为此，我们将把建设部物业管理最高标准与星级酒店服务标准相结合，开掘××区行政中心物业管理服务的内容的深度及广度。

本公司在××区行政中心确立的物业管理标准，将以国家建设部颁布的物业管理最高标准与星级酒店的服务标准相结合。本公司所提供的服务标准可以用 SERVICE（即中文"服务"一词）中的 7 个字母来概述。

S，即 SMILE（微笑），服务人员要对每一位客户微笑。

E，即 EXCELLENT（出色），服务人员要将每一项工作都做得很出色。

R，即 READY（准备），服务人员要随时准备为客户服务。

V，即 VIEWING（看待），服务人员要把每一位客户都当作贵宾看待。

I，即 INVITING（邀请），服务人员每一次服务结束都要向客户发出下次再来的邀请。

C，即 CREATION（创造），服务人员要善于创造温暖的服务气氛。

E，即 EYE（眼光），服务人员要始终用热情的眼光关注客户。

第三章　拟采取的管理方式、工作计划和物资装备情况

一、管理方式

（一）实施高新智能型物业管理模式

伴随社会经济和科学技术迅猛发展，智能化建筑正成为现代化建筑发展的必然趋势，计算机技术、网络信息技术、自动控制技术、新型建筑材料等已充分应用于现代化建筑之中，并以其高效、节能、安全、便捷、个性化强的优势备受使用者和管理者的推崇。行政中心物业是现代高新技术的集合体，其智能化系统综合配置了楼宇管理系统、办公自动化系统、通信与网络系统等多个系统，其现代化程度在××省乃至全国都是领先的。我公司将在充分熟悉各个设备系统、各种材料化学性能的基础上，充分发挥人才优势，利用计算机等现代化科技设备设施和科学的管理方法，推行科技型物业管理，将"最优理念"始终贯穿于我们整个物业管理活动中。

1. 充分运用计算机技术，实现集中控制管理，提高经济效益。为实现对行政中心的水、电、空调、车辆、消防、防盗报警等各系统的综合监控与管理，达到设备设施在优化与经济的情况下运行，我们将：

（1）充分利用计算机和网络技术，利用楼宇自动化系统中央控制计算机的图形显示、动态实时数据刷新功能，使设备的运行状态、运行参数一目了然，从而节省大量的人才资源，提高经济效益；

（2）通过特有的报警优先显示功能，使操作人员及时准确地了解设备是否正常，一旦接到报警信号，迅速做出反应，及时排除故障；

（3）将分散于各子系统与中央计算机的连接，达到分散控制、集中管理的功能模式。

2. 充分利用行政中心设备自身的性能优势。行政中心设备自动化系统可对物业的各种机电设施进行自动化控制，包括通风、空气调节、给排水、供配电、照明等。其终端设备可动态检测，显示设备的运行参数，监视、控制其运行状态，并根据外界条件及负载变化情况，自动调节各种设备始终进行在最佳状态，自动实现对电力、供水等能源的调节与管理。通过闭路监控系统，可以方便地了解行政中心内外环境状况；利用门禁和停车场管理系统，可以对进出特定区域的人员、车辆实现有效监管；综合利用各种技防设备的功能，使行政中心各控制系统具备自动检测、自动调节、自动诊断、自动报警等功能，保证行政中心的设备在最安全的条件下运行，降低设备运行成本、减少设备管理人员的数量，将人为不安全的因素降到最低点。

（二）物业管理实现双重监督

在行政中心的物业管理活动中，实行双重监督，即由行政中心物业管理委员会和公司对行政中心物业管理处的各项管理工作进行监管。

（1）物业管理处对行政中心实施专业化、一体化的物业管理。

（2）物业管理处的各项工作定期向物业管理委员会和公司进行书面汇报，接受物业管理委员会和公司的监督和指导。

（3）物业管理委员会对管理处的工作进行宏观的监控。

（4）公司各职能部门对管理处的各项工作进行具体的监督与指导，用户监督与专业化物业管理有机地结合在一起，形成业主自治、监管与企业专业化管理相结合的运作方式。

（三）导入先进管理体系及管理思想

我们利用 ISO 9000 质量管理体系，导入 ISO 14000 环境管理体系和 OHSAS 18000 职业安全健康管理体系思想，将其运用到行政中心的物业管理工作中，用先进科学的管理，确保行政中心的物业管理工作达到并保持一流水准。

二、内部管理构架

（一）机构设置

组织机构的设置原则是精干高效、一专多能。在充分了解行政中心建设特点和使用功能的基础上，根据行政中心用户的基本情况，我公司在行政中心设置物业管理处。物业管理处实行公司领导下的经理负责制，物业管理处设经理、副经理各一名，下设综合管理部、工程部、环境管理部、安全管理部等四部，综合管理部专设客户服务中心。

（二）组织架构图

1. 行政中心物业管理处组织架构图（如下图所示）

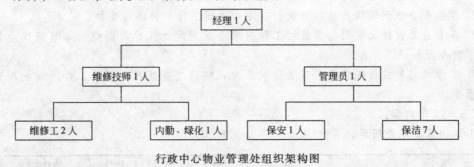

行政中心物业管理处组织架构图

2. 公司各职能部门与行政中心物业管理处的关系图（如下图所示）

（三）管理职责

略。

（四）运作程序

略。

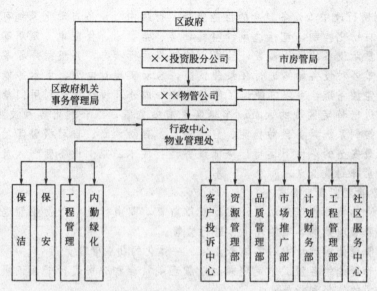

公司各职能部门与行政中心物业管理处的关系图

（五）内部运作机制

略。

三、前期介入计划

专业、科学、规范的物业管理前期介入，将为今后物业管理服务品质的提高及降低管理成本，打下坚实的基础。针对行政中心，现代化、智能型设施设备多、规模大的物业特点，本公司如果中标，将成立前期物业管理介入工作组，以国际先进的物业管理理念，专业化、科学化的管理方式，介入××区行政中心的前期物业管理工作。

（一）前期介入人员安排

1. 组长：公司总经理兼任。

2. 副组长：行政中心管理处经理。

3. 其他成员：公司本部工程部工民建、电气、弱电专业工程师各2名；项目经理2名；品质管理部、资源管理部、市场推广部、计划财务部主管级职员各1名。

（二）工作方式

1. 组长每周组织会议对一周工作做全面部署，并检讨各项工作的完成情况。

2. 副组长全日制现场办公，负责行政中心现场工作的协调与安排。

3. 各专业工程师及中心物管员按工作内容全日制现场工作，副组长每日组织会议对当日工作做全面检讨。

4. 工作组其他成员按现场半日工作制工作，按计划完成各项工作，每周向副组长提供工作报告。

（三）工作内容

工作内容如下表所示。

类　别	内　容	完成时间	责任部门	备注
前期工程监督	(1)审阅楼宇、设备图则及设计		工程部、工作组	
	(2)设施设备隐蔽线路的熟悉与标注		工程部、工作组	
	(3)从物业管理角度向业主方提供建议		工程部、工作组	
	(4)按工程合同承诺标准，编造验收表格		工程部、工作组	
	(5)制定验收程序并接管物业设施、初检遗漏工程		工程部、工作组	
	(6)向机关事务局提供楼宇、设施设备保养及维修建议	按工程进度	工程部、中心管理处	

类　别	内　容	完成时间	责任部门	备注
人事	(1)管理处架构制定及讨论审定		人力资源部、工作组	
	(2)管理级员工的招聘		人力资源部	
	(3)各级员工编制、职责、聘用条件及员工福利制度审批		人力资源部	
	(4)人事管理制度、员工手册的讨论审批		人力资源部、管理处	
设立管理处	(1)设立及装修管理处		工程部、工作组	
	(2)办公设备及工具设备的采购		资源部、工作组	
	(3)现场清洁及布置		管理处	
管理文件	(1)中心公约、服务手册制定及审批		品质部、资源部	
	(2)各类文件、表格的制定及印刷			
管理预算、启动预算及财务安排	(1)制定初步管理预算、启动预算及讨论		财务部	
	(2)管理费及各项费用制定及申报		市场推广部	
	(3)各项财务管理制度制定		财务部	
楼宇基本设备预算	(1)设计及审定各类标牌、指示牌		市场推广部	
	(2)采购、制作及安装		市场推广部	
物业验收的准备	(1)楼宇各单项验收根据情况确定		工程部、工作组	
	(2)公共地方的验收(道路、停车场等)根据情况确定		工程部、工作组	
	(3)楼宇各项设施设备测试及验收根据情况确定		工程部、工作组	
	(4)楼宇内部初验根据情况确定		工程部、工作组	
	(5)遗漏工程跟进及监督验收根据情况确定		工程部、工作组	
	(6)绿化工程的验收根据情况确定		工程部、工作组	
楼宇接管安排	(1)制定接管计划		工作组	
	(2)安排准备各类文件		品质部、工作组	
	(3)人员安排		工程部、工作组	
	(4)接管培训		工程部、工作组	
	(5)清洁开荒		工程部	
	(6)现场氛围布置		管理处	
	(7)进行接管工作		市场部、管理处	
遗漏工程跟进	(1)整理资料及落实遗漏工程跟进按工程进度		工程部、管理处	
	(2)维修后复检、通知业主方再次验收按工程进度		工程部、管理处	
	(3)现场施工方的管理讨论		品质部、管理处	
各服务项目检讨	(1)物业保险事宜的建议		计财部、管理处	
	(2)检讨物业管理人力资源		资源部、管理处	
	(3)检讨保安安排		中心管理处	
	(4)检讨清洁服务的安排		中心管理处	
	(5)检讨处理客户投诉的程序		品质部、管理处	
	(6)检讨园艺绿化保养及节日布置的安排		工程部、管理处	
	(7)检讨公共关系的安排		市场部、管理处	

四、××市××区行政中心物质装备计划

××市××区行政中心物质装备计划

略。

第四章　管理人员的配备、培训、管理

一、人员的配备

（一）基本原则

在物业管理人员的配备中，我们将遵循如下原则。

1. 政治素质过硬，遵纪守法。

2. 有"用户至上"的服务意识，有强烈的责任感和良好的职业道德；爱岗敬业，诚守信誉，优质高效服务用户。

3. 知识与能力并重。有一定的物业管理工作经验及相应岗位的技能；管理处经理要求

第四章　投标文件编制

中级以上职称，有丰富的物业管理特别是行政办公大楼管理经验。

4. 经理、管理员参加物业管理专业培训，并分别取得《全国物业管理企业部门经理》和《全国物业管理企业管理员》上岗证；特殊工种技术工人持专业上岗证（电工证、空调工证等）；水工持《健康证》等，保证100%按要求持证上岗。所有员工试用期满后须考取公司《员工内部上岗证》才能正式上岗。

5. 除骨干员工外，所有新员工（管理员、保安员、清洁工、绿化工、维修水电工、炊事员）优先从××市或××省待业大学生、复员军人、下岗职工中招聘，为社会再就业尽一份力。

（二）拟任物业管理处经理简历

略。

（三）××区行政中心物业管理处人员配置表

略。

（四）各类人员的文化素质、专业素质要求

略。

二、人员的培训

（一）培训目标

1. 发挥培训的再教育功能，在员工中树立正确的人生观、价值观和职业道德观，弘扬社会主义精神文明，倡导爱国主义和集体主义精神，培养员工爱岗敬业的道德风尚。

2. 紧跟管理局工作总目标，及时传达和贯彻管理局对物业管理工作的要求，使员工都明确组织和个人的工作目标，使行政中心物业管理工作起到良好的"示范窗口"作用，架起政府与广大人民群众沟通的桥梁。

3. 培训一支能干肯干，具有良好服务意识的专业队伍，为实现××区行政中心的物业管理目标提供有力保证。

4. 提高员工的服务意识、业务能力、管理能力及综合素质，培养出一批物业管理专业人才，为社会、为物业管理行业的发展做出新贡献。

（二）培训管理

培训管理由经理总负责，各主管协助组织员工培训工作，严格按整合型管理体系要求实施培训，并根据实际工作需要进行培训方式、内容的调整和控制，保证培训工作落到实处，促进团队管理水平提高。

（三）培训内容

1. 党的政策方针、法律法规、思想道德教育。

2. 现代企业管理知识教育。

3. 公司规章制度和企业理念教育。

4. 物业管理专业知识教育。

5. 职业道德与服务技能、服务礼仪、普通话培训。

6. 针对物业高科技、智能化的特点，加强对员工智能化设备原理、维护、保养、维修、检测技术的培训。

7. 根据行政中心的特殊性，加强员工服务意识、安全意识、保密意识、消防管理、应急事件处理能力的培训。

8. 针对不同的建筑材料，采取有针对性的管理、维护、维修、清洁、保养专业知识的培训。

（四）培训方式

略。

（五）培训计划

略。

三、人员的管理

本公司在长期的实践中，探索形成了一套适合本公司发展需要的科学的人力资源管理体系，通过体系的有效动作，吸引、录用人才，培养、留住人才，淘汰不合格人员。

（一）严把录用关

我们将采用公司抽调骨干和对外招聘相结合的方式配备管理处人员。

由于××区行政中心物业的特殊性，我们在人员选用中除按公司原有制度外，将重点提高对选聘人员政治素质、仪容仪表、礼仪风范和业务技能的要求。提高整体员工的文化素质，组建一支技术过硬、思想稳定、优质高效、极具战斗力的团队。从公司抽调的骨干，由本人提出申请，并提交所申请岗位的管理方案，通过公开答辩，并综合考查其能力，经审核通过后方能上岗。新聘用人员先理论培训再到班组实习、锻炼，试用期满后对其工作能力、工作态度进行综合考证，合格者正式上岗，不合格者淘汰。

操作层新员工及一般管理人员的招聘执行担保人制度，并进行严格的政治审查。

1. 担保人制度的主要内容如下。

（1）担保人必须有××市户口，为国家机关、企事业单位正式或我公司高级职员。

（2）担保人证实被担保人提供的资料真实、可靠、无犯罪记录、无严重行政违规处分的记录并签署担保书。

（3）担保人承担被担保人的经济、法律付带责任。

（4）新员工须有本人户口所在地派出所出具的无违法记录证明书。

2. 政治审查的主要内容如下。

（1）政治素质过硬，爱党爱国，有为人民服务的思想。

（2）无党纪政纪处分记录。

（3）党员、团员、先进工作者优先。

（4）主要社会关系中无政治、刑事犯罪人员。

（5）无不良嗜好、无违法犯罪记录。

（二）严格考核制度

管理处按岗位工作目标对所有员工进行追踪考核，考核内容包括思想品德、敬业精神、服务态度、业务技能、协调能力等方面，检验其是否适合岗位的要求。

1. 转正考核

新员工试用期满时，管理处要对其进行专业技能和工作业绩的评定，只有两项均合格方能正式录用。

2. 定期考核

公司、部门、班组均可组织定期或不定期的检查，检查情况记录于《员工考核表》上，并按考核评分依据确定责任人的奖、扣分数，记入《违规处罚通知单》。

3. 季度考核评分

管理处对员工每季度按工作业绩进行综合考核评分，考核分数与员工工资挂钩，实行工资全额浮动制。

4. 《内部上岗证》考核

所有员工必须经过系列培训，考核并取得《内部上岗证》方能上岗。不合格科目必须在规定时间内补考通过，补考仍不合格者，管理处视具体情况进行降职降薪，调换工种，下岗培训直至辞退等处理。

5. 年终考核

即末位淘汰制。

（三）优胜劣汰的末位淘汰制度

为强化竞争机制，提高员工队伍的素质，管理处按公司末位淘汰制度对专业技术工人和保安人员每半年进行一次考核，对各主管、工程技术人员、管理人员每年进行一次考核，并实行末位淘汰制度。其具体实施办法如下（略）。

（四）竞争上岗，不拘一格选人才

公司始终把人才培养、提高和有效使用作为公司发展的动力源泉，并建立了相应的激励机制；在严格考核的同时，更注重人员的培训和选拔，满足优秀人才的"自我实现"愿望，真正做到优秀人才进得来留得住，并不断进步和提高。

1. 竞争上岗制

班组长以上岗位均实行内部公开竞争上岗制度，管理处所有员工都可以通过自愿报名、公开答辩、群众评议、业绩考核、领导审核等程序竞争上岗，整个过程全部公开，公开进行，并确保清澈见底的透明度，从而促使优秀人才脱颖而出。

2. 内部职称评定制度

所有管理处员工，无论原来是什么学历、职称，试用期满后，一律按公司内部职称评定办法重新进行职称评定，并按新评定的内部职称安排工作岗位和确定薪酬。通过对人力资源的科学有效配制，达到调动员工的工作积极性、保证工作质量的目的。

3. 岗位薪酬制度

管理处岗位分管理岗位和技术岗位两条线，薪酬制度也分管理和技术两条线，采用"就高不就低"原则。员工可按自身技能、特长、兴趣，有选择地向某一方向发展，管理处将完全以岗定薪，以业绩定奖惩。

（五）重视用户意见，及时落实整改，依例奖惩员工

管理处将秉承"用户第一，服务至上"的原则，始终以用户为中心，尊重、重视用户的意见，及时整改，并落实到员工的工作中。

1. 接到用户投诉，综合管理部立即组织处理，并查清原因。

2. 属于员工工作态度问题或业务不熟悉的，一经证实为有效投诉，即记入员工档案，依规定扣罚当月业绩分，并下岗培训，直到能满足工作要求再上岗。

3. 属于员工态度恶劣或给用户造成严重影响的，一经查实依规定扣罚当月业绩分，作即时除名处理并追究其经济损失。

4. 接到用户口头、书面表扬或锦旗的，记入员工档案依规定奖励当月业绩分，并按具体情况进行物质和精神奖励。

5. 对用户意见和建议，必须做出相应反应，并及时落实整改。

（六）人性化民主型内部管理，增加企业凝聚力

对员工的管理以激励为主，关心员工的工作、学习和生活，尽力解决他们的实际困难，培养员工对企业的感情，增强企业凝聚力。

1. 鼓励员工学技术、学科学，提供资料、时间方面的帮助和方便。

2. 鼓励员工参与内部管理，为企业发展献计献策，对内部管理提出建议和意见，主动进行技术和管理改革等，充分发挥管理的民主性。

3. 及时肯定和鼓励员工的贡献和进步，奖惩并用，重在激励。

4. 对工作能力较差的员工，指定专人进行帮助；对工作态度欠佳和业绩下降的员工，要帮助其找原因，教育帮助为主，批评处罚为辅，重在督促其端正态度、提高技能，旨在提高团队的整体管理水平。

5. 关心员工的生活，尽管理处的最大能力，改善员工生活条件，解决他们的实际困难。

6. 开展各种文体活动，丰富员工的业余文化生活。

（七）量化管理与标准化动作

根据不同的岗位要求，应具备的能力，按标准对其评价。每个岗位都有细化的评价标准，评价从物业管理知识、遵守规章制度、工作质量、工作能力、工作量、参加学习与培

训、服务态度等方面进行具体的量化评分。

公司对管理的标准化动作采用的是整合型管理体系，体系分管理手册、工作程序、作业指导书、记录四部分。做到所有工作都有相应的程序，都按规定程序动作，并细化到每一个环节、每一个步骤，并有时间要求，形成量化的记录，每个员工的工作情况都记入考核评分中。

第五章　管理规章制度和档案的建立与管理

略。

第六章　各项管理指标的承诺及措施

本服务承诺提供了我公司对××市××区行政中心进行物业管理服务的基本要求与标准，本服务承诺指标依据《全国物业管理优秀示范小区（大厦）》标准及一级《住宅小区物业管理公共服务等级指导标准（征求意见)》标准制定。

一、服务承诺

我们承诺各项管理达到如下表所示的指标。

序　号	项　目	指　标	备　注
1	设备完好率	100%	
2	设备维修及时率	98%	
3	维修工程质量合格率	100%	
4	路灯完好率	95%	
5	道路完好率	98%	
6	道路使用率	99%	
7	公共文体设施、休息设施、小品雕塑完好率	100%	
8	绿化完好率	100%	
9	清洁保洁率	100%	
10	综合楼消杀率	100%	
11	标识完好率	100%	
12	治安案件发生率	0.1%以下	
13	投诉处理率	100%	
14	管理人员持证上岗率	100%	
15	管理人员专业培训合格率	100%	
16	顾客满意率	98%	

二、各项管理措施

（一）前期介入

（二）机电设备设施管理

（三）公共秩序管理

（四）绿化管理

（五）清洁管理

（六）房屋本体及附属设施维修养护计划和实施

（七）社区文化和便民服务

以上在此处略。

第七章　管理收支预算和增收节支措施

一、物业管理费标准及测算

（一）管理费标准

根据××开发区行政中心项目要求，在确定设备设施及绿化保修期时限后，通过专业测算（以三年为管理周期）。本项目日常物业管理费（年）标准如下。

时　间	费用标准/元	单位面积收费标准	备　注
第一年			
第二年			
第三年			

（二）日常管理费测算

××开发区行政中心总建筑面积为_____平方米，根据物业管理费"以支定收"的原则，具体项目报价如下表所示。

序号	项　目	单价/[元/(月·平方米)]	月收费标准/元	年收费标准/元
1	综合服务费			
2	公共秩序管理			
3	建筑物及室外道路、停车场、广场的管理			
4	清洁管理			
5	设施设备管理			
	合　计			

二、增收节支措施

成本控制体现在为业主进行成本控制和内部管理进行成本控制两方面。

（一）为业主进行成本控制

1. 通过节能降耗，降低物业能源费用，我们凭借多年的办公性物业管理经验，本着为业主节约每一分钱为出发点，结合××市××开发区行政中心的实际情况，我们拟定了一套行之有效的机电设备经济运行方案，加强平时保养维护，延长设备的大修周期和使用寿命，提高设备的运行效率，降低运行成本，确保物业的保值增值。

2. 科学测定行政中心用电、用水情况，通过经济器具的选定、限时控制等方式降低保洁、照明、设备、机电、供水等能源消耗。对各设备系统的运行参数适时调整，使其既达到最佳使用效果，又减少设备设施的磨损和能耗，减少维修用的水、电成本。

3. 非上班时间及时关闭部分照明和用电设备，尽量降低其损耗，减少运行费用。

4. 合理运行使用××市××开发区行政中心用电高峰期和低谷期的设备设施，提高各类供电系统的功率因数，尽量降低能耗，为甲方节省电费开支。

5. 依靠时间管理、目标管理、在公司成熟的质量管理体系平台上，注重细部、细节、控制环节、流程，达到提高效率、节约成本的目的。

6. 注重环保和生态，预防二次污染的发生。在管理实践中，防止水污染、噪声污染等各类污染的发生，提倡静式服务、无干扰服务，强调人与自然和谐共存，达到可持续发展的目的。

7. 拓展物业服务的广度和深度、丰富服务内容、研究行政中心各类需求、满足开放的政府行政办公的需要，以大行政、大后勤的思路，创造多样性的服务。

8. 根据长期管理办公性物业的经验，通过对节能的有效管理，节能效果可达到总能源消耗量的15%以上。

（二）管理处内部进行成本控制

物业管理作为微利行业，主要靠规范的内部管理、有效的成本控制来创造经济效益。

对××市××开发区行政中心这类现代办公性物业，如何充分利用有限的管理费用提供更全面、高品质的物业管理服务、达到国内一级管理水平，我们将采取以下做法（略）。

【范例7】

医院物业管理投标书

第一章　公司概况介绍

一、公司简介及管理架构

略。

二、物业管理服务宗旨、经营理念、企业文化、企业形象

略。

三、物业管理业绩及经验总结

略。

第二章　项目概况与分析

一、项目概况

略。

二、××医院物业管理的重点和难点

由于医院物业的特点和性质，此项目的管理难点和重点在于以下几个方面。

（一）人流控制压力大

××医院各楼宇及楼层的使用功能不同，各类人员出入楼层的权限也不同。因此，加强智能化系统的管理和维护，做好"技防"和"人防"相结合的安全管理工作是日常管理服务的重中之重。尤其是针对特别楼层，如院领导办公室、高级病房、设备房，非工作人员和非预约来访人员一律不得入内。大型仓库的防盗、防火、防止外来人员随意出入是必须列入首要位置考虑的问题。

为有效控制人流和物流，物管企业必须加强安全管理，制定各种应急措施及方案，提高智能化设施的使用效用，加强智能化系统的管理与维护。

（二）清洁范围广

由于物业项目使用功能的多样性，使不同场所的清洁要求、清洁标准也不尽相同，尤其是门诊大楼正面外墙全是由透明玻璃覆盖而成，必须每两个月进行一次清洁工作，还需由专业的高空作业队伍来实施。

（三）设备安全运行

由于××医院系一综合性物业，有办公、医疗、仓储、设备机房，因而对机电设备运行管理要求非常高，这也给将来的物管公司提出新要求。更为关键的是，企业的专业化建设和发展趋势表明，技术、人才是该物业机电设备正常、有效运行的前提和保障。

（四）外延服务范围覆盖面广

××医院集医疗、服务、商务、餐饮和仓储于一体，是一座综合性物业。各项使用或

由物业公司全委管理，或由物业公司协助管理，服务范围之广、服务要求之高都非一般物业可比拟。因此，在认同双方企业文化的基础上，细化服务环节、彰显服务特色是今后物管工作中的重心所在。

第三章　物业管理整体策划及管理思路

一、管理思路确立的原则

1. 以人为本、专业管理

2. 持续改进、创新模式

3. 满意达标、诚信经营

4. 共生共荣、共建精品

二、物业管理目标

我们的总体管理目标是：在物业项目硬件达到相应物业主管部门专业考评标准、且符合物业考评条件的前提下，××医院的物业管理服务1年内达区优标准、2年内达市优标准、3年达省优标准。

三、管理整体策划与思路

（一）建立畅通的沟通渠道

××医院项目地理位置突出、涉及面广、地方影响力大，综合事务管理要面对来自不同地方、不同部门的投诉及建议，以及其他信息反馈，如何在第一时间内将正确的指令传递到各管理区域、各部门，达到反应零时滞、处理零耽误的目标，难度较大。鉴于此种情况，我们拟采用"沟通零阻塞，管理属地化"的管理模式。

1. 对外，设立专门联络员，实现沟通零阻塞

我公司将在和××医院相关负责人充分沟通的基础上：指定专人负责和××医院相关负责人进行综合事务管理对接，实现沟通零阻塞。物业服务中心定期向××医院汇报事务管理情况，同时就工作中的疑难点，寻求××医院的帮助。

2. 对内，实行中央调度，二级管理

（1）设××医院物业分公司物业服务中心全权负责中环：医院的门诊大楼、住院部、高级病房及学术交流中心等所有物业的客户服务、信息反馈、投诉处理、楼层服务、部门监督、沟通协调等工作。

（2）在下属各物业管理区域成立区域综合事务管理员（楼层助理、事务助理），负责对本物业管理区域的综合事务进行管理、监督。

（3）分公司物业服务中心负责对各区域综合事务管理员的中央调度，随时掌控各综合事务管理员的工作情况，发现异常，可及时调度必要的人力、物力进行处理。

（二）机制驱动、全员参与、内外互动

由于××医院的门诊大楼、住院部等附属楼宇的物业管理区域相对分散，各区域物业管理服务要求不同，在此种情况下，如何保证各部门工作能有序开展将是物业服务中心监管的一大难点。针对这种情况，我们将在日常工作监管中推行"机制驱动、全员参与、内外互动"的监控原则。

1. 机制驱动、持续约束

（1）针对每项工作，我们都将确定工作标准、量化考核、责任到个人、部门，要求个人、部门每日每时都应对自己工作情况进行自检，填写相关表格，通过内部约束，做好自我监管工作。

（2）物业服务中心还将设立24小时热线电话及督察员，在对各部门做好每天常规性监管的同时，随时接受并处理客户投诉及建议，使各部门工作情况暴露于外部客户面前，实现内外互动、立体监管。

2. 全员参与，减少漏洞

物业服务提供给客户的满意是涉及客服、环境绿化、秩序维护、机电运行等整体的感知，我们要求分公司的所有员工全员参与，从细节着手，凡属于自己伸手就可以做的，必须参与；自己无法做的，每个人都有责任报告相关部门，如地面有废弃的纸张，而清洁员在忙于处理其他事情，若安防员看到，则有义务将其捡起并放入垃圾桶内。通过全员参与监控，确保管理无死角、反应零时滞。

　　3. 重点突出，纠偏无阻

　　（1）在具体工作中，我们将会对容易引起客户投诉的多发区域及服务重点监控以做到特情预案在胸，如针对门诊大厅人流较大的特点，我们制定详细的高峰期和闲时期不同的清洁、保安管理及绿化维护工作标准。

　　（2）对可能面临的突然停电、失盗、火灾等事件，也制定详细应急方案，以做好相关客户服务的事前控制工作；一旦发现有客户投诉，我们则力求做到主动及时彻底、纠错不过夜、解决要究根，在第一时间内第一次就把事情做对，并及时对投诉事件进行案例总结与分析，以确保下次不再犯同类错误。

第四章　管理人员配备、培训、管理

一、管理机构设置

　　为保证××医院的物业管理服务质量，确保管理目标的实现，根据××医院的具体情况，特设置如下管理架构。

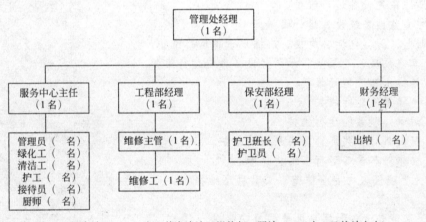

以上人员合计：＿＿＿人（其中清洁工拟外包，预计＿＿＿人，已统计在内）。

管理处组织架构图

二、管理服务人员配置

（一）管理服务人员配置原则

1. 服务第一的原则

　　管理机构的设置与各类员工的配备，均以提高××医院物业管理的整体水平为前提。在充分满足把××医院管理成为"安全、清洁、优美、舒适、方便、和谐"的小区这一目标的基础上，在组织机构和人员素质上确保高标准、高档次、高品位地为物业使用人提供全天候、全方位的优质服务。

2. 精干高效的原则

　　着眼于管理现代化和组织科学化，通过提高员工基本素质、增加管理科技含量，来达到机构精简、人员精干、工作高效的目标。既保证服务的高质量，又实现运行的高效率，使××医院物业管理具有可持续发展的长久后劲。

3. 知识化、专业化的原则

　　各类员工的配备，均以具备较高的知识水平与精湛的物业管理理论和丰富的实践经验

相结合。根据员工不同的工作职责，要求员工必须具备相应的文化知识水平。在此基础上，取得政府部门颁发的物业管理岗位培训合格证书，并辅以不间断的物业管理专业知识培训，使员工的素质与物业管理工作都处于不断完善与提高的最佳状态。

（二）管理服务人员素质要求

略。

三、管理服务人员培训

略。

第五章　物业管理服务内容、标准及管理承诺

一、管理服务内容

（一）日常服务

1. 物业管理区域内共用部位、共用设施设备管理及维修、养护

（1）房屋主体的维修、养护和管理。

（2）墙面、天花板、地面、门窗各类板材、砖面的维护保养。

（3）各类小修范围内的泥工、瓦工、木工的修补及小五金的安装维护。

（4）中央空调系统运行维护。

（5）高低压配电室设备运行维护。

（6）锅炉房系统运行维护。

（7）消防系统设备运行维护。

（8）中央监控系统设备运行维护。

（9）弱电系统（电话、电视、广播）设备运行维护。

（10）真空泵房、气泵房、水泵房设备系统运行维护。

（11）给排水系统运行维护。

（12）电梯系统运行维护。

（13）污水处理系统运行维护。

（14）院内路灯公共走廊照明系统的维护。

（15）立体停车设备运行、维护保养。

2. 物业管理区域内安全防范、公共秩序维护

（1）门岗保卫。

（2）医院重要设备和库房区域的治安巡视。

（3）医院门诊、科室、病区、传染隔离区等的治安巡视。

（4）地面及地下车库的车辆引导、停放管理。

（5）闭路电视监控中心的监控。

（6）报刊、邮件的收发。

（7）医院物资出入放行登记管理。

3. 物业管理区域内绿化养护和管理

（1）绿篱及灌木修剪。

（2）草坪机剪。

（3）花、树喷药杀虫。

（4）树木及绿化带（草坪）浇水。

（5）枯枝、落叶清除。

（6）施肥、松土、拾捡杂物。

（7）花树租摆。

4. 物业管理区域的清洁、保洁

（1）外围道路清扫、保洁。

（2）楼层清洁、消毒。

（3）玻璃刷洗、保洁。

（4）医院公共楼层洗手间清洁、消毒。

（5）生活垃圾收集与清运。

（6）公共洗手间、开水间、污洗间、浴室清洁消毒。

（7）地面、沟渠等清理消毒。

（8）医疗科室、手术室、会议室、透析室、重症室、急诊抢救室、注射区等清洁消毒。

（9）共用部分的过道、步梯、电梯、天台、平台及建筑外墙等的清洁。

（10）大堂大理石地面打蜡、消毒。

（11）果皮箱、垃圾站垃圾清运保洁。

（12）各类板材墙面、顶棚、标识、宣传橱窗、桌椅的保洁。

（13）不锈钢制品去污（扶手、电梯门、果皮箱等）。

（14）路灯、公共照明灯等清洁。

（15）楼梯踏步、踢脚线、围护铁栏清洁。

（16）化粪池清掏消毒。

5. 物业管理区域的消防管理

略。

6. 物业管理区域内车辆（机动车和非机动车）行驶、停放及场所管理

略。

7. 物业档案资料的保管及有关物业服务费用的账务管理

略。

8. 投标项目以外的院内勤杂事物

略。

（二）专项服务

1. 陪护服务。

2. 运送服务。

二、物业管理服务要求

其具体要求如下。

1. 按专业化的要求配置管理服务人员。

2. 物业管理房屋与收费标准质价相符。

3. 制定管理服务人员奖罚条理等管理制度。

三、物业管理服务标准

略。

四、管理目标及指标承诺

我们将根据《××市优秀大厦评比标准》和国家医院管理相关考核标准以及《××物业管理标准》，紧密配合医院经营战略规划，并承诺达到招标文件中提出的物业服务质量与要求。物业管理承诺指标及措施如下表所示。

物业管理承诺指标及措施一览表

序号	管理指标	国家及市指标	承诺指标	标准	测定方法	采取的措施
1	房屋及配套设施完好率	98%	98%	楼宇公共部位、设备及公用设施功能良好，外观无潜在影响使用的损坏；每年进行一次房屋普查	（完好面积＋基本完好面积）÷总面积×100%≥98%	制定切实可行的维修计划

序号	管理指标	国家及市指标	承诺指标	标准	测定方法	采取的措施
2	房屋零修、急修及时率	100%	100%	住户报修后10分钟内到达现场,急修项目要求5分钟内赶到现场;12小时内完成任务	及时维修次数÷应计报的维修次数×100%返修次数/保修总数	(1)配备合格技工24小时随时待发 (2)维修材料、工具准备齐全 (3)严格要求技工准时完成任务
	返修率		2%			
3	维修工程质量合格率	100%	100%	维修工程质量符合质量标准,不可出现因操作技术问题造成的二次返工	维修合格工程次数÷维修工程次数×100%≤2%	以派工单及维修部反馈信息为依据,检查返工原因
	回访率	100%	100%	依公司规定按时回访	回访次数÷维修服务次数×100%≥20%	建立回访记录,做好回访记录
4	消防设施完好率		100%	消防设施完好无损,时刻满足使用需求	完好消防设施÷消防设施总数量×100%≥100%	坚持定期检查、维护保养和保持清洁,实行设备责任人员负责制
5	设备运行完好率		98%	设备运行完好,没有隐患,要求有记录,严格遵守操作规章与保养规范	完好设备÷设备总数×100%≥98%	(1)制定设备维修保养计划 (2)有定期保养、维修、巡视、运行、操作检查、设备安全检查记录
6	管理范围内治安案件发生率		0	积极配合公安部门搞好治安管理,发生治安案件迅速到场协助破案工作	以每千人次为基数,治安案件发生率为0	(1)保安员加强巡视,发现治安问题早解决,防止酿成案件 (2)积极配合民警工作
7	保洁率	98%	98%	垃圾日产日清,环境清洁,消杀及时	依公司制定的保洁作业标准测定100天	每日清洁达到标准,专人巡视、检查
8	绿化完好率	95%	98%	绿化状况符合设施、施工效果	完好绿地、花木÷总绿化面积×100%≥95%	加强绿化工作,监督检查
9	火灾发生率		0	无因管理不善而引起的火灾	发生火灾次数÷管理面积总数×100%=0	(1)建立消防制度,宣传消防知识 (2)配备消防器材
10	有效投诉率		0.2%	为广大用户提供专业化、科学化、规范化、人性化服务	投诉次数÷使用人数×100%<0.2%	(1)加强日常管理,减少用户不满,增加满意度 (2)加强对管理、服务人员的培训,提高素质,协调好管理服务人员与用户的关系 (3)对用户的疑虑有问必答,有难必解
	处理率		100%		处理次数÷投诉次数×100%=100	
11	物业管理服务满意度调查率	80%	95%	定期向住户发放物业管理工作征求意见单,对合理的意见及时整改	满意使用人数÷使用总人数×100%≥90%	(1)定期检查 (2)指定整改措施 (3)及时纠正偏差 (4)做好整改措施记录
12	管理人员专业培训合格率		100%	达标上岗,各专业上岗证全	达标合格人数÷参加培训人员总数×100%=100	加强管理人员考核制度,实行奖惩制度
13	停车场、自行车棚设施完好率		98%	完好使用÷设施总数×100%≥98%	完好使用÷设施总数×100%≥98%	健全管理制度,加强日常管理,定期检查巡视保证停车有序,以消除隐患

五、物业管理服务质量保证措施

(一)严格贯彻执行《员工录用操作规程》等相关企业标准,保证员工技能与素质达标。

1. 员工实行岗前培训考核达标上岗制,所有员工(包括院方遗留人员入职前)均履行相关岗位、专业性入职鉴别考试和××物业员工培训后的考评。合格者,准予录用;不合格者，不予录用。

2. 重要岗位的员工（如：设备维护人员、保安人员、保洁人员、运送人员、陪护人员）必须经过相关保密培训。

3. 员工录用后实行试工期 3 天和试用期 1～3 个月不等的试用制度。在试工和试用期间，经实践考评不合格者，予以辞退。

4. 国家要求必须持有上岗证、操作证的相关工种，杜绝无证上岗，证件必须经验证合格后方可录用。

（二）严格执行《××物业管理制度》等相关标准和物业管理行业的相关规范、标准，保证各项基础管理工作规范达标。

（三）建立具有××物业服务特色的服务受理监控中心，实行 24 小时全天候运作的一站式服务模式。

（四）考虑医院特点和国家相关法规，各专业部门实行不同制式的工作制度。

1. 一般保洁服务实行全天候 8 小时，特殊服务部位实行全天候 24 小时工作制。

2. 陪护、运送等服务工作按医院要求双方议定。

3. 各专业部门的具体工作起始时间本着质量达标、无干扰服务又符合医院要求等原则具体制定。

（五）配备先进有效的办公设施、通讯设备和保洁等专业工具，保证工作效率。

（六）由院方提供服务管理中心办公用房、服务受理监控中心办公用房一套和相应的清洁工具房若干间，以保障物业服务管理用房和工作用房。

（七）医院应成立相应的物业服务监督管理委员会，制定相关工作制度、协调会议制度和监督管理实施细则、检查评比标准等对后勤服务工作质量进行定期检查、督导。

第六章　日常物业管理服务方案

一、房屋建筑与共用设施管理维护方案

略。

二、公共机电设备系统维修与保养方案

略。

三、智能化系统管理维护方案

略。

四、保洁管理方案

鉴于医院清洁标准较高、消杀要求严格以及作业时噪声低等特点，如本公司中标将邀请专业保洁公司负责医院物业项目的清洁工作。

（一）清洁工作内容

1. 公共区域清洁

院内房屋建筑物外部公共部分包括：通道、绿化地、公告栏、路灯、栏杆、围墙、各类标识物、渠道表面、公共卫生间等的清洁、保洁、消毒工作。

工作区域范围内各房屋建筑物内部公共部分包括：大堂、走廊、楼梯等所有地面、所有门窗、天面、天台、墙壁、公告栏、灯具、栏杆、渠道表面、卫生间及摆设物体等的清洁、保洁、消毒工作。

2. 非临床位科室清洁

工作区域范围内各建筑楼宇内部的各类行政办公室、业务室、管理室、会议室、接待室、资料室、仓库、洗手间、摆设物等的室内清洁、保洁、消毒、勤杂工作。

3. 临床科室的清洁

工作区域范围内各建筑楼宇内部的门诊、住院病区、手术室、ICU、监护室等各类临床科室，以及检验、病理、放射、CT、核医学、B超、高压氧舱、胃镜、药房等临床辅助科室的清洁、保洁、消毒、勤杂工作。

4. 垃圾分类、收集及记录

院内公共垃圾及工作区域范围内各楼宇、科室生活垃圾及医疗垃圾的分类、院内收集、存放、记录、垃圾放置地的消毒、灭菌工作。

（二）保洁人员区域及工作时间安排

保洁人员区域及工作时间安排表

楼　层	清洁位置	人员分配	人　数
一层	大堂	大堂、病人家属等候区	1
	通道	通道、男女卫生间、1～2层步行梯	2
二层	北侧	门诊、楼道卫生、	1
	东侧	门诊、楼道、公共洗手间	1
	中区	护士站、配膳室、更衣室、走道、楼梯	1
三层	北侧	门诊、楼道卫生、公共洗手间	1
	东侧	门诊、楼道、公共卫生间	1
	中区	护士站、配膳室、更衣室、走道、楼梯	1
四层	北侧	病房、楼道卫生、公共洗手间	1
	东侧	病房、楼道	1
	中区	病房、护士站、配膳室、更衣室、走道、楼梯	1
五层	北侧	病房、楼道卫生、公共洗手间	1
	东侧	病房、楼道	1
	中区	病房、护士站、配膳室、更衣室、走道、楼梯	1
六层	北侧	病房、楼道卫生、公共洗手间	1
	东侧	病房、楼道	1
	中区	病房、护士站、配膳室、更衣室、走道、楼梯	1
七层	北侧	骨科	2
	中区	护士站、配膳室、更衣室、走道、楼梯	1
	东侧	病房、公共洗手间、步行梯、通道	1
八层	手术室		2
	监护室		1
	透析室		1
	公共区域	护士站、更衣室、走道、楼梯	2
地下1	放射科	公共区域	1
2	公共区域		1
3	公共区域		1
	机动人员	刮玻璃、其他零活及临时替休	4
垃圾		收垃圾、分拣垃圾、送垃圾	2
绿化	外围	公共区域	2
主管		检查、做全面工作	1
领班		负责各楼层检查、登记，发现问题及时处理	2
医院南区		护士站、公共区域、更衣室、走道、楼梯	3
合计			45人

（三）环境卫生管理措施

医院的环境对医院有重要影响。为营造安静、优美、整洁和舒适的治疗环境，本公司针对医院易于造成交叉感染的特点，对环境卫生管理，制定以下措施，如下表所示。

管理内容	管理措施	管理标准
非医疗区清洁卫生	(1)设指示牌,严禁乱扔垃圾,保持公共场所清洁 (2)清洁工按各自岗位规程实施日常清洁工作 (3)当班时间责任区任何垃圾、污物等随产随清,保持责任区的卫生 (4)维护责任区卫生,劝阻和制止不卫生、不文明的现象和行为 (5)定期做好环境消杀工作 (6)清洁组长对清洁工作进行指导、巡查	(1)清洁保洁率达99% (2)地面、楼层目视干净、无污渍、无杂物 (3)整体环境及环卫设施随时保持清洁
医疗区清洁卫生	(1)清洁工进入污染区、无菌区作业,应严格按照操作规程进行清洁,并要服从医生、护士的管理 (2)清洁工具、清洁用水专用专放,不能混放混用,以免引起交叉感染 (3)无菌区与污染区员工,进行专业分工,责任明确,不得交叉作业 (4)定期进行消毒灭菌、环境消杀工作	
污物处理	(1)污物收集分堆放,不同处理体制 (2)传染性污物严格消毒或焚烧,设专用焚化炉 (3)垃圾废物每日消除,以免腐败变质	污物不扩散,不引起社会公害

（四）保洁工作标准及要求

保洁工作标准及要求如下表所示。

保洁工作标准及要求

区　域	服务质量标准	要　求
医院工作区	路面净、路沿净、人行道净、树坑墙根净、雨水口净;并做到果皮桶、垃圾箱外表无明显污迹、无垃圾黏附物;人工草坪无纸屑;院内无杂草	(1)每天用扫地车清扫 (2)白班分段巡视,发现污水、杂物、痰渍及时冲刷干净 (3)及时清理雨后积水 (4)区域内垃圾桶每天倾倒两次,并每天刷洗一次 (5)明沟、暗沟每周彻底清理一次,如有堵塞情况,就自发现时起,半小时内疏通 (6)室外宣传牌护栏每天抹一次,路灯每月抹两次
外墙及裸露管道	目视无明显污渍,瓷片现本色	(1)每年全面清洗一次 (2)如有明显污迹,及时进行局部清洗 (3)门诊楼及院内所有招牌铜字,每月清洗一次,并保养一次
院门	目视无明显污渍	每天抹一次(不锈钢门用水性不锈钢清洁剂清洁保养)
房屋棚顶	无杂物	每周全面清扫一次,巡视随时清除纸屑
门诊　诊室、检查室、留观室、实验室、抢救室	室内整洁,墙壁无灰尘、蜘蛛网,墙裙踢脚线无污迹;地面干净、无杂物;窗户明亮;痰盂清洁,外表无痰迹;垃圾桶外表无污迹,垃圾无外溢	(1)每周用全自动洗地机清洗两次,晚间进行,周二用碱、周五用0.5%"84"消毒液地面消毒 (2)每天用湿尘推推两次,尽量用最少的时间,达到清洁的效果,不影响门诊工作 (3)墙裙及踢脚线每周抹一次 (4)室内灯具及空调每周抹一次,天花板每周除尘一次 (5)窗户每周清洁一次 (6)痰盂每天倾倒并刷洗两次;呕吐物及时清除并冲洗;每周六用0.5%"84"消毒液消毒一次 (7)垃圾桶每天倾倒两次,表面每天擦洗一次 (8)各诊室候诊区桌椅、水龙头等物每日用0.5%"84"消毒液抹一次 (9)传染科门诊每日下班时用0.5%"84"消毒液喷雾一次,每班更换泡手液一次(0.5%"84"消毒液) (10)传染科诊室每周末熏蒸消毒一次
门诊　治疗室化验室	其他标准同诊室;空气菌落计数≤500cfu/m³,物体表面菌落计数(cfu/m³)标准≤10cfu/m³;不得检出致病微生物	同诊室
门诊　候诊廊厅	地面清洁无杂物;候诊椅干净、无污迹、无灰尘	(1)每天用全自动洗地机清洗一次,每周二、四、六用0.5%"84"消毒液各消毒一次 (2)每天用湿尘推推三次;随时巡视,及时清理地面杂物、痰迹等

区 域		服务质量标准	要　求
病室	普通病房	室内整洁,墙壁无灰尘、蜘蛛网,墙裙踢脚线无污迹;地面干净、无杂物;窗户明亮;痰盂清洁,外表无痰迹;垃圾桶外表无污迹,垃圾无外溢;病床、床头柜及凳无灰尘、无污迹;空气菌落计数≤500cfu/m³,物体表面菌落计数≤10cfu/m³;不得检出致病微生物	(1)每月用洗地机清洗地面一次,同时用84消毒液消毒一次;地面有杂物、纸屑等垃圾时,随时清除 (2)保证一日五扫(上午上班前、晨间护理后、下午上班前、下午下班前、晚班熄灯前);一日两拖(上午上班前、下午上班前);每月彻底刷洗一次 (3)保证走廊一日早、中、晚三拖 (4)床头柜及凳子每天抹一次(每床一抹布),每出院一病人全面清洗一次并用0.5‰"84"消毒液各消毒一次(包括病床) (5)病房卫生间洁具每天抹一遍,每周用洁瓷灵全面擦洗一次并用0.5‰"84"消毒液消毒一次 (6)室内灯具及空调每月抹一次,天花板每周除尘一次 (7)内窗户玻璃每周清洁一次,外窗户玻璃每月清洁两次 (8)走廊内墙每周用消毒水抹洗一次,每月刷墙两次 (9)痰盂每天倾倒并刷洗两次,痰盂中呕吐物及时清除并冲洗;每周六用0.5‰"84"消毒液消毒一次,病人痰杯、便具清洁后用含氯消毒液浸泡30分钟 (10)垃圾桶每天倾倒两次,垃圾不得溢出,及时更换垃圾袋,表面每天擦洗一次并消毒;垃圾篓每周消毒一次;生活垃圾使用黑色垃圾袋 (11)卫生工具按办公区、病房、走道、厨房、厕所等分别固定放置
	医护办公室、检查室、化验室、值班室、处置室、更衣室	室内整洁有序;地面无灰尘、无杂物;墙面无蛛网	(1)每周用全自动洗地机全面清洗地面三次并用0.5‰"84"消毒液消毒 (2)每天用湿尘推地两次,尽量用最少的时间,达到清洁的效果,不影响正常工作 (3)室内灯具及空调每月抹一次,天花板每周除尘一次 (4)内窗户玻璃每周清洁一次;外窗户玻璃每月清洁两次 (5)垃圾篓每天倾倒二次,及时更换垃圾袋,表面每周擦洗一次 (6)医护办公室桌凳每天抹一次(抹布与病床抹布分开)
	治疗室、换药室(含门诊)、配液室	基本要求同上,地面无药迹;治疗台、治疗车(盘)、药车无灰尘、无药迹,车轮无头发及无杂物缠绕	(1)地面每周用全自动洗地车全面清洁三次;并用0.5‰"84"消毒液消毒 (2)每天清扫地面四次,清扫后用湿尘推一次 (3)每天使用前后用0.5‰"84"消毒液对治疗台、治疗车(盘)及药车进行消毒处理;每周清理车轮一次,每月用润滑油对车轮进行保养 (4)换药室每日用紫外线消毒一次
	污物室	基本要求同上;消毒缸外表干净,消毒液及时更换,浓度符合卫生部标准	(1)消毒缸每天抹一次 (2)每周按医务办、护理部要求更换消毒液 (3)按要求分类清理垃圾
	门厅、走廊、楼梯、通道	大理石地面目视干净、无污渍,无光泽;水磨石地面和水泥地面目视干净、无杂物、无污渍;墙面干净;楼梯扶手无污渍	(1)每周用全自动洗地车或擦地机擦洗地面两次,并同时用0.5‰"84"消毒液消毒;大理石地面每周打蜡一次,每两天抛光一次 (2)每天按班次清扫并用湿尘推推净灰尘四次 (3)每天随时巡视,及时清理地面杂物及痰迹等 (4)楼梯扶手、内墙每周抹一次,不锈钢体每隔一天用钢油保养一次
	传染科病房	基本要求同普通病房,物体表面菌落计数≤15cfu/m³;不得检出致病微生物	同普通病房,用0.5‰"84"消毒液消毒
	烧伤病房、监护病房(含ICU、COU等)、手术室(含门诊手术室)	同普通病房;空气菌落计数≤10cfu/m³,物体表面菌落计数≤5cfu/m³;不得检出致病微生物	(1)同普通病房 (2)手术室每周末彻底全面大卫生熏蒸消毒一次 (3)手术室推车每日用0.5‰"84"消毒液擦拭一次
	层流洁净手术室	空气菌落计数≤10cfu/m³,物体表面菌落计数≤5cfu/m³;不得检出致病微生物	

区 域	服务质量标准	要 求
运送		(1)每晨送大小便标本、测量24小时尿量并送检；送特殊血标本至检验科、同位素、各个实验室 (2)每日送日报表 (3)每日到中、西药房领取电脑单药物 (4)每日送各病室出院结账单、出院病人退药将退药单送住院科 (5)送各种消毒包到供应室并负责领回 (6)预约工作；划价-记账-预约，地点涉及 CT、MRJ、X 线、同位素、B 超、胃镜、肠镜、脑电图、肌电图等，遍及全院 (7)送手术通知单至手术室
电梯	轿厢内无杂物、无污迹；厢体不锈钢表面无灰尘、无油迹	(1)每天清扫并用尘推清洁电梯轿厢地面三次 (2)每天抹电梯一次 (3)每天用水性不锈钢清洁剂清洁厢体并保养一次 (4)电梯门槽每天清扫一次
公共卫生间	地面无烟头、污渍、积水、纸屑、果皮；天花、墙角、灯具目视无灰尘、蜘蛛网；目视墙壁干净，便池便器洁净无黄渍；室内无异味臭味	(1)每天上午上班清洗便器、洗手池 (2)清洗完后喷少量空气清新剂，男卫生间放置滤洁香块 (3)每小时清洁地面一次，并冲便器，每日刷便池一次 (4)每周杀虫一次，每天消毒一次 (5)每周清洁一次墙面、门窗及天花 (6)及时倾倒垃圾桶，并每天清洗消毒一次
浴室	地面无积水、无杂物、墙面无水垢	每天冲洗一次并用 0.5‰"84"消毒液消毒，每周墙面刷洗一次
天台	地面无垃圾；排水沟无积水、无重油；管道无堵塞	(1)每周巡查一次排水沟，及时疏通排水管道 (2)每周清理天台一次，清扫垃圾及积水 (3)每半年清理管线一次
除四害	把四害控制在国家规定的标准之内，并且杀灭工作不影响正常的工作和休息	(1)采取化学药品和物理器械相结合的方法进行杀灭 (2)每年每月至少杀灭一次，5～10月为"四害"繁殖高峰期，每月至少杀灭两次
垃圾收集、清理	垃圾分类收集，及时清理，防止污染扩散	(1)每个垃圾站点由三个不同颜色带盖密封可移动式垃圾桶组成。避免异味及传染，杜绝四害繁殖，经常清洗 (2)各类垃圾必须在院内感染科的监督下，严格按黄色垃圾袋收医用垃圾、蓝或黑色垃圾袋收集生活垃圾，袋袋密封转运 (3)每天由专人负责医用垃圾的回收、毁形及焚烧
下水管道、流泥井	保持好各下水管道、流泥井的维护管理，通畅	(1)流泥井一年清掏一次 (2)发现有坍垮的下水管道堵塞和积粪溢出，应及时向甲方反映，并由甲方组织维修
绿化带	保洁、看护	每天清扫两次，发现损坏绿化的现象及时制止

（五）清洁工作要求及质量标准

1. 公共区域清洁工作要求及质量标准

略。

2. 建筑物内部物内部清洁要求及质量标准

略。

（六）非临床科室用房清洁要求

各类行政、办公、业务、仓库、休息室、会议室、接待室、资料室等非临床用房的清洁质量，在达到上述建筑物内部物体清洁要求及质量标准的基础上，须要达到下列要求。

（1）每天清洁为两次，每天例行的清洁的时间及周、月集中清洁时间为商定时间，清洁时间的执行以不影响医院公务为原则。

（2）除室外及垃圾箱内的垃圾外，室内文书、信函、纸条等物件（物体）在清理前，须征得室内人员同意后进行。

第四章 投标文件编制

（3）每天送递开水两次，每周清洗开水容器一次，每次清洁过程中须对开水容器塞盖进行消毒。

（4）非临床区域的卫生间每天全面清洁、清理、消毒不少于两次，其余时间进行巡回保洁。

（5）人员在工作过程中要按规范保持良好礼仪、礼貌。

（6）人员在工作过程中必须遵守医院的保密制度。

（7）工作时间为每天6：30～11：30；14：00～18：30。

（七）临床科室用房清洁要求

门诊、各住院病区、手术室、监护室等临床科室，以及检验、病理、放射、CT、核医学、B超、高压氧舱、药房等各类临床辅助科室的清洁质量，在达到上述建筑物内部物体清洁要求及质量标准的基础上，需要达到下列要求。

（1）每天全面清扫为两次，全面拖抹及消毒为三次；其余时间作巡回保洁，及按医务人员的要求及时消毒。

（2）各类临床医务办公室、配药室、储存室、值班室、休息室、候诊室等半污染区室每天全面清洁及消毒为两次，其余时间作巡回保洁，及按医务人员的要求及时消毒。

（3）各类临床病区、监护室、手术室、注射室、治疗室、诊室等污染区室每天全面清洁、消毒为三次，其余时间作巡回保洁，及按医务人员的要求及时清洁、消毒。

（4）临床科室附设各类治疗车、器械、机械、消毒灯具及医疗设备及工具每天全面清洁、消毒为两次，其余时间按医务人员的要求进行清洁及消毒。

（5）临床使用的医用毛巾、拖鞋、便盆等，按医务人员的要求及时清洗及按规范消毒。

（6）临床区域内的台、椅、凳、病床、床头柜每天全面清抹及消毒为两次，其余时间按医务人员的要求进行清洁及消毒。出院病床单元及时进行全面清洁及消毒。

（7）临床区域的洗手盘、清洗治疗盘等每天全面清理、消毒为两次。

（8）临床区域的垃圾及时进行分类、院内集中收集，清倒后垃圾箱须及时清洁、消毒。

（9）每天进行病区、科室的开水送递工作，每天两次。

（10）临床区域的卫生间每天全面清洁、清理、消毒为三次，其余时间进行巡回保洁。

（11）各类临床科室的清洁及消毒工作除要达到上述要求外，另根据各科室的实际情况按医务人员的要求及安排（工作范围内）进行。

（12）工作时间为每天6：30至11：30；14：00至18：30。

（八）垃圾的分类、收集及要求和质量标准

1. 生活垃圾的处理

（1）垃圾收集方法如下。

——垃圾应分类收集。无机垃圾要集中在指定地点，并做到随收随清除、及时外运；有机垃圾也应做到医疗垃圾与生活垃圾分别由专人定时收集。

——收集垃圾的容器必须结构严密、坚固、防蝇、防流，并防止液体渗漏，而且轻便、内壁光滑，便于搬运。

——一般要求在病房应设纸篓、垃圾袋，同时要分类收集。一袋收集剩余食物、果皮果核、废纸等垃圾；一袋收集饮料、罐头瓶等不易燃性废物，垃圾袋应以颜色加以区分。

——医院治疗、换药室等应设置污物桶。

（2）工作要求如下。

——垃圾的分类、收集在医院内部进行。

——将生活垃圾进行分类、收集并分别存放（暂存），每天巡回进行。

——医院内部垃圾存放区域每天清洗、消毒一次，每周全面清洗消毒一次。

——每天对垃圾的收集情况进行及时登记，以备检索。

（3）质量要求如下。

——垃圾分类准确，不错分。

——垃圾包装完整，不漏、不穿。

——运送垃圾过程中，不漏、不丢、不碰撞他人。

——中标企业及其员工不擅自拿取、窃用、倒卖垃圾。

——记录及时、完整、不遗漏、不出错，资料保存完好。

2. 医疗垃圾的处理

（1）医疗垃圾袋由甲方负责提供。

（2）每日由专人按各科室的要求将医疗垃圾运送至指定存放地点。

（3）医疗垃圾的清运及销毁均按国家规定由有相应资质的企业负责，费用由甲方支付。

五、医疗辅助服务管理方案

由于陪护及运送人员需要有较高的护理知识及相关医学常识，如本公司中标将邀请专业陪护公司负责陪护及运送服务工作。

（一）陪护管理

1. 陪护工作质量标准

（1）陪护人员素质、仪表要符合院方护理部要求和标准。

（2）陪护人员要主动热情、服务态度好，尽快帮助患者适应环境、解决问题、减轻痛苦。

（3）定期检查陪护人员对病人的服务态度、服务质量的满意程度。

（4）每周普查1～2次，对病人家属提出的问题有解决措施。满意率的达标值在85%，并给予记录。

2. 检查项目

（1）病房的整洁。

（2）尽快帮助病人适应环境，了解有关制度。

（3）检查陪护人员在护士送药时是否按时协助病人服药。

（4）卧床的病人使用的便器是否及时清洗。

（5）陪护工作是否到位，陪护工作的各项操作是否按要求去做，病人的满意度达到98%以上。

（6）检查陪护人员是否协助病人按摩受压部位及锻炼身体。

（7）检查陪护人员及病人的物品是否放置有序。

3. 每日查房质量标准

（1）病房整洁、干燥、平整、中线正、枕下无堆放物。

（2）病人身下无头发、碎渣；脚下无杂屑。

（3）病人的内衣外要随时更换、保持干净。

（4）对危重病人及昏迷病人要求护理人员做到脸、头发、手足、皮肤、会阴、肛门、床单要保持清洁；无坠床、无摔倒、无烫伤。

（5）保持病人的床下无便器、无多余的鞋，只放病人的拖鞋。

（6）脸盆放置于病人的床下盆架处。

（7）护理病人时要求做到口腔清洁、头发清洁无异味。

4. 病人卫生质量标准

（1）面部清洁，无污垢、无胶布印。

（2）口腔清洁，按病情需要刷牙或清除口腔，要求口腔无积痰。

（3）皮肤清洁，无受压痕迹；背部及突出部位无褥疮。

（4）要随时清洗留置在尿道口分泌物，尿袋做到每天更换。

（5）护理员工作中，要做到病房的清洁整齐、病房的通风良好。

（6）工作中要做到四轻、五个一样。四轻即：说话轻、走路轻、开关门轻及动作轻。五个一样即：领导在和不在一样、白天和夜间一样、对待生人和熟人一个样、家属在和不在一个样、工作忙和不忙一个样。

5. 陪护人员每日工作程序

陪护人员每日工作程序如下表所示。

陪护人员每日工作程序

序号	时　段	工作程序
1	早晨护理安排	6：00　起床 6：10　洗漱完毕 6：10～6：30　病人起床，拉开窗帘，协助病人洗漱 6：30～7：00　整理床单，擦床头柜，打扫病床卫生 7：00～7：20　协助病人吃饭，饭后帮助病人洗漱 7：20～7：40　洗漱餐具，打开水，陪护人员吃早餐 7：40～7：50　整理床头柜、病床及病床下 7：55～8：00　早间护理一切就绪，准备病房查房和上午各项治疗（6：30～7：00打开水） 8：00～10：50　协助医生做护理工作，严禁病人家属进入病房探视
2	午间休息	11：00　病人吃午餐，饭后洗漱 11：20　陪护人员吃午餐，餐后清洗餐具 11：50　整理床单，做好病人的午休准备工作 12：00　拉上窗帘，病人午休 13：50　拉开窗帘，病人起床，整理好床单 14：00～16：50　协助医生做好护理工作，做好陪护工作，严禁病人家属进入病房探视（15，30打开水） 16：50～17：00　给病人洗手，准备晚餐 17：00　病人吃晚餐，餐后给病人洗漱 17：20　护理人员吃晚餐，餐后清洗餐具
3	晚间护理	17：40～21：00　协助病人大小便，帮助病人整理好个人卫生（包括：洗脸、洗脚、洗会阴），准备睡觉 21：00　拉上窗帘，陪护人员准备睡觉

注：陪护人员中严禁谈笑、串岗，违者扣发当月奖金，进行批评教育无效者，给予开除处分。

（二）医疗运送工作管理

1. 工作要求

（1）医疗配送工作每天24小时进行。

（2）按医务人员的需要随时进行。

（3）危重病人及不能自理病人的检查、治疗必须全程陪同。

2. 质量标准

（1）物品配送、病人护送须及时进行。

（2）做到配送医疗事故差错率为零。

（3）配送工作中不损坏、不丢失招标人财物。

（4）护送过程中，病人出现异常情况须及时报告。

（5）保持病人身上管道不松脱。

（6）安全运送病人，做到不跌、不碰。

（7）工作出现差错及时如实报告，不隐瞒。

（8）正确、正当使用运输工具，不人为损坏。

（9）严格遵守太平间钥匙使用制度，没有医务人员的指令，不得开门。

（10）运输工具每天按规范进行消毒。

六、安全消防、车辆管理方案

略。

七、管理规章制度及档案管理方案

略。

第七章　物业管理综合服务费测算

一、物业管理收费标准和依据

（一）政策法规与市场物价依据

1．××市政府有关物业管理的法规和文件。

2．甲方所提供的项目原始数据（若实际情况与其有较大差异，双方应予以协商，再作相应调整）。

3．根据物业项目分析所设定的服务标准、相应的人员配置和物资装备计划。

4．××市现有物价、工资水平及相关的市场行情、同类相似物业水平的综合预计。

5．税费按管理中心总收入的5.5％计算。

（二）物业管理服务费测算的原则

1．以收定支原则

为适应用户的经济承受能力，培养物业管理消费的心理承受能力，要做到"以收定支"。具体做法是：本着"量入而出"的原则，将收取的物业管理费专款专用，根据实际服务项目需要进行分解，分类建账，以求收支平衡。

2．阳光财务原则

严格控制物业管理费用支出，每半年一次在管理中心收费处向用户公布物业管理服务费收支情况。

3．取之于民，用之于民原则

管理中心为用户提供的相应服务以零利润为目标。

4．谁享用、谁受益、谁承担的原则

对特约服务和便民服务实行合理收费、合理分摊的有偿服务模式。

5．以丰补欠，反哺物业的原则

在物业经营过程中，若某些管理服务项目获得的收益较丰，可用以补贴另外一些亏损项目的费用。如整体物业管理收支出现盈余，应依比例提出资金反哺物业，投入到管理物业新增项目建设及原有设施更新改造。

二、物业管理费测算情况

（一）旧楼物业管理费

旧楼基本物业管理费测算如下表所示。

旧楼基本物业管理费测算表

序号	项　目	月/元	备　注
1	人员工资及福利		工资加福利费
2	公共设施、设备日常运行、维修及保养费		
3	固定资产折旧		
4	利润		前3项总额的10%
5	税金		前4项总额的5.5%
合计			

注：1.物业费是由表中9项之和除以旧楼的总建筑面积 m^2 计算得出的。

2．以上所有费用都按照四舍五入核算。

第四章　投标文件编制

173

旧楼基本物业管理费为：_____元/(m²·月)。

旧楼建筑面积是_____平方米，每月物业管理服务的总支出是_____元。其中服务人员薪金及福利支出_____元，占_____%；公共设施、设备日常运行、维修费用支出_____元，占_____%；固定资产折旧费用支出_____元，占____%；利润_____元，占____%；税金____元，占____%。

（二）新楼物业管理费

新楼物业管理费测算如下表所示。

新楼物业管理费测算表

序号	项　目	月/元	备　注
1	人员工资及福利		工资加福利费
2	公共设施、设备日常运行、维修及保养费		
3	清洁卫生费		含每年两次的幕墙清洗费用： (____元×1.5元/m²×2)÷12个月=__元/月
4	绿化费		
5	办公费		
6	固定资产折旧费		
7	不可预见费		前6项总额的1%
8	利润		前7项总额的10%
9	税金		前8项总额的5.5%
合计			

基本物业管理费：_____元/(m²·月)

注：1. 物业费是由表中9项之和除以旧楼的总建筑面积_____m²计算得出的。

2. 以上所有费用都按照四舍五入核算。

××医院新楼总建筑是____平方米，每月基本物业管理服务费的总支出是____元。其中人员的薪金及福利支出是____元，占____%；公共设施、设备日常运行、维修及保养费用支出是____元，占____%；清洁卫生费用支出是____元，占____%；绿化费用支出是____元，占____%；办公费用支出是____元，占____%；固定资产折旧费用支出是____元，占____%；不可预见费用支出是____元，占____%；利润费用支出是____元，占____%；税金费用支出是____元，占____%。

三、物业管理服务投标报价

（一）投标报价

根据以上测算及汇总说明中的平衡原则，××市××物业管理有限公司对××医院前期物业管理投标报价为：

新楼综合物业管理服务费：____元/(m²·月)。

旧楼物业管理费：____元/(m²·月)。

（二）付款方式

1. 前期开办费：自物业管理委托合同签订之日起第二天以银行划拨或支票、现金的形式支付给物业公司。

2. 物业管理服务费：按季度支付，以上一个季度的30日之前（如遇节假日或星期六日自然顺延）以银行划拨或支票、现金的形式支付给物业公司。

（三）入驻时间

如我公司中标，自签订物业管理委托合同之日起即____年____月____日正式入驻，合同期为2年。

四、收支情况分析

（一）收入情况分析

1. 物业管理费收入

（1）新楼：＿＿＿元/（m²·月）×＿＿＿m²＝＿＿＿元。

（2）旧楼：＿＿＿元/（m²·月）×＿＿＿m²＝＿＿＿元。

（3）物业管理费收入：＿＿＿元。

2. 其他收入（是在确保物业管理服务水平不断提高的前提下）

（1）停车费：＿＿＿辆×＿＿＿元/小时×2小时×30天＝＿＿＿元/月（日门诊量为＿＿＿人，按1/3人开车计算即＿＿＿人，按四人/辆车计算每日停车数量约为＿＿＿辆，每辆车按停2小时计算，停车费：5元/小时）。

（2）护工收入：＿＿＿人×＿＿＿元/人×30天＝＿＿＿元/月（护工人数约为＿＿＿人，上缴的利润是＿＿＿元/人·天，物业公司只收取7%的利润，其余3%反补运送人员费用）。

其他收入为：（1）＋（2）＝＿＿＿元/月。

收入共计为：＿＿＿/月。

（二）支出情况分析

1. 停车场照明电费：＿＿＿kW×24小时×365天×＿＿＿元/度＝＿＿＿元/年÷12个月＝＿＿＿元/月。

2. 立体停车机运行电费：＿＿＿kW×10小时×365天×＿＿＿元/度×35套＝＿＿＿元/年÷12个月＝＿＿＿元/月。

3. 生活垃圾清运费：日产垃圾＿＿＿（市政标准）桶×＿＿＿元/桶×30天＝＿＿＿元/月。

4. 医疗垃圾的清运、处理按实际发生的费用向甲方收取

（1）支出费用：＿＿＿元/月。

（2）收入－支出＝＿＿＿元/月。

第四章　投标文件编制

参考文献

[1] 滕宝红，邵小云主编. 物业公司招投标书范本. 北京：中国时代经济出版社，2010.

[2] 郭淑芬，王秀燕编著. 物业管理招投标实务. 北京：清华大学出版社，2005.

[3] 王林生主编. 物业管理招投标. 重庆：重庆大学出版社，2007.

[4] 肖建章主编. 物业管理服务案例与招投标实务. 深圳：海天出版社，2003.

[5] 余源鹏主编. 物业管理服务投标编写实操范本. 北京：机械工业出版社，2009.

[6] 卜宪华主编. 物业管理招投标实务. 大连：东北财经大学出版社，2008.